文学固原丛书　王正儒◎主编

倪万军　著

叙述的困境

宁夏文学观察

Xu shu de kun jing

Ning xia wen xue guan cha

黄河出版传媒集团
宁夏人民教育出版社

图书在版编目（CIP）数据

叙述的困境：宁夏文学观察 / 倪万军著. -- 银川：宁夏人民教育出版社，2017. 5
（文学固原丛书 / 王正儒主编）
ISBN 978-7-5544-1984-7

Ⅰ. ①叙… Ⅱ. ①倪… Ⅲ. ①中国文学－当代文学－文学评论－文集 Ⅳ. ①I206.7-53

中国版本图书馆CIP数据核字（2017）第104834号

文学固原丛书　　王正儒 主编
叙述的困境：宁夏文学观察　　倪万军 著

责任编辑　李亚慧
封面设计　星　秀
责任印制　殷　戈

黄河出版传媒集团
宁夏人民教育出版社　出版发行

出 版 人　王杨宝
地　　址　宁夏银川市北京东路139号出版大厦（750001）
网　　址　http://www.yrpubm.com
网上书店　http://www.hh-book.com
电子信箱　jiaoyushe@yrpubm.com
邮购电话　0951-5014284
经　　销　全国新华书店
印刷装订　宁夏凤鸣彩印广告有限公司
印刷委托书号　（宁）0004698

开本　787 mm × 1092 mm　1/16
印张　16　　字数　188千字
印数　1500册
版次　2017年5月第1版
印次　2017年6月第1次印刷
书号　ISBN 978-7-5544-1984-7
定价　39.00元

总　序

王正儒

2015年，固原市委宣传部、文联耗时近一年编辑出版了“文学固原丛书”第一辑共十四卷，包括各文类选集四册、各县区作品选集五册、个人作品集五册。我们在选编九册各类作品选集时尽可能突出普遍性，意在呈现固原市文学创作的整体水平；五册个人作品我们特邀石舒清、郭文斌、梦也、火会亮、了一容五位作家各自选编了他们自己的作品编辑成册，这五位作家的作品大约代表着目前固原文学创作的较高成绩，也代表着新世纪以来固原市作家的整体风格和艺术追求。但这十四卷书并不是固原文学创作的全部，因为还有更多的作家尤其是青年写作者近些年来勤奋创作成绩斐然，所以在这十四卷书出版之后我们就着手选编第二辑“文学固原丛书”。

第二辑“文学固原丛书”从现有的固原作家中选出在各个文类如诗歌、小说、散文和评论创作中具有代表性的作家十位，诗歌如王怀凌、单永珍、周彦虎，小说如马金莲、许艺、王玉玺，散文随笔如程耀东、古原、樊大学，评论如倪万军。

本辑十位作家的创作各有其审美趣味，各有其文学追求，既有固原文学传统的一面，又有超越地域影响而呈现出的大格局。如王怀凌的家园书写和人生况味，如单永珍在西部高地的精神漫游和神性书写，如马金莲对回族女性日常生活细腻温婉的观照，如许艺的才华和其作品中先锋小说华丽的背影，如程耀东散文中的知识者情怀和乡土叙述，如倪万军评论作品中的史观与方法论的启示，等等。从这十位作家的整体水平来看，我们完全有理由相信，如果第一辑五位作家代表着固原文学的突出成绩，那么本辑十位作家则代表着今日固原文学的普遍实力。

不过，若论及固原文学的实力，除了这十位之外还有更多的写作者以他们的才华，以他们对文学的挚爱，以他们对这片土地的热恋书写着各自的文学梦想。我想今天这若干册"文学固原丛书"的出版也不过是一个系统工作的开始，在以后我们还要持续推出其他作家的作品，尽力呈现文学固原完整的样貌。当然，编辑"文学固原丛书"，我们虽然想让读者诸君看到成绩和水平，但绝非夸耀，因为我们的重要目的在于鼓励作家的创作，在于引领地方文化向着有意义有价值的方向发展。至于这一点，我倒是希望"文学固原丛书"的出版能够得到更多读者乃至社会各界的关注，以更大的社会力量来推动地方文化的发展。

最后，值得一提的是，在"文学固原丛书"的编辑过程中，固原市文联杨风军、单永珍、李方等在策划、选稿、编辑及上下联络工作中付出了巨大的努力，这是要特别感谢的。

2017 年 4 月 10 日

序：执拗的探索

王岩森

生活中的万军是细腻的、谦和的、温婉的。文学中的万军却是执拗的、坚守的、个性的。

万军的文学世界，大体由四个部分构成：阅读、创作、编辑、评论。

中国现代作家中，万军读的最多的，是周氏兄弟：景仰鲁迅的深刻与锋芒，喜欢周作人的闲适与恬淡。在这看似矛盾的背后，显示出万军包容、纯正的文学趣味。因为，如果说批判战斗是中国现代文学的传统的话，那么，平和冲淡则是中国现代文学的另一传统。前者，代表着为人生的文学，后者，则代表着为艺术的文学。正是这种包容、纯正的阅读趣味，决定了万军以后文学研究的价值取向——文学是对人生、人性的关注、体味和追问，文学研究需要对作家、作品的理解、尊重与包容。

万军的文学创作，绝不自设藩篱，将自己拘禁于某一文体的写作，而是执着于诗歌、小说、散文、随笔各种文体的实践与探索。早在进入大学不久，读诗写诗，读小说写小说，读散文随笔写散文随笔，几乎成了万军生活的全部。这种包容、开放的文学实践，使得万军的诗歌中有了随笔的锋芒，小说中有了散文的意境，散文中有了诗歌的节奏，随笔中有了小说的张力。更为重要的，是万军将这种在创作实践中积累的对生活和艺术的感悟、体验与发现，熔铸在自己的文学评论中。因此，万军的评论文字灵动、自然、和谐，没有一般评论文章容易有的夹缠、隔膜与生涩。

万军对鲁迅、茅盾等中国现代文学大家兼有作家、编辑家多重身份一直激赏有加。刚入大学之初，万军便和几个志同道合者一道，创办了一份文学刊物，并给刊物起了一个很文学的名字——《微澜》(后据万军讲是出于《死水微澜》)，从办刊想法的提出，到刊名的确定，到组稿编辑，到装帧设计，到印刷发行，处处都留下了万军的汗水、才华与智慧。在这份不定期刊物由于种种原因无疾而终之后，万军又和同道们一起创办了文学期刊《西北角》，并且约来了石舒清、陈继明、郭文斌等名家的作品。尽管这份刊物只印行了两期，随着万军的毕业也停办了，但依然给宁大中文系的师生，给宁夏文学圈留下了一缕美好的记忆。这些办刊经历，给万军的影响是深刻的，后来，他在自己任教的学校又办了一份新的学生文学刊物，培养了一批文学爱好者；再后来，还将文学期刊与文学创作的关联作为自己学术研究的方向之一并取得了不俗的成果。

万军的本职是大学文学教师。授课之余，万军将自己的很大一部分精力、目光投向了宁夏，特别是西海固本土文学，将其作为自己文学研究、评论的主要方向。而这，绝不仅仅因为宁夏、西海固是他的出生地并因此而对这片生他养他的土地爱的深沉的缘故(尽管这一点无疑很重要)。更重要的，源自于他对父老、对乡土的责任与担当(我以为，当下的中国文学创作、评论中，最缺少的恰恰是这种责任与担当)。和他景仰、喜欢的周氏兄弟一样，万军对弱小者、弱势者也有着一种近乎本能的同情、理解与尊重，他希冀他的父老兄弟们能在承担近乎命定的物质的匮乏、生活的重负的同时，也能够从文学中得到些许的哪怕是虚幻的、片刻的快乐与幸福，以慰藉他们那负重的灵魂。万军和他的文学创作、文学评论始终处在这种冰与火的煎熬与淬炼之中。以此观之，我们当会明白，为什么在万军的评论文字中，往往会按捺不住地对宁夏、特别是西海固文学流露出深深的忧虑，以致于多少影响了整体文风的平和、纯粹与温婉。

文如其人，人如其文。万军是谦和的。这从本书的书名即可见其一斑。这种谦和，使得他的评论文字多了几分对评论对象的同情之理解，多了几分包容，多了几分理性，多了几分严谨，而这些，正是一个真正的研究者所应该具备的最基本也是最重要的素养与品格。但也毋庸讳言，这种谦和也会使万军的评论少了几分自信与决断，字里行间多了一些犹疑、欲言又止甚至吞吞吐吐。

李健吾先生将文学批评视为一种艺术，一种理解，“灵魂在杰作间的奇遇”。我想，这也正是万军的文学批评所追求并努力践行的境界。

2015 年 10 月 20 日于银川

目录

Content

现象 · 媒介

附　录

文本·作者

“女诗人”的写作

——关于林一木的诗歌

大约十五六年前我和林一木一起读诗习诗时，我曾对她说，你将来一定会成为宁夏诗人队伍中的佼佼者。后来我还和很多朋友谈过自己的这一判断。可能在一些诗人和读者看来，我的判断摆脱不了因为友谊的影响而说好话的嫌疑。但是在我看来，想要读懂一首诗，单凭理论工具和艺术手段是无法完全接近诗人灵魂的，因为对于一名真正的诗人而言，写作就是为了在自己和世界之间建造一座屏障，就是为了阻止自己内心真实的想法被他人看到。所以很多人说读不懂诗歌，这在我看来是再正常不过了，因为读不懂诗的人其实是在屏障之外读诗的。我对林一木诗歌的基本判断，主要来自于我对她二十多年的熟知。而事实上，从今天宁夏诗坛的整体状况来看，十多年前略带玩笑性质的预言基本上已经是有目共睹的事实了，林一木以自己独特的个性、才华、思想、情感而成为新世纪以来宁夏诗人中创作成绩较为突出的一位，并且她在某种程度上已经超越了宁夏这个小小的地域，迈进全国诗坛的门槛，相信将来她会有更加不俗的表现。

林一木具有深厚的文学、哲学、历史等学科的素养，对中西现代诗歌有较深的研究。同时她又有非常宝贵的人生体验，尤其是青少年时期在西海固乡村所接受的自然教育和母亲的影响形成了她最初对于世界的感知与认识，因此在她的诗歌作品中读者会看到大量对干净淳朴的乡土世界的热烈赞美与深情怀念，也有对简单温暖的人际关系生命形式的渴求与向往。当然，成年之后到银川这座略带商业气息的城市生活，这对于林一木而言又是一种全新的体验和感受。地域文化的差异，精神世界的矛盾、困苦和冲突使她一次次陷入深刻的孤独之中无法自拔，或者正是这种去乡之后的漂泊感，使她的作品呈现出与众不同的浓郁的乡愁。如此十多年灵魂深处的自省和救赎、十多年内心世界的痛苦煎熬，使林一木迅速成长成熟起来。

作为林一木大部分作品的第一位读者，我们在一首作品定稿之前常常会有一些激烈的争论、探讨和商榷，一个意象、一个句子、一个词组，她都会费尽周折用心修改，不但要自己满意，还要让她的读者——尤其是像我这样挑剔的读者满意。但实际上，林一木在写作中总是处在谨慎、警惕的状态，也总担心读者对她的误读。或者说，很多时候，她都是在小心翼翼地写作，尤其当别人谈到自己的诗人身份时，她总觉得自己无力承受“诗人”这个崇高的金灿灿的王冠。

在一次访谈中，林一木谈及对自己诗人身份的指称时说：“我钟情女诗人这个说法，但我目前还达不到诗人这个高度。”[1] 可以说，做“女诗人”是她的理想。在她看来，“诗人”的身份能将她与世俗之人区别开来，至少在精神上不会流于平庸和凡俗。而“女诗人”则是她心甘情愿将自己区别于男性诗人的表现，也是她的矜持以及内心小小的骄傲之所在。但事实上，对于每一位写作个体而言，任何简单的归类和指认都是粗暴的，而且这种行为在某种程度上可能会遮蔽他们独特的艺术个性。尤其对于林一木而言，在这个“女诗人”遍地开花遮云蔽日的时代，我更加愿意她是一名诗人

[1] 林一木，银菊．下面是人间，上面是天堂（访谈）．朔方，2009（11）．

而不是一名“女诗人”,这样才有可能避免对她的误读。

当然,作为女性写作者,爱(人类普遍的爱和男女之爱)是创作时先天的心理冲动,所以林一木的诗歌有一半以上热情地歌颂爱情、歌颂人类普遍的世俗情感,这样的作品相较于其他写作者而言虽然自有其独到之处,但并不能体现出其独特的价值。

对于林一木来说最为重要的是那些深刻的充满哲学探险的思考,那些隐隐不安的象征和隐喻,那些难以直言的苦衷,这些才是她之所以超越其他诗人的主要原因。

2009 年发表于《人民文学》第 7 期的组诗《红枕高过贺兰》中有一首《我不说》,不论是针对诗歌的写作者还是针对作品中的抒情主人公都有一定的讨论意义:

> 我不说。就算让我回去
> 在桃树下走一千个来回
> 就算桃花一片接一片地凋零
> 被风揉碎在我的眼皮下
> 我也不说。我用胸和肋骨
> 抑制汹涌的水
> ……
> 我不说,就算到死我也不说
> 我要把它们带进坟墓
> 等你们都走后
> 我就把坟丘铲平
> 把土踩严实
> 不留一点痕迹

“我不说”在这里具有双重意义:一是对于写作者而言“不说”

是艺术的选择，是洞达之后对“诗”本身的抗拒。这正好印证了我之前的判断，诗歌创作在很大程度上就是拒绝和世界交流的结果。诗人不同于小说家，小说家的任务是努力把故事讲清楚讲明白，而很多诗人的写作就是尽可能让自己的想法含蓄委婉，甚至在自己和世界之间建立屏障。二是对于诗歌的抒情主人公而言“不说”是一种激烈的“说”，是在对俗世的抗拒中表现出的悲壮与豪迈，并以“不说”的姿态维护抒情主人公的尊严，维护生命的尊严，表现出强烈的个体意识和独立精神。

而今天的诗坛，依然有很多时髦的诗人试图把诗写得更明白，写得更清楚，并以为那就是口语诗，于是便有了所谓“梨花体”“羊羔体”惊艳亮相。而且有很多“梨花体”的拥趸者试图在赵丽华的句子中寻出深意，比如《一个人来到田纳西》中的所谓“乡愁”，《我爱你的寂寞如同你爱我的孤独》中所谓的“孤独”和“寂寞”。或许从这两首诗的题目我们能看出些许这些批评家所说的意思，但是在诗的具体内容当中诗意荡然无从，就像是真正的口水——除了让人倒胃口之外——没有任何诗的价值，赵丽华们曾经所做的努力就是把一句大白话用回车键斩成几截，并在这种简单的创造工作中获得某种小小的乐趣。估计这种“诗”的写法即使当年倡导口语诗的于坚和伊沙也不得不惊叹了。因为当年口语诗的写作者们努力追求的是淡中有浓，追求的是语言和诗歌结构的张力，这些虽然在当时也产生过一些争议，但那毕竟是在诗歌审美范畴之内展开的有价值的探索和批评，不管是口语诗的倡导者还是批评者，都是以真正的诗歌创造作为前提的。尤其像伊沙的《饿死诗人》这样著名的诗篇，在极简的语言中包含着无限的深意，这不是今天口水诗的写作者们所能想象到的高度与深度。

从这个角度来讲，诗歌的写作一定是有难度的，一定是语言的历险，一定是诗人思想、情感与艺术的完美创造，一定是诗人努力寻找探讨与世界沟通方式的美学行为，而且更为重要的是那些受人称赞的好诗一定是自然天成的。

2008年第8期《星星》刊发了一组北京奥运会专题诗作，这组专题二十多首（组）作品从不同的角度热情赞美了北京奥运会。其中林一木的作品《让中国的手点燃太阳之光》排列在头条作品瘦西鸿《福娃的动词（组诗）》之后。但不同于其他的是林一木这首诗不是对北京奥运会简单的赞美，而是对奥林匹克精神的歌颂和追寻，诗歌开篇便引用了现代奥林匹克运动发起人顾拜旦的名句，“奥运会重要的不是胜利，而是参与／生活的本质不是索取，而是奋斗”，直指奥林匹克精神的实质。

天空打开悲剧史诗的画卷
美目、残缺与沉静的头颅再现人类永恒的思想
深沉斗争的爱说
和为贵。希腊的山水有情有义

这种悲剧英雄的光辉形象正是爱、美与力的象征，正是永恒的奥林匹克精神的价值体现，而真正的奥运会就是要以传递这种价值和思想为根本任务，而不是金牌数量的多少。林一木的这首作品其实是对当时很多诗人苍白泛滥的歌唱与抒情的深刻拷问，让更多粉饰太平的肤浅的赞诗与当时《星星》诗刊同期所刊发的其他所有关于奥运主题的作品都黯然失色了，只可惜没有多少人能够看见和理解这样以思想见长、主题深刻的作品。

林一木的这首作品写了很长时间，写作期间曾多次和我讨论奥运主题和奥林匹克精神的问题，并针对当时部分作家诗人关于奥运主题的作品提出了很多自己的认识，这种深刻的问题意识和极具穿透力的思想见解非常珍贵。正如稍后她在一篇题为《2008

年北京奥运会是对中国的教育》的博文中所写:“在我看来,奥运诗致力于表现的,应该是奥林匹克精神,那就是和平、友谊、公平竞争,不要战争。这才是我们应该歌颂和弘扬的,因为它是属于全人类的,适合于任何一个时代的东西,也是人类一直致力于追求和实现的梦想,只有它们才是永恒的,是应该引起诗人关注、共鸣和为之奋斗的目标。”[1] 而此后我又读到很多涉及奥运会题材的作品,但很少有作者能够触及奥林匹克精神所包含的世界意义。实际上,在很多这样的“宏大”事件面前,有些作家诗人很容易失去独立的判断而被大众的狂欢所裹挟,来不及思考张口便唱。

林一木的努力让我意识到,一位真正的诗人一定要保持清醒、理性的头脑,一定要走在同时代人的前列,一定要超越平庸而张扬独立自由的精神。这样的诗歌精神正是一百年前鲁迅在《摩罗诗力说》中论及“摩罗”诗人时所说的“无不刚健不挠,抱诚守真;不取媚于群,以随顺旧俗;发为雄声,以起其国人之新生,而大其国于天下”[2]。然而一百年后的今天,鲁迅先生理想中的“致吾人于善美刚健”“援吾人出于荒寒”的“精神界之战士”越来越罕见了。[3] 诗歌在部分写作者那里成了轻而易举的文字游戏,诗歌应有的庄严、神圣、美好、崇高的精神价值被消解了,甚至连审美追求的表达也被一些诗人弃之脑后。

当然我所推崇和认可的诗歌观念并不一定是所有诗人和读者都愿意接受的。但在我看来,对诗歌的要求至少要有一种大致相近的审美标准,或者说要努力向世界范围内优秀诗人和经典作品靠近,而不是远离。实际上林一木在这十多年的诗歌写作生涯中一直做着这样的努力。在她早期的诗作中我们能够看见西方的大

---

[1] 见林一木搜狐博客 http://linyimu.blog.sohu.com/。

[2] 鲁迅.摩罗诗力说//鲁迅全集:第一卷.北京:人民文学出版社,1981:99.

[3] 同上,第 100 页。

诗人们对她的影响，尤其是欧洲的浪漫主义诗人，优美恣肆的抒情格调最适合表现后青春时代诗人内心的挣扎和激荡不安的悲伤情绪。在这一阶段的写作中，林一木常常沉醉于诗歌艺术的创造，将诗歌本身看得很重，甚至在她眼里诗比诗人，诗比整个世界都重要。这样的写作追求提升了她的诗艺，使她在艺术（技术）上超过了同时期的很多创作者。到了思想和诗艺相对成熟以后，除了泰戈尔式的空灵给她的影响之外，就是郑敏、昌耀和洛夫等华语诗人在现代意识、哲学思想方面对她的影响。这时候林一木对于人和世界的认识发生了根本的变化，尤其对于生命的理解早已经超越了“孤独”和“寂寞”的状态，并且超越了诗本身而建立起一个独特的诗意空间，时而空灵时而沉重时而充满了对生命对世界的哲学式追问与探讨，这已经超越了对早期诗歌形式的追求而表现出一种通达和智慧。

纵观林一木的诗歌创作，最优秀的作品大都集中在 2002 年至 2012 年，尤其诗集《不止于孤独》中所收的一百多首短诗，更是思想、情感与艺术较为完美的结合。近几年虽有佳作奉献出来，但总体而言，洒脱率性少了一些，沉稳老练多了一些，叙事风格更加简洁内敛质朴。希望这是沉静之后的再一次飞跃，而且我对林一木抱有最大的信心，她的诗歌生命还很长，相信不久的将来一定能够给读者更大的惊喜。

2014 年 10 月 31 日下午 15:55 改定　固原苦雨斋

（原刊于 2014 年《朔方·文艺评论专号》，刊发时题为《林一木的诗歌及其他》）

“乡关何处”与“格格不入”
——为陈永强诗集所作

一

在我担任北斗文学社指导老师的时候，陈永强曾经做过一届《山城》的主编，那时候他略显消瘦的脸上架着一副很大的近视眼镜，话少而拘谨，可能更多的意思都躲到镜片后面去了。然而对于文学的那份痴迷和热爱却丝毫不曾隐藏，而且几乎是从大学一年级开始，在我给他们讲基础写作课程的时候就已经发现他对文学的那种感觉，虔敬而小心，就像是一个仰望星空的孩子，被那深邃辽阔寂寞邈远的世界所震撼，久久注视却默不作声。

在当时的习作课上，陈永强从不轻易把自己的想法和情感置于华丽的词句之上，也小心谨慎规避着大多数学生作文无法绕开的那些平庸的观念、情感和话题，他总是小心翼翼地守护着自己的一点园地。好像就是因为这样，陈永强引起了我的注意，我看到了他和其他学生不同的地方。后来我和他的交流渐渐多了，而我们之间所谓多了起来的“交流”，其实更多的也只不过是陈永强来找我看他的习作，然后是两个人坐在办公室里面沉默，但是在我们的心里却能相互理解被我们“沉默”掉的那部分意义及没有被我们表达出来的意思。对于文学，对于诗歌，对于人生，对于生命的价值和意义，对于人在这个世界上所遭受的苦难，对于我们的路和追求，我们并没有告诉过对方什么，但是肯定彼此知晓，在更多的时候，我们的想法是一致的。

再后来，我特意让陈永强担任《山城》的主编，负责报纸的编辑工作。一方面，我希望他能够通过这一份报纸体现我作为一个文学爱好者的意愿和想法，在这样一个校园里的小小的交流平台上把我们自己对于文学的理想表达出来。另一方面，我希望通过这样一份“工作”为他搭建起一座进入世界的桥梁，让他能够更快地认识和理解这个纷繁复杂的世界，或者至少可以打破他的沉默，让他能够与更多的人交流，哪怕是以文学的方式。在担任《山城》主编的一年多时间，陈永强成长得很快，虽然大多数时候他依然沉默着，但是变得更加坚定，更加痴迷于文学的理想。

从那时候开始我就一直在想，等陈永强写够100多首作品时就应该抓紧时间出版一本自己的诗集，而且我也曾经有过组织他和另外几名年轻写作者出版诗集的想法，但由于各种原因一直未能实现。虽然我知道，在这个社会，写诗一定会被正人君子们认为是不务正业的事情，出版诗集这种吃力不讨好的事情也一定会被更多的正人君子们所嘲笑，但是我还是希望这些“少数人”不要放弃自己的梦和理想，当更多的梦和理想照进现实的时候，现实一定会渐渐明亮。

果然，不久前我接到了陈永强要印刷他的诗集的消息，而且要我写序，陈永强在电话里说只有我才能给他写序。似乎是说，我是唯一的人选，于情于理我都无法推脱，只好答应下来。但是按照序的写法，无论如何都不可避免地要在叙述的过程中掺杂一些诗歌批评的意思，这就让我感到非常为难。因为诗歌批评有时候是靠近诗歌，而更多的时候是远离诗歌，所以想要真正发现诗人与诗歌的意义并不容易，这也成为很多诗歌批评者最感困惑的事情。但是批评者的身份和价值在于不断地发掘诗歌可能存在的意义并在此基础上进行独立的创作，所以对于陈永强的诗歌，我也想借此机会谈一点自己的读后感，以表达对一名和我处在同一个时代并且和我有着同样的成长背景的年轻写作者的理解和认同。

二

在本文的标题中我选取了两个词语："乡关何处"与"格格不入"。这是爱德华·W.萨义德的自传"*Out of place*"一书的台湾和大陆的不同译名。萨义德在书的前言中写道："我的生命中最基本的分裂，是阿拉伯语和英语之间的分裂，一个是我的母语，一个是我受教育和后来治学与教学所用的语言。"[1] 他在这里强调的虽然是语言的分裂给漂泊者带来的影响，但是不论语言的分裂还是身份的改变，最关键的都是因为地理上的漂泊，没有什么比背井去乡流离失所更能让人刻骨铭心更加让人尴尬的了。而且对于萨义德来说，英国名字爱德华（Edward）和阿拉伯姓氏萨义德（Said）本身就构成了一种因空间地理的改变而造成的身份的扭曲与割裂，以及这种割裂之后的找寻和探索。所以在"乡关何处"和"格格不入"这两个词语中我们看到萨义德以及更多知识分子在过去与现在、故乡与他乡之间的抗拒与抉择，以及他们的"Out of place"的追问和状态。

而在现代以来的中国文学叙述中，故乡几乎是一个永恒的主题，从周氏兄弟、郁达夫、沈从文，一直到张炜、张承志、莫言等等，文学的故乡就像是一曲缠绵悱恻的歌，被不断传唱。其原因到底何在？为什么故乡成了作家们最为钟情的叙述对象？甚至在很多作家那里我们听到他们不断向读者表明"我是一个乡下人，我爱乡

[1] 爱德华·W.萨义德．格格不入——萨义德回忆录．北京：生活·读书·新知三联书店，2004：1.

间，并爱住在乡间的人们。就是现在，虽然在这座大城市里住过几年了，我几乎还是一个乡下人一样生活着，思想着”[1]。不仅如此，他们还要以“地之子”[2]这样情感倾向性很明显的词组来为自己的作品命名。很明显，“故乡”在现代中国的文学叙述话语中，不仅仅是一种传承，更是一种精神的寄托和归宿。在这里我们更加清楚地听到因故乡远去而发出的“乡关何处”的追问，也更加清楚地感受到那些漂泊者在不能融入他乡时所表现出的“格格不入”的精神与生命状态。

陈永强的诗歌中，随处可见背井离乡之后对于故乡的怀念和在现实面前格格不入的情感与生命体验。

诗集中收录的第一首诗歌题目为《我是谁家的孩子》[3]，这首诗只有短短四句：

> 我管每一片雪花叫孩子
> 管每一块大地叫母亲
> 看着雪花在大地的怀里消融
> 我不知道管自己叫什么

他把一种离乱之后身份的丧失表现得淋漓尽致，离别故乡之后没有了认同感，忧郁和焦虑接踵而来，“我不知道管自己叫什么”，“爱德华”还是“萨义德”，故乡还是他乡，城市还是乡村？流离

---

[1] 李广田.《画廊集》题记//画廊集.北京：人民文学出版社，2001：106.

[2] 1928年，台静农出版小说集一册，题为《地之子》，为“未名新集”之一种；1933年春，李广田得诗一首，题为《地之子》，收入《汉园集·行云集》，1936年出版。

[3] 因为陈永强公开发表作品较少，故本文所引陈永强诗作均出自于其自印诗集《乡关何处》（2011年）。

失所的雪花孩子再也不会“消融”在大地母亲的怀里了。

诗集的第一部分就以这首诗的题目命名《第一辑:我是谁家的孩子》,以强烈的自我质疑和追问的语气表现远离故乡之后,叙述者身份的丧失以及对这种身份的找寻,“我是谁家的孩子”在语义上几乎等同于“乡关何处”,离乱之后迫切寻求归属和认同的心情不言而喻。在《路过羊群》一诗中,他写道:

傍晚,路过羊群
我觉得温暖
暂时忘记饥寒和孤独
停止奔波
我多想
悄悄混进羊群
披一身羊毛
一边啃着黄土上的夕阳
一边在牧羊人的歌声中
向家的方向慢腾腾地移动

这是一个多么让人辛酸却温暖的梦想,为了“黄土上的夕阳”,为了“在牧羊人的歌声中”“向家的方向慢腾腾地移动”,叙述者宁可“混进羊群”,“披一身羊毛”,这种略带游戏的行为和内心的巨大悲怆形成鲜明比照。故乡,已经成了一个让人黯然神伤的守望。这时候,语言、修辞、技巧全都成了点燃诗歌之火的柴草,而浓烟和烈焰之后,息息不灭的星星之火才是重点所在。

实际上因为追问“乡关何处”,而使得叙述者变得更加“格格不入”,成了一个被故乡遗弃和他乡拒绝的人。在很多作品中,“我”显得那么遗世独立(《陈家的驴叫声》),那么孤独和悲伤(《泪水》),那么卑微而渺小(《油菜花开的时候》)。“我”被叙述者一次一次凸显出来，不断强化,成为远离故乡的守望者,成为他乡没有归宿的漂泊者。

三

当然,站在故乡对面的就是他乡。故乡是诗意的栖居之地,是美好的自然乡土,而他乡是埋葬理想、人性沦丧的冰冷城市。那些怀抱着理想的诗人们,正在去往他乡的路上或者已经抵达他乡。在很多作家的作品当中,故乡的不断消逝正是伴随着城市的不断扩张而进行的。在陈永强的诗作中,我们看到了这种可贵的思考和清醒的批判。这实际上是很多读者对文学的一个要求,也是文学理应自觉担负的一种责任和使命。

1907 年鲁迅先生用文言文写出了著名的文学论文《摩罗诗力说》,这成为鲁迅浪漫主义诗学的发轫之作。在《摩罗诗力说》中，鲁迅先生高呼“今索诸中国,为精神界之战士者安在”,与大声呼唤“摩罗诗人”相对应的书写理想和审美追求则是“有作至诚之声,致吾人于善美刚健者乎？有作温煦之声,援吾人出于荒寒者乎？”[1]这成为 20 世纪之初振聋发聩的呐喊。在这篇文章中,鲁迅先生不但倡导浪漫主义崇高诗学,而且标举敢于反抗的摩罗式理想诗人。然而一个多世纪过去了,在现代文学发展与流变的进程中,在近代以来中国人反抗和斗争的历史中,一部现代文学史写尽了文学的沧桑与繁华,唯独很少有人响应鲁迅先生在 20 世纪之初孤独的呐喊,能够承担起“精神界之战士”者为数寥寥。

在诗歌写作领域,从鲁迅先生最初的呐喊出发,我觉得最值得思考的一个问题便是:诗人的责任和诗的价值。作为一名诗人,更

[1] 鲁迅．摩罗诗力说//鲁迅全集：第一卷．北京：人民文学出版社，1981：100.

应该有一种自觉的使命和承担，能够在诗歌写作中直面现实，直面人生，直面自我。

在陈永强的很多作品中，我们看到他的笔触伸到了这个社会最为艰难和辛酸的角落。在《第五辑:安静里疼醒》中收录的大部分作品，都与不幸的命运有关。一条被吃掉的鱼、在灾难中失去孩子的妈妈和失去妈妈的孩子、街边的老鞋匠、失踪的少女、乞丐、精神病患者、疲惫的打工者、捡垃圾的女孩……这一切都在这个世界上真实地存在着，却被我们更多的人遗忘。正如 1932 年 9 月中国诗歌会在成立之初所提出来的问题:“一切都沐浴在疾风狂雨里，许许多多的诗歌素材，正赖我们去摄取，去表现。但是，中国的诗坛还是这么沉寂;一般的人闹着洋化，一般的人又还只是沉醉在风花雪月里……”[1] 当然，彼时的“沐浴在疾风狂雨里”的中国不能与此时的中国相提并论，但是这并不意味着此时每一个人都沉醉在幸福中无法自拔。正如陈永强在《无题》一诗中写道:

一个民工
一手举着瓦刀
一手提着砖头
站在城市的最高层
做了一个飞翔的姿势
城市不屑地一笑
像抖掉身上的灰尘一样
轻轻地抖了抖
……

[1] 转引自钱理群、温儒敏、吴福辉著《中国现代文学三十年(修订本)》，北京大学出版社，1998 年 7 月第 1 版，第 352 页。

在节制的叙述中,我们看到民工悲凉的生命消失在这繁华的都市中成了最微不足道的事件,“城市不屑地一笑”——陈永强对于社会人心的体悟和洞察通过其节制的叙述形成了一种内在的矛盾和张力,从而完成了诗人从艺术价值向生命价值的升华和飞跃。

很多批评家在判断一个诗人的价值时,更注重于形式和修辞的问题。是的,从形式和修辞的角度来认识问题,或许会使诗人看起来更像一个诗人而不是末流的剧作家或者三流的散文家,但是一个诗人不能只注重形式和修辞的问题。

所以,我更愿意看到痛苦的诗人,悲天悯人的诗人,在黑暗长夜中点燃一支小小烛火的诗人。诗人更应该是时代的“敌人”,有独立自由的思想,有悲天悯人的情怀,有直面现实的勇气,而不为“顺世和乐之音”。然而,在庞大的诗歌加工厂,我们看见的却是“梨花体”“羊羔体”大行其道,更多的人以艺术的名义染指诗歌,玷污着我们内心美好的诗歌理想。在 2006 年的时候有一次和陈永强谈起诗歌写作的问题,我曾经说:“诗歌需要在血和火中萃取,需要真正的痛苦来酿造,而不是无病呻吟。”然而在这个消费的时代,在这个充满功利和欲望的时代,谁又愿意安静下来,沉入底层,用自己的生命去感受人生的疼痛呢?

四

当然,对于陈永强来说,这或者是开始,或者也是结束。他所奉献于我们的,不是略显稚嫩的技巧和修辞,从这一点上来讲,他显然和那些所谓成熟的醉心于技巧的诗人们无法相提并论,但是我想我们并不必因此而责怪他。相反,对于这样的习作者,我们更应该向他表达我们的敬意,我们更应该感谢他,感谢他这样年轻而悲悯的心,感谢他以自己的痛苦触动了我们麻木的神经。

行文至此，我想我应该结束这篇冗长的“序言”了，请允许我在结束之前再强调几个问题：

1. 陈永强习诗时间并不太长，也并不太专注于技术的创造，因而他的思想才有了自由发挥的空间，所以那些注重技巧和艺术，吹毛求疵醉心于形式的人们最好绕行，这里唱的不是“同一首歌”。

2. 本文原题为《诗人的责任和诗的价值》，但害怕引起那些颇为讲究诗艺的君子们的嘲笑，遂改为《“乡关何处”与“格格不入”》。这个题目受了萨义德自传“*Out of place*”一书译名的启发，但与萨义德没有太大的关联，请喜欢想象的人们不要随便联系。

3. 诗歌批评全赖于过度阐释，以上的话只是在阅读陈永强诗歌作品的时候所引发的个人见解，如有阐释过度之处，敬请谅解。

2011年5月9日凌晨写　固原苦雨斋

（本文为陈永强诗集《乡关何处·序言》，原刊于《黄河文学》2014年第1期，刊发时有删节，收入本书恢复了被删节部分）

为什么诗人都是沉默的

一

在我的学生当中，写诗的大都是沉默、隐忍的。就如李文、陈永强、王国强、马璟瑞、王强等等，而且大都出身于农民家庭。或许，正是这种真正底层的甚至是卑微的生活磨砺着他们的思想和心灵，使得他们更早更深刻地体会到人生的酸甜，洞穿人世的冷暖，所以才有了那种沉默和隐忍。或许他们正是用这种沉默和隐忍与这个平庸的世界做着最后的对抗。

不知道多少年过去了，我依然能够清晰地记得那个在老校区一号楼三楼阳面教室里写诗的男生——李文。他很有个性却从不张扬，很少与他人交流，也没有参加我当时主持的北斗文学社的具体工作，但是我知道他是那一届写诗写得最好的学生之一。

2004 年上半年我被学校派到教育厅工作，在给他们的最后一节课上，我为李文带去了一本海子的诗集，并在里面写了几句话，有离别和鼓励的意思，当时他的目光有些忧郁，这个比我小不了几岁的男生突然让我很不舍。后来他毕业了，曾经有一段时间过着四处漂泊的生活，每次通电话时他都因为自己的处境而略带着一点歉意，好像犯了错的孩子一样。现在，他已经在新疆成家立业，有了很多年轻人羡慕的一切。也许这时候，他更应该学会向这个世界妥协，学会接受，学会享受安然的生活，然而每次打电话时我听见他还把自己深埋在理想里，听见那些理想和现实碰撞之后发出清脆的破裂的声音，听见那低低的诉说背后无法遏制的沉重的呼喊。

二

是的，李文依然在写诗。写苦难的诗，写控诉的诗，写没有希望的诗，写在俗世中一文不值的诗；写爱情，写亲情，写莫名其妙的烦恼，写一地鸡毛的人生；写心酸，写眼泪，写成长的伤，写别离的痛。

在他所写的大多数作品中，对个体和群体生存悲剧的揭示和思考体现着一名诗人的良心。“农民”和“农民工”这两个在主流叙述中身份交叉重叠而又界定不同的群体是李文最为关注的对象，不是因为他们忍受着这个世界上最大的苦难和悲伤，却表现出对收获和美好生活的迫切希望以及抗争的本能，而是因为李文曾经就是他们中的一员，为了摆脱同样悲苦的命运而最终走向了远方。

有很多诗人和作家都在写农民工，但有的不痛不痒，无法准确地把那种基于底层弱势群体刻骨铭心的悲剧命运表达出来。李文本人曾有过在最底层谋生的经历，而且“我父亲是民工”，“我弟弟是民工”，这种直接的人生体验或许可以成为最有价值的创作财富。但是，这时候李文却说“可我在纸上写下民工两个字后 / 再也 / 写不出第三个字”[1]。此时，我们看到的不仅仅是他的真实，最重要

---

[1] 因为李文公开发表作品较少，故本文所引诗作均出自于其自印诗集《老车站》（2012 年）。

的是他对农民工生存悲剧感同身受的深刻理解，这有别于同情和怜悯，它是一种心灵和情感的认同。在语言和情感的角逐中，语言显得那么苍白无力，无论多么丰富和华丽的语言或者多么精湛高超的技巧都不能够表达此刻的情感。当农民工悲凉的身影被城市的尘嚣淹没的时候，任何积极的书写都可能是失败的。

对生存悲剧的表现不是依靠华丽的语言，而是心灵的体验和感受，没有真正经历过悲伤生活的人，没有在现实的挣扎中吞咽过苦水的人永远无法体会那种刻骨铭心的感受。

在一首题为《庄稼》的作品中，李文写道：

当天空不再流泪的时候
父亲就是一株走动的庄稼
眼里写满焦渴，这时候
枯萎的麦苗和消瘦的父亲
都需要一场雨的滋润

庄稼是父亲一生的孩子
而曝晒在异乡工地的弟弟
是让父亲
最最揪心的那株

干旱少雨的土地、枯萎的庄稼和焦灼的心灵是李文很多诗歌作品中常见的意象，然而土地的歉收带给农民的只不过是身体的“消瘦”，“曝晒在异乡工地的弟弟”才是最让“父亲”揪心的现实。从“焦虑”到“揪心”，对“不幸”的书写逐渐达到一种震撼人心的效果，从庄稼到人，都无法摆脱悲剧命运，苦难在一代一代人身上循环往复，像噩梦和影子一样无法摆脱。从“父亲”到“弟弟”，由“消瘦”到“曝晒”,我们根本看不到他们的希望和出路,或许这才是李文对农民命运的深刻把握,或许这才是我们不得不正视的现实。

文本在任何时候都无法独立于写作者,尤其对于李文这样技术略显生涩的青年诗人,他很少用修辞来放大和夸饰内心的想象和感受,只是把看见和经历过的人生用诗歌的形式原原本本呈现出来而已。

当然,这也是思想催生的结果。我们每个人一定都目睹过不幸的人生,看见过悲剧,听到过谎言,然而最终我们都一言不发,因为我们的心灵已经变成了冰冷的石头。这时候更需要敢于思考的人用痛苦的文字为我们揭开这悲剧沉重的大幕,让我们离生活更近一些,离妄想更远一些。

为什么李文在很多时候都沉默着,我想那一定是因为他用思考代替了喧哗和吵闹。或者说他的思想,他的内心早已经回到那个被烈日曝晒的故乡的土地上去了,早已经回到了他作为农民、农民工的“父亲”和“弟弟”们中间去了。

三

总体上看李文的诗作,似乎很少能看见明亮欢快的色彩,即使描写爱情,大多数时候都是“心就打得胸膛痛”的“大个子女生和小个子男生”单恋的悲情故事(组诗《大个子女生和小个子男生》),或者是“不忍诵读”的献给“姐姐”的歌(《第二辑:你流水的容颜,是我一世的梦》)。但正是这悲剧的书写成就了作为诗人的李文,使得他的诗风哀婉迂回沉郁顿挫,既有直逼现实苍生的悲悯情怀,又有正视自己内心的坦荡胸怀,从而充满了自省和批判的精神,使他的诗歌从一开始就站在高处审视着这个世界。

直到现在,李文还在沉默着。我想他是在用沉默和艰难的现

实做着最后的对抗,这需要付出整整一生。正如他在《一只鸟》中所写:

一只鸟逆风飞
它飞了很久飞了很长的路
风沙中鸟伤痕累累
但它无法停下来
它怕停下来
再也没有飞的勇气和力气
天空不只有风沙
还有冷霜和冰雹

李文似乎就是这只逆风飞行的鸟,以永远飞翔的姿势与命运做着不屈的斗争。这种不曾停留的飞翔已经成了一种弥足珍贵的精神缩影。在这个现实功利的世界,对于有的诗人作家来说,诗歌只不过是标榜个人悲欢的一种标签,或者是苟活于人世的一种方式,或者像有些人所说的那样,作家诗人本不应该为我们这个时代的种种不幸负责。但是,如果有一天,当我们再也听不到诗歌痛苦的心跳时,我们一定会被纸醉金迷谎言遍布的虚妄的现实埋葬。

我不知道李文诗歌的翅膀在这个“有风沙 / 还有冷霜和冰雹”的世界能飞多久飞多远,我也不知道诗人的宿命到底在哪里,但是我确信沉默是最有力的呐喊。

补记:去年底,李文就嘱咐我为他的诗集作序,虽然我知道给别人作序(哪怕是我最为熟悉的学生和朋友)是一件非常困难的事情,但我还是硬着头皮应允了下来,没有想到这一拖就是半年,我甚至怀疑自己最初的热情都已经冷却了。不过我知道,给李文的诗集写一点文字是我义不容辞的事情,不仅仅因为他是我的学生,更重要的是我自以为更懂他,懂这些西海固的土地上成长起来的青年,懂得他们内心的渴望和灵魂的诉求。所以我写了以上的文字作为李文诗集的序言,努力按照我的理解去解释这片土地和它所养育的诗人和诗歌。

当然,我写得太慢了,半年已经过去了,对于有的人来说半年的时间足够打造一名新的诗人,但是我依然希望远在新疆的李文能够按照原来的姿势飞翔。

2012 年 7 月 27 日初稿,29 日二稿　固原苦雨斋

(原刊于《六盘山》2013 年第 2 期)

词和语境

——关于刘学军的诗

一

据说，读不到好诗是我们这个时代读者的命运。那么，写不出好诗也一定会是我们这个时代诗人的命运。说忧愤出诗人，说诗人一定是时代的敌人，那么我们这样一个时代，一个看起来很美好的时代，一个必须用美好来包裹一切的时代，一个失去了隐喻，失去了象征，失去了表达的出口，失去了叙述的意义，失去了诗歌生成的可能的时代，诗人们应该怎么办？歌唱得太久了，即使百灵和夜莺也会让人厌倦。

然而，幸运的是我们还能够看见一些诗人的努力，尤其是青年诗人，那些敏感而热情的，那些充满了活力的，那些对世界和人生有着各种各样美好想象的青年诗人，正是他们的美好期许和世界本应该给他们兑现的承诺之间发生了差距，正是他们燃烧的热情却遭遇了时代冷水的浇灌，才使得诗歌变成了质疑和对话最好的方式。哪怕这种方式是一种枭鸣和呐喊，哪怕这种方式是一种喃喃絮语，哪怕这种方式是一种凄凄低诉，但是我相信，这一定是诗的，是经过了精神的疼痛和灵魂的历练之后沉淀下来的时代印痕。

在我有限的阅读经历当中，我看到周围就有这样一些年轻的写作者，他们十分谨慎地用分行的句子书写着自己对这个世界的渴望和谅解。

最近在集中阅读青年诗人刘学军的诗稿时，我在他的一些作品中再次看见了这种努力。

二

组诗《虚拟的九十九个夜晚》[1]（以下简称《夜晚》）是学军这两年最主要的写作成果，实际上是由九十九首短诗组成。在这组短诗中诗人以其敏感的气质把对生命悲剧意义的认同和理解通过暗示的方式传递给读者，把诗人从生活之中提取的经验和捕捉到的感受呈现给世界。

当然，从这个意义上来讲，或许大多数诗人都在做着这样的努力，但是学军却注定是一个“无限的少数人”，因为他选择了“夜晚”作为进入世界的入口，而且是“虚拟”的“夜晚”。在夜晚，一切形式的、物质的存在都将陷于沉寂，当人的外部世界安静下来的时候，人的精神和内心世界、哲学世界就开始复苏，那些被白天淹没和遮蔽的部分一一呈现，人才会开始真正地面对自己，面对真实的、原始的，甚至是赤裸的自己。那些在白天的挣扎中来不及倾诉的理想和希望，爱情和歌，悲剧和人间的不义就好像突然被唤醒——

> 夜晚在路上，我在路上，哥哥在路上
> 苹果在路上，蝙蝠在路上，红枣和核桃在路上（《夜晚·97》）

现实主义的、有序的、常态的人生经验通过一系列的象征和隐

---

[1] 本文所引诗歌作品均出自刘学军诗集《虚拟的九十九个夜晚》，阳光出版社，2012 年 4 月出版。

喻转化成了浪漫主义者敏感纤细、纷繁复杂的个体感受。“苹果”“蝙蝠”“红枣”“核桃”一系列全然无关的意象被排列在一起,这种不可能性反倒使“夜晚”的世界被无限放大,使“夜晚”的世界更加具体和真实。

而学军的这个被放大的“夜晚”所呈献给我们的不仅仅是诗的(“诗”曾被很多人当作一个过程,一个状态,而在这个过程和状态之后却一无所有;“诗”曾被当作是一种情绪,一种间歇性的不稳定的非常态的甚至是生理的表征;“诗”曾被当作是一种虚妄的、幻想的类似于羊癫风发作时的抽搐,而抽搐之后人即复归于正常),而是现实的、具体的,不可超越的、不可忽视的与“白天”对应的更真实的人生,他所呈现给我们的可能也正是学军作为诗人的最普遍和最本质的感受和认识,这就像是我们每一个人对世界的认识一样,而不同之处就在于诗的暗示性和对人的外部世界的哲学式的概括和总结。

所以,“夜晚”就好像是镜子里的“白天”,如果试图按照常规的话语方式去解读的话,那么这个“夜晚”会将你远远地隔在“白天”。所以,必须选取一些特定词和语境来实现一种可能的阐释。

三

在《夜晚》九十九首中出现频率最高但不太引人注意的就是“哥哥”(既可以作为一个词来理解,又可以作为一个物化的对象来理解)。“哥哥”在现代汉语诗歌的书写中并不陌生,但是如此集中频繁出现在一组作品中却比较少见。这就注定了它在这一组作品中的价值、意义和承担,同时也注定了它存在的复杂性。

在初读这些作品的时候,我觉得“哥哥”在诗句中的作用类似于一个结构助词,只是完成诗歌形式建构的一种手段,似乎是可有可无的，我曾多次试图将这个“结构助词”删除，事实上删除之后诗句的语义仍然是完整的，有意义的。但是这种阐释过于片面和简单，抹杀了“词”与“物”在诗歌中的象征意义，忽视了“词”与“物”在诗歌文本中貌合神离的美学原则。

“哥哥”作为一个“词”，与其所指代的“物”的原始意义已经相去甚远，如将其用“父亲”“兄弟”等来替代，仍然是有意义的。所以，“哥哥”在此只不过是一个象征，远离了“物”本身的某种特定意义。这就像海子诗歌中的“麦子”“太阳”等，诗人所表达的是一种对生命价值的探索和守望。而在《夜晚》中，“哥哥”的出现更多的是为了增强抒情主人公倾诉的冲动，体现一个孤独者、弱小者在内心深处寻求倾诉对象的需要。所以，作为词来讲，“哥哥”在诗中的作用更像是为了完成某种仪式而必须的抒情模式，比如“哥哥，我躲闪不及，我眼睛里钻进无数只猫”（《夜晚·53》），“哥哥，你把我的死讯抛洒在空气里”（《夜晚·61》）等，这种自言自语式的叙述方式如果不是表达需要的话，几乎可以忽视倾诉对象的存在。

而“哥哥”作为“物”，其在具体的人群结构当中代表的不仅仅是“兄长”，而是具备更丰富的社会经验的人，是具备刚强性格和成熟思想的人，是具备特殊能力和智慧的人。“哥哥”代表着宽厚与容忍，代表着信任和依靠，代表着勇气和自信。“哥哥”的这些气质影响着抒情主人公的选择和追求，成为抒情主人公心目中理想的化身，这可能是抒情主人公选择“哥哥”作为倾诉对象的条件。当然，在“哥哥”身上也有着和抒情主人公一样的在黑夜中迷茫与徘徊，寻找和求索的过程，比如在《夜晚·38》中：

> 哥哥，我们看不到的千里以外的水车装着石头
> 慢慢逼近火药，确定了我们束手无策
> 哪怕是一点哭声都让我们的心无力穿透纸张

最后，除了夜晚，我们看不到自己

这种相似性更是抒情主人公选择“哥哥”作为抒情对象的必然。

四

诗人为什么要选择“哥哥”作为抒情的对象，为什么要选择“夜晚”作为抒情的环境，这不得不让我们想到诗人与时代的关系。

虽然说优秀的诗歌是永恒的，但是诗人的存在却是短暂的。而在这短暂的诗人的存在当中，更多诗人在他们的时代中都显得那么格格不入，甚至被时代遗忘和抛弃，被时代边缘化。

在学军的作品中，我能够明显感受到被时代遗忘和抛弃，被时代边缘化所带来的精神创伤。独立思考的诗人不愿意与时代同流合污，所以他们只能选择“夜晚”，选择繁华喧闹庸碌的“白天”背后那黯淡孤独寂寞的“夜晚”。这在20世纪80年代之初朦胧诗的写作中是最常见的，比如“黑夜给了我黑色的眼睛”（顾城《一代人》）、“我与黑暗有关”（梁小斌《断裂》）、“我寻找着你/在一次次梦中/一个个多雾的夜里或早晨”（北岛《结局或者开始》）等等，“夜晚”成了诗人们走向真实走向生命走向存在的出口，成了思考者必然的精神语境，成了表现诗人价值取向的文化语境。

而在当下，因为时代特征的影响，更多的诗人们不愿意选择黑夜，不愿意以这种决然背离的姿态证明自己的存在，表达自己的抗争。或许，这也是一种明智的选择，在一个充满功利和欲望的时代，没有人愿意为理想牺牲什么。

所以，从这个意义上来讲，如果把前面我们不断讨论的“词”与“物”的问题，象征、隐喻和暗示的问题，放在一个具体的语境中时，它们已经开始变得并不重要了，这时候我们一定会看到诗歌所面临的不仅仅是艺术的危机，更多的是思想的危机。

回到最初的话题，在我们这个时代，诗人的命运到底如何转变？出口到底在哪里？从刘学军的《黑夜》组诗中我们看见了少数青年诗人的选择。

补记：这个稿子写得很艰难，因为最初设想的问题一直得不到很好的解决，所以始终无法展开，无法进入，于是很多时候不得不顾左右而言他，感觉很对不起诗歌。

2011 年 5 月 24 日清晨 5:50 初稿，10 月 27 日清晨修改，

2012 年 2 月 24 日上午再改　固原苦雨斋

（原刊于《六盘山》2012 年第 3 期）

刘岳诗歌印象

1980年出生的刘岳从2005年开始诗歌写作，先后在《诗刊》《诗潮》《天涯》等刊物发表过诗歌作品。2007年出版诗集《世上》（南方日报出版社），2009年出版诗集《形体》（中国戏剧出版社），另著有诗集《真相》。其中诗集《世上》曾获宁夏文艺评奖诗歌三等奖。刘岳是宁夏“80后”诗歌阵营中的佼佼者，甚至很多“80后”诗人称他为“大哥”。他的语言朴素沉默内敛但充满了张力，意象清晰，结构精巧，简洁明快。他的诗歌充满了悲天悯人的情怀，充满了对生命的内省和礼赞，充满了对尴尬人生和庸俗人世的质疑和反思，表现出他对生命、对生活刻骨铭心的体验和感悟。刘岳从开始写诗至今始终静守在诗坛边缘，很少参加诗歌活动或者诗人的聚会，沉默隐忍地生活、写作，除了诗之外，人们几乎忽略了他的存在。或许这才是一名诗人最好的生存状态，做一个真正的边缘者，而不是把边缘当作一种时髦或某种自我标榜的幌子。

刘岳在写作《世上》和《形体》两部诗集时速度很快，每部诗集平均两年左右的时间。从2005年到2009年，诗人的才情无法抑制喷薄而出，体现出惊人的创造力。短短四年时间出版两部诗集，这在整个宁夏诗坛都是少见的。不过纵观两部诗集就可以发现，写作《世上》的两年时间刘岳偏好写作的速度，诗作的技术和修辞还不是非常圆润自然，甚至个别地方有模仿痕迹。比如：

给枸杞树灌下第一滴水
在第一根炊烟升起前
提一袋粮食回来
做一个健康快乐的人
把幸福的雨水带给每一个人
在每一个所到之处
结识一些明亮的人
用完最后一个黄昏
给远方的人写信[1]

这首诗明显受到海子《面朝大海　春暖花开》的影响。不过整体观照“80后”诗人的写作,很多都受过海子的影响。尤其宁夏“80后”诗人,不少都是从阅读海子开始进入诗歌殿堂的。但个别这样的作品并不影响《世上》的整体风格与成绩。尤其是2006年春天写成的《西海固的水》曾被认为是他的代表作,得到过很多赞誉:

一碗水从天堂运来
渴死了祖父
父亲随手递给我
我递给妹妹
妹妹呀,洗净你尘土的脸
出嫁![2]

诗人杨梓在一次访谈中认为这首诗“显示出刘岳对水的深刻理解,这已不是‘一碗水’了,而是一种庄重的仪式”[3],对“水”的

[1] 刘岳.我要做的事//世上.广州:南方日报出版社,2007:38.
[2] 收入《世上》,刊发于《诗刊》2010年第1期。
[3] 宁夏80后诗人:一边是梦想　一边是生活.新消息报·文学沙龙,2009-06-08.

赞颂和书写已成为很多西海固诗人的本能，出生于西海固乡村的刘岳也不例外。但“水”在刘岳诗中的功能和价值发生了很大的变化。很多诗人把“水”看作是维系生存（生理的生存）的重要因素，注重“水”的基本功能，把它和“粮食”的价值等同起来，体现出西海固干渴（干旱）酷烈的生存背景。而在刘岳这首诗中，却将“水”朝向希望，朝向未来，“洗净”“出嫁”等具有强烈仪式感的行为赋予西海固的“水”全新的功能和价值，这已经超越了人对“水”生理、生存的本能需求，“水”对于生命的意义被充分挖掘出来，最终指向了形而上的崇高的精神领域。

同时，“世上”对于刘岳而言就好像是他观照世界、社会、人生、命运的视角，是他“看”与“言说”的方式。《世上》收录的第一首诗题为《另一种喻示》，“喻示”就好像是对整部诗集主题的提炼和叙述，为整部诗集提供了一种特殊情绪和精神背景：

最空的天空
挂着蔚蓝
最忧伤的脸，我的脸
挂着人间烟尘
（《世上》第 1 页）

这首诗包含两个层次。其一是“挂着蔚蓝”的“最空的天空”，这是诗人精神的栖居之地，它代表着诗人对世界的美好想象：纯净、朴素、自然。其二是“挂着人间烟尘”的“最忧伤的脸”，这是诗人不得不面对的现实世界（“烟尘”），如此丰富、如此厚重、如此艰辛、如此哀伤，是每个人都要为之辛苦奔波的平凡人世，这基本上构成了刘岳《世上》的全部内容：对自我的认识和对个体生命的思考与理解；对底层世界的同情和爱；对人类、自然、社会宏观的认识和观照。而这些“始终呈现着一种普遍的、无需修饰的感伤，即使偶有夸张，也是那么合情合理——也可以这样说，刘岳的诗是刘岳处世的延伸、替补、结论、一种与本能般配的绝望象征”[1]。所以，通过短短四句诗，刘岳完成了对整部诗集的主题意象的概括与阐释。

从《形体》开始，已近而立的刘岳放慢了写作速度，更加看重诗的深度厚度。诗人李南在《形体·序》中写道：“一个人活在世上有着太多的无奈和艰辛，绝望是每个人的宿命，而诗人尤为敏感。”[2]这时刘岳对生活的体验、对诗歌的认识更深了一层，表现出更为悲壮的情怀，甚至在很大程度上带有绝望的思想和情感。这卷诗集的书写按照他的话说：“这是他走到世界尽头，看不到任何希望，寻不到任何出路留给这个文明人世的一份薄礼。也是他痛苦、无奈中给予生命不枉来过今世的一个卑微的交代。是他已逝岁月的一个归宿，精神世界的天堂。从此诗歌仿佛成了他的宗教，他生命的一部分。”[3]这时候刘岳诗歌的表现领域除了个人内心世界的抒怀之外，更加开阔更加深入地触及到底层的生活，更加留意关注平凡琐碎的日常生活，包括细微的个人情感。可以说，这时候的刘岳虽然因为《世上》的影响而为人所知，但是他在精神上更加孤独，甚至有点像生活在青藏高原深处的昌耀，远离人世，在诗歌的领地独自探索。

我向着群峰张开双臂
激情或异常安静
枯死的草木——

什么
会比一个人荒芜？

我听着山谷中风的鸣咽

---

[1] 杨森君．世上·序//世上．广州：南方日报出版社，2007：1.

[2] 李南．形体·序//形体．北京：中国戏剧出版社，2009：1.

[3] 马璟瑞：《刘岳的诗歌主题》，未刊稿。

平息后的——
另一种强大[1]

在这首诗中刘岳主动拒绝了凡俗庸碌的人世，只身来到洪荒之地张开双臂怀抱自然，孤独的感觉被诗人放大之后成了心灵的重压。这时候有很多作品都是通过主体在自然怀抱中的独特感受来表现孤独的主题。这或许是诗人厌恶尘世平庸凡俗的生活而向自然寻求慰藉（或者诗意栖居）的努力。然而，最终谁都无法超越生活、超越平庸而成为精神的人，因此刘岳更多的时候所思考的不是形而上的精神灵魂的存在，而是努力关注普遍平凡的现世人生。

不过《形体》之后从 2010 年至今，刘岳的写作速度更加缓慢沉静，除了 2010 年发表的作品较多之外，2011 年至 2014 年每年只发表一两组作品。不过他的写作并没有停止，反倒更加成熟自觉。比如写于 2014 年 9 月的《岸》：

透过窗户玻璃的光，
像河水，
淌过我的手指。
是时候了，我道歉。

活着时浪荡、奢侈、荒诞，
仰望浮云，用语言
蒙蔽自己。微冷的上午，
我穿着你们的衣裳，在里面哭。

仓廪空空，秋天已经深了，
倒塌的墙尚未扶起来；

[1] 刘岳．纵深 // 形体．北京：中国戏剧出版社，2009：1.

我写的诗，
你们也不喜爱。

我躺在病床上，
向你们道歉。是的，你们。
——这错误的沉默，
不是我的本意。[1]

这时候的诗人开始自省，开始探讨本体的价值和意义。“我”“世界”“你们”在这首作品中构成了多元对应的关系，而“我”的形象不断被挤压，甚至失去了应有的活动空间，成了一个卑微的忏悔者。但外在的物理形象越小，内心的精神世界便越辽阔越丰富。像这样的作品，充满了精神的创伤，充满着对人生无奈的感叹。

近一两年，刘岳对自己的诗歌创作始终保持着警惕，他也时常反思自己过去的写作，他说：“对写诗者自己而言，诗的优劣非常重要，但不至于写作生命里只留‘好’诗，而剔除了全部的‘不好’的诗，年龄的增长蓄积人的见识与认知，优与劣或许便由此产生了。我确实对自己过去的一些作品有着羞涩的不适，又以抒情者为甚，尽管时至今日依然有人为之称快，但我真的心虚了，明明白白好的诗歌作品远非如此。如今写诗，尽可能不去‘直抒胸襟’了，尽可能地做到沉静，内敛，朴素，千丝万缕而有序为径，小而大之，不失为一种进步。”[2] 由此可以看出刘岳对自己的写作，对诗歌心怀敬畏之心，也只有这样的诗人才能真正写出优秀的作品。

2014 年 12 月完成，2016 年 1 月再改　固原苦雨斋

（未刊稿）

---

[1] 刘岳：《岸》，未刊稿，见刘岳博客 http://blog.sina.com.cn/801030zzz。

[2] 见刘岳博客 http://blog.sina.com.cn/801030zzz。

在苦难的土地上高蹈

——点击宁夏诗人[1]

我一直对诗歌抱有很多幻想和渴望，而很多时候这些幻想和渴望也正是来自于我周围的一些诗人以及他们的作品，这些诗人和他们的作品以及他们对于诗歌创造的努力常常令我感动。

对于宁夏诗歌而言，土地和家园是一个永恒的话题。其实从某种意义上来说，宁夏是一个远离文化中心的外省边地，精神和生存的双重苦难使得他们永远处在中国文化的外围地带，很难进入主流文化视野，也不容易被卷入当下诗坛繁复的山头之争。因而他们的作品更多地呈现出一种传统诗歌固有的美学追求，始终坚持着传统诗歌的审美特质。当然这种被文化中心的疏离也是宁夏诗歌创作能够呈现沉稳而平静的发展的重要原因，这种疏离使他们获得了安静从容的写作心态和写作状态。

杨梓：在西夏的土地上　　杨梓始终有一种浓厚的西夏情节，似乎永远醉心于对西夏王朝的歌颂与吟叹。长篇史诗《西夏》（上卷）以豪壮苍凉的风格讲述了西夏王朝的兴衰成败。阅读《西夏》，仿佛

---

[1] 本文为2004年第4期《绿风·中国诗歌地图·宁夏卷》而写的诗歌点评，十多年来宁夏诗歌的写作状况已经发生了很大的变化，本文只是针对当时诸位诗人的写作而言。所引诗作均见于本期《绿风》，后文不再注出。本文在收入本书时个别地方表述略有调整。

能看见杨梓背着双手站在西夏王陵下仰望苍茫的天空，这时杨梓本身就是一首诗。在他的组诗《玉门春雨》里，杨梓的写作更多了一些抒情的成分，“尤其是初春的雨越下越细 / 千万根喑哑的琴弦 / 只待枝头的叶子弹出旋律 / 但小草还在沉睡”，此时杨梓关注的已经不再是一个民族而是一缕雨丝、一棵小草，这种细腻的感情让我们听到了“雨打骨头的声音”“骨头开花的声音”。这里杨梓的创作呈现出一种转变，从宏观叙事进入微观感受，从阅读一个民族到“注视那一朵雨花”，我们看见诗人从西夏历史中走来。纵使如此，他还是无法抹去西夏王朝历史在他心中刻下的印痕：“一个西夏女孩的名字飞向莫高”，“盲女巫的荆棘之舞化成一片萧声”，“挽歌来自西夏的天堂”……杨梓就是一个在西夏的土地上舞蹈的人。

单永珍：大风起兮云飞扬　　阅读单永珍时我仿佛看见一个跪在一座盛大的青铜祭器跟前的人，犹如一座雕像，在那里沉思默想，如何让飓风翻卷起历史的散页，如何寻找出一条道路进入一个民族的内心。他的组诗《胭脂峡 · 古歌》一如既往地表现出苍劲的诗风，“——苍天啊，请收下我们祭献的羊群、驼峰 / 神灵啊，请祁连山上雪莲的光芒把我们引领”。而且长短句错落有致，使人感觉他的语言迅疾有力（“男人爱刀，女人爱美”，“她们采来了胭脂 / 我们带来了死亡”），读来畅快淋漓。单永珍的诗好像是用一把巨大的利斧雕琢出来的精致的玉器，气势磅礴的语言里面往往藏匿着最为微妙的情感：“在胭脂峡，我像一个丢失了家园的孩子 / 喊叫着一棵树的名字 / 我的马匹呢？ / 我的羊群呢？还有那个美颜的女子今生安在。”读到这里不禁让人怦然心动（心伤）。单永珍就是这样，把巨大的石块砸到读者的心上，一个人在那里暗自得意，还说自己“安静地叙述着一段秘密”。

杨建虎：行走在四月的乡间　　杨建虎是擅长抒情的诗人，他的很多作品中总是含着一种淡淡的温情与哀挽，仿佛一个人在深夜里静静地歌唱。他的《春天，在一首诗里居住》就是从夜晚开始，“整整一夜，我的房子在风中颤抖”，而此时诗人却想象着“爱与幸福，就像四月的阳光和雨水”。不错，杨建虎非常钟情于四月，四月的哀婉，最适宜于写诗。在《人间四月天》里“淡淡的阳光落下来”，诗人已经看厌了城市的残缺，要到“郊外的乡村去 / 寻找四月的阳光和童话 / 寻找拖拉机以及牛羊的影子”。杨建虎的诗犹如一首静静的谣曲，恬淡自然，但同时又充满了对城市浮躁生活的厌弃，“我无法宁静下来，仿佛周围都是病毒”，“这个春天，阳台黑暗”，这一切让我们感到“乡村的春天才是真实的春天”。或许杨建虎更像是一位乡村歌手，用他的歌声湿润着我们干燥的心灵。

杨森君：被遗忘或忽略的瞬息　　杨森君善于描摹生活的细节，总是凭借一些细节在生活与幻想、想象与感受之间来回穿梭。“——夕阳下古老的废墟，让我体验到了 / 永逝之日少有的悲壮 / 我同样愿意带着我的女人回到古代……”，把现实的生活寄托在对历史的幻想和复原之中。《在拉卜楞寺》里杨森君简短的几句话就毫无顾忌地描述了自己的想象与感受，而且把在尘世的感受放在了拉卜楞寺就使得作品本身带有了极大的实验性、挑战性。同时因为杨森君的敏感，才能使他把握住一些被遗忘或忽略的细节，比如《列车上》“我”借助“轻微的惯力”，“把整个身子斜靠在一位 / 凝视着窗外的女孩身上 / 我就那么一直靠着 / 我以为火车一直在拐弯”，这是一种很隐秘的感受，也是一个人内心的真实体验。

王怀凌：身在庙堂心在野　　王怀凌是宁夏诗人中为数不多在政府部门工作的，但他总是身在庙堂心在野，以一种强烈的忧患意识和乡土情结，书写着农村生活的痛楚与艰辛、贫穷与无奈，书写着农民的忠厚与质朴，把自己的情感与脚下的这片土地紧紧地联系在一起。高粱、玉米、土豆，就是这些不起眼的东西，支撑着在贫瘠的土地上艰难求生的西海固贫民纯洁、朴素的生活。在深秋，“请拉草的马车给婚姻让道”，在“收获庄稼后，还需收获春天播下的爱情”，在此，王怀凌让人看到了无尽的希望。同时，王怀凌的诗歌还充满了对爱的渴望与憧憬，甚至颇有南北朝民歌的味道。“风的手轻抚过少女优美的曲线 / 又轻轻地掀起她的裙角”，与《子夜四时歌》中“春风复多情，吹我罗裳开”有异曲同工之妙。又如对“两只小鸟的婚礼”的描写，让人觉得王怀凌无论如何都不是一个板着面孔的人。从王怀凌的这几首诗来看，他那本分平实而独特的诗句凸显出的是一种和盘托出的真实品格。

水尘：移动的影子　　水尘和其他诗人相比带有更多的省城的意味，在他的作品中充盈着对城市生活以及物质文明的挖掘与解读，他好像是一个从城市昏暗的灯光下走过的影子。从这几首诗可以看出水尘总是陷在都市的迷离与忧伤之中，但他的心灵依然不断因为北方而触动，“一首与北方有关的诗歌 / 搭乘夜间起飞的航班 / 在南方　遇见冷笑和遗忘”。其实在这首诗里最能够触动人的还有“是的，还有些东西没有相遇 / 比如眼睛还未遇见真理”。是的，什么都已经相遇了，“郊外廉租的房子”与“异乡人”，“钢笔”和“电脑”……唯独没有一双眼睛遇上真理，这是一种巨大的无奈。在这种“相遇”和不“相遇”中我们可以看出水尘是一个在物质和精神、城市和乡村、北方和南方、传统与现实、想象与感受、生活与幻想之间穿梭的诗人。

唐晴：一只夜莺寂寥的歌唱　　读唐晴的这几首诗犹如听“一只夜莺寂寥的歌唱”，“把心亮成一盏灯　高悬天空 / 这时，你就不会孤独”，这让我想到孤独的夜莺仰望天空时的专注神情，这种孤独和美丽很容易让人心中湿润。对于一位女诗人而言，大多数情况下爱是诗歌发生的主要心理机缘，有很多精彩的作品都是对爱情的赞扬和歌颂。爱，不仅为她们的写作提供了源源不断的有着独特内涵的个人经验，有时候也决定了诗歌的语言方式和结构形式，甚至给写作宿命般的理由。对于唐晴也是如此，“一个美丽的黄昏／生活 艺术地修改了／一个美丽的错误／玫瑰姑娘在最后的鸟鸣声中／望见梦飘散的形状飘散的方向”，“会不会有一粒种子——我最爱的那一种／在我生命的土地上／漫漫地／生／长”，这些都是诗人对爱的独特感受和体悟。

泾河：蚯蚓如何从梦中穿过 泾河的诗歌题目就让我惊奇不已，蚯蚓如何从梦中穿过？泾河的诗充满了机巧与幻象，充满了对人生、对现世、对苦难与历史的深切关怀，这一切基本上构成了诗人的精神家园和一种真诚的寻找（《西行有光阴》）。“宁南”在诗人的话语中是一个带有悲剧色彩的词语，“三百里宁南山区，火打的旱洞像呼叫的嘴巴”，但泾河更多地发现了这种悲剧后面的尊严，“在城市幻觉的文明边缘，把一生简化／命似草芥／心似青冰”，这里，诗人道出了一个朴素的真理，走出了惯常的悲剧叙述，重新构建起了属于自己的家园和土地。

梦也：一个人的黄昏 梦也在诗歌、散文和小说的创作上均有所作为。在诗歌方面总感觉到梦也试图将无边无际的内心感受与语言的纯正和节制相调和，“一个人的黄昏／他独自承受着无限辽阔的寂静和轰鸣／承受着缓缓到来的强大悲痛”，强烈的主观感受一旦变成诗人的叙述却突然温文尔雅，把“强大的悲痛”变成似乎是安静的“一个人的黄昏”。又如在《记述今年》中“冬菊远离了我”，这本是带有悲剧色彩的事件，但“我”似乎若无其事、漫不经心，直到后来“突发的大水”“把我变成岸”，“雪已提前把我落成古堡”，这时，我们才知道语言的节制背后隐藏着巨大的内心感受。

马占祥：手持十万盏星火 马占祥的《今夜》是一首好诗，与海子的《日记》有异曲同工之妙。“今夜 我头顶一轮明月／手持十万盏灯火／在风的鼓动下 要把／前生的你 今世的你 来生的你／一一找到”，正如海子在德令哈给“姐姐”诉说：“今夜我只有美

丽的戈壁　空空 / 姐姐，今夜我不关心人类，我只想你”，这其中包含着一种巨大的富有浪漫气质的悲剧精神。其实，阅读马占祥往往能带给我们这样一种感觉。比如《再给我一生》中，如果“我”再有一次人生的机会，按照一般的情况，那其实是一种重生（涅槃），但马占祥却说“我会多么不幸啊”，这里面包含着诗人对“生”与“死”的独特的认识和理解。生着，不仅是“热爱”，更重要的是“承担”“衰老”，这其实就是最大的不幸。马占祥的优点在于他能够准确地看到这一点。

周彦虎：跟随一生的影子　读周彦虎的诗总是感觉诗人在对生活进行着艰辛的修补和诠释，从《影子》到《虚境》再到《岁月与生命》，从虚构到现实，从现实到虚构，生活正如一个个虚构的场景。周彦虎正是用这些虚构的场景强化人们对日常生活的感受、记忆、热爱和兴趣。同时，周彦虎的诗试图通过审美寓意的沟通来达到一种跨寓意的理解，比如对“影子”的诠释，不但说明一种现象，而且期望通过对这种现象的描述展示影子和实体之间微妙的联系。又如对“岁月”与“生命”，“花”和“春天”的关系的阐述也体现出诗人独到的理解和感受。

以上是我对这些诗人作品的个人化阅读，本来我渴望自己通过这种阅读能够进入到诗人的心灵当中，可是当我走了很久之后依然发现自己站在他们的外面，这是非常让我沮丧的结果。不过从总体上来说，宁夏的诗歌还是那么让人欢欣鼓舞，虽然在很多情况下宁夏诗人很难被谁想起和看见，但有一种苦难的精神实质使他们坚韧不拔地经受着寂寞和冷落。真的，当我读到那样一些作品之后，我觉得至少我们会从那些分行的文字中感到一种温暖、一种特殊的精神世界！所以，我对宁夏的诗歌抱有很大期望，这些期望也正是来自于此，来自于我周围的一些诗人以及他们的作品。

其实在宁夏，也只有这样一些人还坚守在诗歌的高地上，默默写作，安安静静地用自己的灵魂供养着诗歌，用他们敏锐的艺术直觉点燃这西部高地上的精神之火。

2003 年 12 月写　校北出租屋

（原刊于《绿风》2004 年第 4 期）

那些青春苍凉的声音和在路上的梦想

——关于王怀凌、红旗等人的诗歌[1]

我们还能够清楚地记得，1980 年代早期和中期，朦胧诗像海啸一样漫卷而来，以《今天》[2] 为中心的写作群体，迅速展示出这一代诗人的英雄主义立场及其高贵的写作姿态。到了 20 世纪最后十年，在此前作为整体出现的诗歌群体开始迅速分化，“世俗化”的步伐进一步加快及政治意识的滑落使诗歌的写作呈现出一种离开政治意识和反叛意识的迷茫、暧昧的情绪。从 1980 年代到 1990 年代诗歌写作的地域性转换也表现得比较明显，由北京而西南，尤其是四川。新世纪以来诗歌的写作呈现出更加多元更加开放的局面，但是由于其他一些非诗因素的介入，使得这些年的诗歌写作并不能使人们感到满意。我们已经能够清楚地感觉到诗歌的黄金时代已经远去，艺术功能的衰退，想象力的丧失，情感的淡漠，批判意识的淡薄，等等，使得诗歌像一朵明日黄花，日渐沧桑。

不过从总体上来说，西部的诗歌创作还是处在稳步前进的发

[1] 本文是应 2010 年 1 期《六盘山·原州区文学小辑》之约所作，后文所引作品均出自本期，不再另外注明。

[2] 虽然《今天》的历史在大陆非常短暂，但是以它为标志，开创了大陆诗歌写作的一个时代，而且朦胧诗的经验也并没有因此而消失，甚至渗透到当初反对者的写作当中，三十年过去了，我们甚至还能在身边的诗人身上看见朦胧诗的影子。

展状态之中，甘肃、青海、新疆、宁夏的诗歌创作会不时引起全国诗坛的关注，甚至被称为是“西部诗坛刮起的绿色风暴”。

宁夏的诗歌写作长期以来一直孤守在这样一个远离政治、经济、文化中心的地方暗自生长，先后出现了一批优秀的诗人，虽然从全国范围来讲，他们可能并没有产生太大的影响，甚至进入不了文学史的写作视野，但是我们不能忽视他们的努力，不能忽视他们作为诗人那种纯粹的诗歌理想和精神，那种饱满的情绪和高扬的写作姿态。

2010年第1期《六盘山》杂志上选编的几位原州区诗人的作品，基本上能够代表当前原州区诗歌写作的基本状况。

一、关于王怀凌

我总是喜欢将一个人的创作和他的身份归属、精神选择联系起来，所以在2004年《绿风》杂志的宁夏诗人点评中，我说王怀凌是一位身在庙堂心在野的诗人。这种特殊的身份归属和他的诗歌写作形成了有趣的对照关系。

比如他创作过一首题目为《昼伏夜出的羊们》的作品。作为乡镇干部的王怀凌必须毫不迟疑地执行上级的各种政策法规。在退耕还林还草的政策之下，传统的牧羊在西海固地区已经成了历史，那些关于羊群的美好想象在这里画上了休止符。羊群由放养改为圈养，但是有一些农户没有太多的草料去喂养羊群，所以只好在夜色的掩护下，将羊群赶到外面去啃青草。或许我们都没有注意到这个和国家政策相悖的小小举动，然而那些夜晚出没的羊群却打动了诗人。或许，这时候诗人真正感到了内心的凄凉和无奈。作为一名乡镇干部，他的理性和情感此刻正处在纠结当中，如果此时是白天，或许他会上前劝说牧羊的农户，然而此刻，夜晚，他内心最柔软的部分被打动了。这并不像诗人单永珍曾说的“这是一首强烈批判现实的优秀诗作”，更多的是表现了诗人内心的悲悯情怀，批判需要的是锋芒和烈火，而在王怀凌则是成熟之后的忧虑和恻隐。

《我看到了两只喜鹊》不是一篇关于“邂逅”、关于“童年”的诗篇，而是关于传统与现代，关于城市与乡村，关于命运的一种重新审视和打量。在现代化的城市里“喜鹊走失的消息，就像邻家女孩/不辞而别的说法一样，有很多种版本”，喜鹊的走失、邻家女孩的不辞而别，诗人似乎是随手拈来，但是实际上这两者都是在现代化的阴影之下悄然发生的事实，这是一种多么让人心痛的现实，可是谁都无法阻止现代化的脚步。然而在“几孔窑洞，几棵苍老的杏树”的“东山里”，诗人却看到“两只喜鹊落在崖畔上，像一对走亲戚的夫妻”，这是另外一个凑巧被诗人看到的事实，在传统甚至是贫穷的乡村，诗人看到了喜鹊并没有走失，因为“黄土旱塬上草木稀疏，但天空很干净”，所以“风轻轻一吹，我的伙伴又回来了”，仿佛邻家女孩再次回来，让诗人内心充满了美好的感觉。在城市里，诗人看到的是被欲望和物质切割得七零八落的现实，而在乡村，在干净的天空下面诗人感受到了生命原初的美与力量。这也是这些年来人们在不断讨论的一个问题，在现代化的背景之下，我们究竟得到了什么，失去了什么？这是一个让人尴尬和窘迫的问题，然而在王怀凌这里我们却轻而易举地看到了答案。

所以，王怀凌所呈现给我们的事实绝非一般，他不是靠想象和幻想写作的人，镇长的特殊身份让他在生活和世界之间建立了特殊的关联，让他看到了荣华背后的辛酸。当然，在中国有无数个镇长，但是这些镇长没有全部成为诗人，这关系到作为写作者的另外一个大问题，那就是:良心。一个没有良心的写作者最多只能当一个镇长，而一个有良心的镇长即使不写诗也是一位优秀的诗人。

生活没有代偿品，诗人这种切肤的生命感受不是靠写作者“体验生活”或者“观察生活”所能感受到的，正是多年来这种特殊的身份、地位和经历使得诗人充满生命激情的同时内心却满是冲突。王怀凌始终把目光落在脚下的土地上，却不是简单地歌唱土地，而是以悲悯之心去审视土地，几棵卑微的小草、两只久违的喜鹊、半块断壁残垣、一个辛劳的麦客，缠绕在山腰的小小村庄……这些才是我们想要知道的真相，世界的真相，这不单单是西海固的，这是人类的，一个人的命运就是人类的命运，一棵草的命运就是自然的命运。所以，有时候我非常想看到那些能够忍得住寂寞，能够想到去关怀一棵小草、一只虫子的诗人，如果懂得去关怀着这些卑微的生命，那么他也一定会去关怀人类。

二、关于红旗

红旗是一个从企业家成长起来的中年诗人，他没有经历过诗歌的青春时代，所以从他的创作中一眼就能看出那种人到中年的悲壮、沧桑以及无边的怅惘。经验和情感的交织，使得情感更加真实、饱满、成熟。比如《谷雨》一首，在谷雨的背景中弥漫着怀旧的情感，时间过去了，甚至时代也过去了，然而保存在人心底的那种怀旧情绪和纯真的童趣依然在目，“那时，每逢我冒雨回家，父亲就训斥 /——我不知，教训该从哪里汲取 / 事实上，趟水总比踏进泥泞畅快”。当然，如果单单表达怀旧和童趣，那这首诗只不过是和“童年”的一次偶遇而已，关键是诗人最后写道，“直到今日，人们都小心翼翼、裹紧风衣 / 躲在伞里，而父亲 / 像一束谷穗，指着我被雨敲打的颧骨”。这最后的一节让人眼前一亮，“父亲”像“一束谷穗”，这该是怎样的一种坚定与苍茫，经历的不仅仅是一次“谷雨”，而是人世的所有“风风雨雨”，诗人内心满怀着无与伦比的沧桑情怀，坚定有力地从现在一眼望到过去，望穿人世，望穿秋水。

在西海固作家的笔下，雨犹如金子，像上帝一样被人们信仰，然而在红旗的诗中总是那么温暖，似乎散发出薄薄的橘色光芒，就像在一个母亲臂弯熟睡的孩子，让一个坚硬的人变得柔软，就像一个贴心的友朋或挚爱的情人，允许你向他（她）低低诉说。《雨点》《小雨来了》《等雨的心情》《有雨，才会有》几首，使用散文的语言，通过描写和渲染，通过对生活对细节深透的观察和精微的体验，把一种简约空灵、沉静恬淡的心境表露无遗。寻找的过程就是创作的过程，红旗不断在路上，像一个漂泊的人，似乎一无所获却又得到了很多。

尤其《小雨来了》一首。夜行的列车将很多人带入了梦中，而红旗始终在“疲惫的车厢 / 咬了一夜的牙齿，打了一夜的呼噜”中醒着，这种状态最容易给旅途中的人带来孤独和漂泊之感，即使一个即将归家的人也不例外。然而红旗在这孤独的漂泊之中看到“小雨来了 / 她，轻盈地走下月台 / 穿过菜市场 / 走进田野”，“小雨”就像是寂寞旅途中的希望，就像是一个浅浅的微笑，就像是一只小小的烛火，成了寂冷夜晚最美好的相逢。这时候“许多爱情逐渐圆满 /——许多春天开始发育”，然而，对于一个注定要和这“小雨”擦肩而过的人来说，这最终却只不过是“秋气垂落在言语的肩头”，这就像是命运，所有的相遇只不过是一次萍水相逢。

中年就是一场守候已久终于来临的雨，没有太大的惊喜也没有过多的失望，如果再早一些则满是青春的伤痕和颜色，如果再晚一些则暮气沉沉黯然神伤。然而，恰好在红旗这里，中年这场雨伤心迷茫却明亮干净，充满希望！

中年的红旗和迟到的诗歌，在人生的拐弯处相逢，正如一场雨一样，不管紧迫或是随心，都是北方人所希望的。红旗对诗歌始终怀着诚挚的爱，在开始写作后不到三年的时间里走遍了西海固的沟沟壑壑，创作了大量细腻丰富的作品。正如在谈到王怀凌的时候我所说的那样，有一个有趣的事实，红旗从一名企业家转而成为一名诗人，当我们问起其中缘由时他只是不好意思地一笑，像一个犯了小小错误的腼腆孩子。这种身份与事实的强烈反差往往容易让人们产生错误的判断，诗歌在红旗这里不是附庸风雅的游戏或者青春的冲动，而是人到中年之后一种深刻的历险，义无反顾且稳健成熟。

三、关于几位年轻诗人

我曾经在很多场合谈到，诗歌就像燃烧的青春，是属于青年人的事业。事实上，诗歌写作最渴望的就是火热的激情和充沛的力量，而这些正是青年们所拥有的，我们会经常说：青春期的诗人！所以，很多年轻时候的诗人等到青春期过后都成了小说家和散文家，这就说明那一股火烧完之后剩下的是老道的经验和深邃的思索。

田玉铭我见过几面，之前他和另外几名青年诗人经营着一份叫作《现代诗报》的民刊，辛苦却充满理想。张家传我并没有见过，也是初次阅读他的作品。武碧君是在和红旗编《草根诗刊》的时候听红旗介绍过几句，大约说是一名充满了诗意和理想的写作者。我曾注意到，在西海固写诗的人，没有一个是因为功名利禄，没有一个会把诗歌当作工具，尤其在这些青年诗人的身上，我们更容易看到一种高扬的诗歌理想，在困顿低落的现实生活面前，诗歌成了拯救生命的水和粮食。他们大多数是为自己写作，细节的感受、现实的描摹、情感的流露，无一不打上了深深的生活烙印。

描写亲情和人间的温暖似乎是田玉铭最钟爱的事业。《山城街景》仿佛一幅年画，淡淡的怀旧色彩，“两岁的女儿／搂着爸爸妈妈的脖子／幸福的笑脸宛若晶莹的花蕊／一顶花折伞在细雨中尽情绽放”，一个细节，一个瞬间，温暖的情怀像一股溪水流入心中。另外，《与母亲一起割苜蓿》《父亲的向日葵》两首在朴素甚至艰苦的生活中折射出诗人的温暖情怀。当“我”跟随母亲收割霜降前的苜蓿的时候，“母亲不断回头叮咛 / 苜蓿低　旧茬高　镰刀快”，当母亲的手被锋利的镰刀割破的时候，“母亲靠前揽着宽趟儿苜蓿 / 不断回头叮咛 / 苜蓿低　旧茬高　镰刀快　小心手”，于朴素之中显露出无边母爱。“父亲老了　向日葵让父亲 / 尊严地在土地上耕劳 / 原谅那场秋雨吧 / 毕竟这里的土地缺雨　父亲说”，当父亲的向日葵在一场突如其来的秋雨中遭遇重创时，父亲并没有气馁，伤心失望，而是以宽容谅解了秋雨，这是西海固农民与生俱来的高尚品质。田玉铭准确地把握住了这一点。

武碧君似乎善于写长句，善于通过气势恢宏的句式表现壮阔的历史文化或细微的生活场景。有时候读者更加期待清新娟秀的小诗，对于长诗或长句总是有一种隔膜的心态，但是在青年诗人武碧君这里，这种隔膜并不会阻挡读者的接受。比如《北嘴旧城》，就仿佛一曲苍凉的历史悲歌，长句反倒使得作者更加具备了婉转曲折地叙述历史的可能。我们一直在回望历史，然而历史终究要成为过去，所以只能在斑斑痕迹中翻捡那些沉淀下来的东西。在这首诗里一些历史片段被无限放大，“爷爷的爷爷拉运银元”成了很多人叙述历史的入口，虽然这种话语模式比较陈旧，但是不影响我们从这个放大的细节中去窥视历史的真相，去体会人世的艰辛和希望。与此同时，诗人还给读者打开了许多通往历史的细微通道，“锈迹斑斑的渡槽”“深浅不一的窑洞”等，这些具体的历史遗迹带我们回到过去，虽然那么微不足道，却仍然让我们内心震颤。另外在《花的念想》和《喜欢生活》两首中，我们仍然能够看到诗人对场景的迷恋，对长句的迷恋。

张家传的诗好像是沙龙里的谈话，通过无边的诉说把读者带入一个一个情感丰富的内心世界，诗人甚至希望通过朗诵的方式、内心独白的方式告诉大家叙述者的体验与感受，比如一首通俗的钢琴曲清新明白舒缓自然。在《远方》一首中，我们恍若回到了余光中曾经给我们营造的寂寞乡愁之中，张家传的“乡愁”，虽抵不上余诗那么悠远流长，但依然婉转回肠，“一枚邮票 / 邮走了我积蓄四年的寂寞 / 远方　呼唤着我的姓名 / 而我　在沟中束缚着的梦 / 撞击山的回音 / 节节枕木摇着我的情怀 / 在梦中走向你 / 山没有回音”，这“一枚邮票”和余光中的“一枚窄窄的邮票”有异曲同工之妙，把一种思念寄到远方。在张家传的这首作品中，“乡愁”成了一种双向的等待。一个是“在沟中束缚着的梦 / 撞击山的回音”，这是向“沟”外世界的乡愁。这在文学的叙述中有别于“原乡”，正如周作人所说的凡是到过的地方都是故乡，而在张家传的诗中，没有到过的“沟外世界”也成了故乡，那里有一种“爱情”抑或是“希望”。一个是可能到了“沟外世界”之后才会深深怀念的家乡(故乡)，因为“我漂游的目的 / 只是一股思念的波 / 起起伏伏”，突然之间让人们意识到此前“夜晚　灯芯花流着泪 / 望你　烧你　想你”或许只不过是一种愁绪而已。

从总体上来说，这三位年轻诗人的作品丰富细腻情感充沛，但缺少更加深刻的生命体验和人生感悟，这就使得他们的作品总是有一种游离的感觉。不过我总是想，诗歌的希望在于青年，只要假以时日，他们一定会迅速地成长和成熟起来。

不论是读人还是读诗，我们都能够清楚地看到，西海固地区诗人的写作都是在自然状态下发生的，没有跟风，没有随流，更没有什么主义、宗派和圈圈之类，这就在很大程度上保证了诗风的多样性和丰富性，保持了诗歌的纯净和高尚，保持了诗歌写作者内心的安静，有时候只有一个安静的写作者才能创作出优秀的作品，如果现在没有,那么就需要我们耐心等待!

林贤治在《自由诗篇·序言》里说:“诗是水,是粮食,喂养的是灵魂。在你困苦时,诗给你以快乐的酒浆;在你迷醉时,诗以神谕般的力量,动摇你,使你苏醒。诗有许多触须,伸向你身体最深最细微的地方;倘若你为石头所折磨,被刀锋损伤,你会因诗而感受到世界最温柔的部分。”[1] 无论如何,我们对诗歌始终怀抱着美好的希望,不要计较我们走得有多远,但一定要知道那些青春苍凉的声音和在路上的梦想就是我们最优美的歌。

2009 年 12 月 26 日改定　固原苦雨斋

(原刊于《六盘山》2010 年第 1 期)

[1] 林贤治.序言//林贤治选编.自由诗篇.北京:中国工人出版社,2002:1.

西北边地的抒情

——新世纪宁夏诗歌创作简论

一、宁夏诗歌创作概述

从20世纪90年代开始，文学便结束了它被“80年代”[1]的读者、写作者、研究者奉若神明的黄金时代，作为精神消费的主要产品，在高度市场化和娱乐化的文化消费体制中遭遇到了前所未有的冷落。而诗歌，作为汉语写作体系中年轻而又古老的成员更是不断陷入尴尬境地，读者和公众的热情持续下降，尤其近十年，诗歌的写作似乎印证了黑格尔之所谓“艺术终将消亡”的箴言。“80年代”以及更早的诗歌英雄遭遇冷落，“诗人”一方面成了羞于启齿的身份标识，一方面又做了一些所谓“写作者”搔首弄姿的遮羞布。然而从诗人和文本的个案来看，相当一部分严肃的写作者并没有放弃探索和努力，他们抵抗着商业气息的侵蚀，在诗歌艺术的探索领域孤独坚守，成为人类精神高地最后的守望者。

而在西北边地宁夏，由于远离娱乐和消费文化的中心，这些地

[1] “80年代”应该当作一种象征，当作1949年以来精神高扬诸神狂欢的“黄金时代”的象征。现在，很多研究者和回忆者都把“80年代”作为一种让人深情满怀的叙述对象。因此，我更愿意把“80年代”作为特定的词汇，让它成为那个美好时代的象征。

处偏远的诗人们在喧嚣中保持着一种难得的安静与从容。沉默与坚守成了宁夏诗人进入全国诗坛的主要姿态。面对一次一次所谓的诗歌事件，面对诗歌被边缘化的事实，他们无力改变诗坛现状，也不愿参与毫无意义的争端。因此，除了不断探索与追求之外，他们似乎别无所求。正是这份宁静淡泊、自然拙朴的写作姿态使得宁夏诗歌的发展呈现出一种良好的状态。事实上，诗歌本来就不是大众化的文体，任何无休无止的争吵都无益于诗歌的建设，当然也不会影响诗歌本来的贵族气质，于是远离恰好成了最好的坚守。

宁夏诗人的创作起步于 20 世纪 50 年代，但是整个 50 至 70 年代受国内特殊社会环境和文化氛围的影响，宁夏本土诗人中为数不多的诗歌创作都摆脱不了“政治抒情诗”的嫌疑，口号化、公式化、概念化倾向非常明显，没有多少值得一提的思想艺术价值。

到 80 年代，出生于 60 年代的宁夏诗人崭露头角，与四五十年代出生的诗人一起创作出一批优秀作品，主要以“新边塞诗”为主，与整个西部（尤其是新疆、甘肃）粗疏、雄浑、豪迈的诗风形成合唱，构成了西部之于中国诗坛的第一声嘹亮的高歌。当然此时宁夏的诗歌创作虽然有肖川、秦中吟、吴淮生、罗飞、丁文庆、屈文焜、葛林、高深等优秀诗人以各自不同的艺术追求发出自己的声音，但整体上依然被淹没在西部的众声合唱中，成为西部诗的一部分，没有完全显露出自己的风格。

到 90 年代，60 年代出生的诗人逐步走向成熟并形成自己的风格，引领宁夏诗歌创作走向繁荣。与此同时，70 年代出生的诗人以清新自然的艺术格调和个性化的写作姿态进入宁夏诗坛。这一时期，宁夏一大批拥有艺术自觉的优秀青年诗人开始崛起，包括虎西山、杨梓、王怀凌、梦也、单永珍、杨森君、左侧统、杨建虎、冯雄、周彦虎、张铎、唐荣尧、唐晴等。对于这些诗人而言，民族宗教信仰、独特的地域文化、多元视野下的文化冲突、个性化的人生体验、沉重苦难的生存图景等构成了他们写作的精神资源，从而使宁夏诗歌能够以自己独特的艺术风格进入全国诗坛。

新世纪十年，除了上述诗人之外，70年代出生的诗人郭静、张涛、林一木、马占祥、胡琴、安奇、林混、谢瑞、刘学军、查文瑾以及80年代出生的诗人刘岳、王西平、王佐红、陈永强、李文、田鑫、马璟瑞等陆续登上宁夏乃至全国诗坛。这一时期宁夏诗歌创作取得了前所未有的优异成绩，是宁夏诗人在《人民文学》《十月》《星星》《诗刊》《诗选刊》《诗歌月刊》《绿风》等重要期刊上发表作品最多的时期；也是出版各种诗歌选集、个人诗集，创办诗歌民刊最多的时期；也是召开各种诗歌研讨会、诗会最多的时期；同时也是宁夏诗歌研究和评论开始走向成熟化和系统化的时期。但是从新世纪十年创作的整体情况和所取得的成就看，这一时期活跃在宁夏诗坛并产生主要影响的依然是以六七十年代出生的诗人为主，他们仍然是宁夏诗歌写作的主要力量。

二、从故土家园到诗歌地理

在20世纪八九十年代，宁夏诗人对于故土家园的书写完全出于一种抒情的自觉，故乡成了先验的写作主题和乐此不疲的叙述对象。乡村、土地、牛羊、庄稼和永远不断的炊烟以及村头形单影只的老树成了远离村庄的诗人们赖以进入故乡的一种凭借，成了诗人们介入诗歌的一种方式。因此，这时候对于乡土大地的书写和故土家园的抒情是苍白肤浅的。而新世纪尤其是近几年，宁夏诗人对于故土家园的书写进一步成熟和深入，故乡和家园唤醒了诗人的生命感受，与诗人之间形成了一种相互阐释的关系，故土家园也因此获得了生命人格，以鲜活的精神存在进入诗人的抒情世界。耿占春在论及沈苇诗歌与诗人生存的地域、空间的关系时指出：

“一个人和自己的出生、成长的地方是一种伦理道德关系。这不仅意味着他必须接受这个地方的秩序、传统和伦理约束，也意味着他对地方性的事物拥有许多个人传记色彩的记忆，一个人对出生成长之地的经验首先是一种与个人传记经验密不可分的、充满利害关系的道德生活体验。”[1] 对宁夏诗人而言，对故土家园“传记色彩的记忆”构成了宁夏诗人独特的诗歌地理，蕴含着诗人独特的道德感受和审美体验。

王怀凌是近十年来活跃于宁夏诗坛并在全国范围产生了一定影响的诗人，他的诗歌写作根植于西海固的土地，创建出自己独特的诗歌地理。西海固乡村遍布成长的痕迹，每一段细微的声响、每一件微不足道的物象都是诗人诗歌地理版图上的一个版块，影响着诗人对故乡人与物的叙述方式，体现了诗人独特的生命体验。

鸡叫头遍，草尖上的露珠醒了
鸡叫两遍，犍牛脖子上的铃铛醒了
鸡叫三遍，门轴醒了
随之醒来的是父亲的咳嗽声，母亲拉动风箱的声音
……

这首题为《静谧》的短诗是组诗《还乡记》[2] 中的一首，诗人通过回忆还原了“曾经的”乡村醒来时的景象。“叫”作为一种声响是乡村最为生动的乐章，在这里“叫”无疑承担着唤醒的使命，在文本中要唤醒沉睡的村庄，然而更为重要的是唤醒诗人对村庄的“记忆”，于是由动入静，由记忆回到——“没有鸡叫、没有牛铃、没

[1] 耿占春．失去象征的世界——诗歌、经验与修辞．北京：北京大学出版社，2008：189.

[2] 王怀凌．还乡记（组诗）．黄河文学，2013（2）.

有咳嗽、也没有……”的现在，这正是诗人此时此刻设身处地的“静谧”的村庄。因此，这首诗不是诗人对村庄的抒情，而是村庄对诗人的塑造——“物是人非事事休，欲语泪先流”的伤怀——最终完成了“个人传记”的书写和诗歌地理的建构，地理上的村庄由动而静的变迁体现了诗人对西海固乡村世界陷落的忧虑，牵动着诗人内心深处最为柔软的部分。

在这组作品中有一首题为《这个村庄会不会消失》的诗恰好和《静谧》相互印证：

> 我从一个老人的绝望，看到了自己的绝望
> 一百多户人家的村庄
> 大半门锁生锈，门轴喑哑
> 土地并不寂寞，长着连天衰草
> ……

村庄的消失是王怀凌诗歌地理中非常重要的事件，村庄消失了，村庄里的人消失了，传统中国的一切在现代化、市场化、娱乐化、消费化的今天成了渐行渐远的背影，而王怀凌则参与并见证了这个过程。所以王怀凌对于地域的表达，是出于一种忧虑的无可奈何的追怀，是以悲悯之心对西海固乡村世界的关怀。

青年诗人杨建虎亦致力于自己西海固诗歌地理的建构。组诗《活在西海固》开篇就凸显出面对西海固生存现状时的主体意识和个人体验，“活在西海固，我总是感觉到渴 / 我不知道，该如何写下西海固的身影”[1]。诗人内心充满了焦灼，“活”在西海固近似于痛彻的生命体验。西海固向来干旱少雨，甚至被联合国教科文组织确定为不适宜人类生存的地方，所以生于斯长于斯的诗人更是对这片土

[1] 杨建虎．活在西海固．朔方，2010（12）．

地充满了复杂的情感，既难以舍弃，又不知道该以何种姿态进入，所以杨建虎的诗歌中总是充满了忧郁和痛楚，既渴望对土地的浪漫抒情，却又无法摆脱来自家园的梦魇。因此，杨建虎诗作中乡村的形象是干旱、贫寒、苦难，同时又充满了诗意，这充分体现了诗人矛盾复杂游移不定的心态，这也是他的诗歌地理之所以丰富和复杂的原因。

另外一位青年诗人马占祥则不断出入宁夏同心县的村庄，甚至很多作品的题目就是那些村庄的名字，阅读他的诗就好像展开了一幅同心县的乡村地图。而马占祥的认知、经验、感受和审美观照都是来自于这些毫不起眼的村庄，这些村庄对于马占祥来说就是整个世界。组诗《半个城：叙述或纪事》[1]中的羊路村、周家河湾、张家井、石塘岭、赵家树村等，无不具有西北旱塬特殊的自然环境和地理的意义。

而近几年进入宁夏诗坛的红旗则通过实地考察写作了一系列关于宁夏南部山区遗迹——城堡的诗作，通过这些作品，红旗打开了一条回到历史现场的通道。城堡作为一种特殊的人文遗迹，是历史留给现在的残片，通过那些残砖断瓦和斑驳的黄土高墙，诗人在历史与现实、传说与实证之间搭建起一个宁夏南部山区特殊的地理空间。在《失守的城堡·序言》中红旗说："让我破门而入吧——一座座失守的城堡！你的门为我这位不速之客已经虚掩许久了。过往的岁月，有些留存着，有些已经逝去了。"[2]城堡在红旗这里显然承担着双重责任，既要诠释过去又要叙述当下。

对宁夏很多执着于故土家园的诗人而言，诗歌地理的意义已经成为一种修辞，成为观照诗人内心世界的哲学命题。居住之地不再是一种简单的抒情对象，不再是慰藉诗人们悲伤心灵的汤药，

---

[1] 马占祥：《半个城：叙述或纪事》，《民族文学》，2009年第8期。马占祥将自己的诗集命名为《半个城》，而"半个城"又是同心县城的俗称，诗歌地理的特征非常明显。

[2] 红旗．序言//失守的城堡．银川：宁夏人民出版社，2012：3.

它已经具备了主动呈现的能力，承担着建构诗歌地理的使命。所以在传统理论中（至少丹纳在《艺术哲学》中认为“种族、环境、时代”对文学的发展有一定的制约作用）诗歌地理一般更倾向于“地理”对于“诗歌（文学）”的制约作用，而忽视了他们之间的互文性。

三、在西部边地逐神而走

西部对于诗歌而言是生命的高地，是神性的天空，是洪荒中万古不朽的精神归宿。西部的苍凉最适合悲壮的豪情。高大辽阔一望无际苍茫浩瀚的高原丘陵和多民族杂居、多种宗教共存的地域文化形态滋润着整个西部的诗人，也吸引着内陆诗人不断向西追求灵魂和精神的宁静与超然。宁夏从地缘关系上来讲处在中西部交界地带，特殊的地理环境和民族构成，伊儒融合的文化背景为诗人们提供了丰富的写作资源。因此宁夏诗歌在对民族、历史、宗教、山岳的叙述和抒情中彰显着粗狂悍达、自由不羁的精神和人格。

诗人杨梓从20世纪90年代以来就开始了西夏史诗的写作，在之后近20年的写作中完成了西夏王朝和党项民族的史记，从而成为宁夏诗坛上独特的诗歌现象。杨梓一次又一次地深入贺兰山脚下西夏王国广漠的土地，用身体用感觉触摸远去的西夏王国庞大复杂的文化根系，祭天的桑烟、盲女巫的颂歌、李元昊的银盏、党项玛雪的子孙、英雄的部落、贺兰山岩画……杨梓顺着远古先民的目光和血脉神启一般还原出西夏王朝的强盛与衰竭：

从高原到高原再到高原的风
追寻家园的苦难苍凉和悲壮
吹响梦中惊醒的伤口
吹响天堂的一朵朵白雪

诗人唱响了给西夏王朝的赞歌、挽歌，使远去的历史和岁月在诗中再现和重生。

从杨梓居住的银川城往西是贺兰山麓，是贺兰山脚下的西夏遗迹，再往西便是玉门关，便是青藏高原深处和内蒙古新疆更加广漠辽阔的空间。杨梓追寻的脚步并没有停留在贺兰山下，而是深入整个西部，柔软纤细的西部，尖锐粗犷的西部，感伤绝望的西部，这些都是诗人梦之所在。

我走在巴里坤草原上
四面望去全是绿草
——《走在草原》

我从几千里之外来到新疆
是为寻找一个辽阔无边的梦
只在一道栅栏旁停留片刻
便被她丢在了茫茫山野
我与她 一个眼睛又大又圆的女孩
注定只有一面之缘
——《大眼女孩》[1]

西部高原的秘密和诗意跟随诗人的脚步渐渐向西，诗风也由宏大的历史的叙述转而为细微的个人体验，这是对西夏史诗雄浑豪放之风的延续，也是对过去的超越。可以说，西夏只不过是杨梓的一个入口，更加广漠的西部才是他精神最终的栖息之地。

青年诗人单永珍则以更加果决、超脱的姿态进入西部。他每年的大量时间都在西部高原上游走。西藏、青海、新疆、内蒙古、甘肃；河西走廊、伊犁、沱沱河、阿拉善、玉树、柴达木、阿万仓……近十年，单永珍的足迹遍布西部高海拔人神共居的独立世界，他就像

---

[1] 杨梓．骊歌十二行·玉门关外（组诗）．黄河文学，2013（1）．

倾听着神和英雄史诗的感召，一次次进入西部世界，进入生命精神的洪荒背景。可以说，在宁夏没有这样的诗人，甚至在全国都很少有这样能够以坚定西行的姿态抗拒世俗社会庸俗生活的诱惑。单永珍出版的两本诗集分别题为《词语奔跑》和《大地行走》，“奔跑”和“行走”是单永珍的存在方式，面对生命中的沉重和悲哀，面对西行路上的空旷和孤独，他高唱着史诗般的抒情谣曲：

我抱着你，雅拉香波，在冰川遍布的荒原
独自享受一弯清凉
没有了广场、集会、钩心斗角的宣言
远离喧嚣，远离背信弃义的人群
守着风声、巨石、天空和自由
不谈主义，无所谓人生
我只操心一只蝴蝶奔跑的速度
想象它的前世与来生，渴望与诉求[1]

此时诗人完全沉醉于对生命和信念的欢喜中，以“青藏高原”为背景构筑起“不谈主义，无所谓人生”的自由的精神家园。当下中国道德滑坡人心浇漓净土难寻，即使在高扬精神旗帜的文学领域也难逃庸俗化的命运，金钱、权利、地位成了衡量一切的标准，而此时单永珍则远离主流文化中心，远离功利庸俗的价值观念，独自在西部逐神而走，以此表达自己坚定的抗拒。所以在宁夏诗坛，单永珍就像是一个赤子，纯粹、自然、坚毅、果决。

泾河也是近年来较为多产的诗人。作为回族诗人，他的美学情趣受伊斯兰宗教文化的影响很深，作品中带有宗教神性的光芒和超越世俗的人生感受与生命体验：

---

[1] 单永珍．青藏册页：众神之山（组诗）．绿风，2013（4）．

每有行僧从这座寺庙走过，那朵金针花就开一次
它开放后的喜悦与虚空，从何说起

就如同一次性流失在沙漠里的那条小溪
就如同一只火柴擦燃后[1]

“金针花”的每一次开放无异于一次神启，这种精神洞开灵魂敞亮的感受对于诗人来说真是不知“从何说起”，也许正是对宗教精神的深刻领悟之后才会有这样的通达与洞明。

另外诗人冯雄近几年虽然写作数量较少，却营造出一种唯美纯净的天堂般的境界。

现代化建造起来的是囚笼般的物质空间，在这个空间中人的精神疲软、激情消退、感觉丧失，因此回归西部寻找神性的世界象征着精神与灵魂的抵抗和挣扎。不管是杨梓由西夏而入西部，还是单永珍由西海固而入西部，抑或是其他诗人在西部的探索与寻找，他们的共同之处是引入文化、宗教、历史、典籍、传说，从而形成自己错综复杂、辽阔空蒙、瑰丽多姿的诗意世界，以沉痛、悲悯、宽厚和仁爱之心观照生命。

四、现代的与个性的写作

宁夏诗坛有相当一部分实力雄厚的诗人超越地域的局限，敏锐地捕捉着新世纪中国诗坛的风气，甚至从欧美诗人的作品中汲取营养，现代主义、后现代主义的理论经验为他们的创作提供了有效的理论援助，因此这些诗人的创作体现出明显的现代性、先锋性及探索性的特质，尤其注重对个体微妙心理体验和直觉的传达，在

[1] 泾河．西风烈（组诗）．黄河文学，2009（1）．

艺术上试图打破传统的叙述模式，追求个性化、口语化的风格。杨森君、梦也、阿尔、林混、谢瑞、刘学军等诗人近年来的探索为宁夏诗坛的丰富性和多样化做出了很大的贡献，他们在各自的创作中以独特的艺术个性突破了宁夏或者西部地域的限制，呈现出更高更大更远的诗歌世界，为构筑一种新的诗歌理想而积极探索。

杨森君以独特的审美体验和个性创造成为宁夏诗人中的佼佼者。他的诗歌干净明亮、意象清晰，常以蝴蝶、花朵、草木等入诗，于细微处看到动人的力量，看到爱与生命之流的涌动。《平静之河》被郁葱认为是 2012 年好诗之一[1]：

从这一刻起
我就再也没有灰尘可擦拭了
蓝天不需要，白云不需要
树木、河流不需要，草芥不需要
……[2]

这首诗的重点不是“拭擦”，而是“不需要”，当所有一切都不需要拭擦的时候“我”的存在就是多余的悲哀的，“我”被冷落在一边，成了和这一切无关的人，这种浪漫主义的悲伤弥漫在杨森君的大多数作品中。诗好像是时间之流，将人生中那些细小的感受放大定格，呈现出诗人多姿多彩的创造性的敏感。

2012 年梦也出版了诗集《大豆开花》，这是 2003 年至 2010 年的创作合集，正如诗人自己所说：“我的写作是一个下降的过程，是从虚幻的高蹈落向实地，由此我才懂得了谦卑的表达。”[3] 梦也对于自己的分析是可信的。大多数诗人的写作都是从不可知的虚无 / 虚妄开

---

[1] 郁葱．岁月渐老，而诗歌年轻……——2012年中国诗歌．诗选刊，2013(3)．
[2] 杨森君．平静之河（外三首）．扬子江诗刊，2012（6）．
[3] 梦也．梦也诗歌及诗观．诗选刊，2013（11-12）．

始，然后慢慢找寻，最后回到自我脚踏实地。梦也之所以说“谦卑”，是因为他找到了自己，找到了人类，找到了人类的生存状态——

当我惊醒
我便感到恐惧
是因为一个人要同时承受
群体的孤独

站在十八层的阳台
向下俯瞰
城市也是悬崖

从上往下都是穴居般的同类
一层层入睡的同类
在梦中，他们跟祖先汇和
追赶兽群

——《黎明四点钟的阳台》[1]

这种来自生命的孤独体验是梦也诗歌最为显著的个性。

在宁夏青年诗人中，阿尔、林混、谢瑞、刘学军等最接近中国当代诗歌的前沿。尤其阿尔的写作典型地体现出“新世纪诗歌”[3]对于崇高化的消解以及主体意识的加强，以写实的风格强化叙事性场景，凸显出诗歌的语感和复杂的技艺，比如：

他哦哦嘎嘎叽叽喳喳嘿嘿哈哈……地叫
他在月光下的树枝上羽毛凌乱

---

[1] 梦也．一路走向太阳（组诗）．诗选刊，2013（11-12）．

[2]“新世纪诗歌”是一些研究者对1999年“盘峰诗会”之后诗歌写作的一种尝试性命名，希望以此对新世纪前十年的诗歌状况有一个相对清晰的描述。

牙齿闪光
他在拉开的弹弓里手舞足蹈
前仰后合
他把射向他的弹丸含在嘴里
又吐还给我
他让疏忽为我的下一枚弹丸
闪出一个缝隙

《怪鸟——河岸写生，兼致东东》[1]

这是一首形式非常生动的作品，写一只怪鸟在人的追赶打击下生死逃亡的过程，最终表达了诗人对生命的礼赞，“他飞得很高，他哦哦嘎嘎叽叽喳喳嘿嘿哈哈……地笑 / 他在半空中，站立，就像人背靠着天空”。另外，青年诗人林混在诗歌探索的道路上走得更远，用口语话的语言执着于平凡琐碎的日常生活场景的描写，传达出对一地鸡毛的人生的感慨。

相对于其他诗人而言，杨森君、梦也、阿尔等诗人更加注重自我抒情、技术探索、个性表现和语言风格的创新，这是非常可贵的，甚至代表着宁夏诗歌发展的新向度和向全国诗坛靠近的努力。

五、我们自己的缪斯在歌唱

女诗人的写作，大多都是从性别和身体出发，当然这并不是一种狭义的所指，而是因为性别和身体的社会属性对她们的成长、经历、思想、心理和情感等等都会有各种复杂的影响和制约，这是任何一位女诗人都无法摆脱的先天的体验和感受。尤其 20 世纪八九十年代，女诗人的性别意识非常强烈，甚至成了张扬女性主义

[1] 阿尔．阿尔的诗（7 首）．诗歌月刊，2011（1）．

的武器，女诗人的写作因此被贴上“女性主义诗歌”的标签。而对于女诗人的写作来说，身体、欲望等等成了影响她们发展的双刃剑，既是实现自我拯救的理论凭借，又成了自身发展的局限，使她们永远深埋在性别的阴影下无法与男诗人平等相待，因此对于女性诗人总是要以“女诗人”称之。到新世纪，这种局面有所改变，女诗人致力于挣脱概念的束缚，将诗歌指向每一个真实的自己，表现出个人生命与灵魂的感受和体验。

对于宁夏女诗人，她们并没有赶上20世纪女性主义大旗高扬的时代，所以与女性主义的写作擦肩而过，这就使得她们从一开始便比较纯正自然，尤其对自身的认识和感受，表现出非功利化的未经雕饰的原初体验，因此显得更加美好生动。宁夏青年诗人林一木在一次访谈中谈及对自己诗人身份的指称时说：“我钟情女诗人这个说法，但我目前还达不到诗人这个高度。”[1]“钟情女诗人”的理想并非林一木所独有，宁夏女诗人肯定都会毫无例外地接受这样的指称，这是她们心甘情愿将自己区别于男诗人的表现，也是她们的矜持以及内心小小的骄傲之所在。但事实上，对于每一位写作个体而言，任何简单的归类和指认都是粗暴的，都可能遮蔽他们的艺术个性。尤其对于宁夏女诗人而言，她们对土地家园、爱与情感的个人体验与表达显得更加真实可信触手可及。

林一木是新世纪以来宁夏最优秀的女诗人[2]。她有着中西文学、哲学、历史的深厚的人文精神的素养，对中西现代诗歌有深入的感受和体验。同时又有非常宝贵的人生经验，从纯净的西海固乡村到充满商业气息的城市银川，地域文化的差异，精神世界的

---

[1] 林一木，银菊．下面是人间，上面是天堂（访谈）．朔方，2009（11）．

[2] 笔者曾经在十多年前多次说，林一木将来是宁夏诗坛上最优秀的女诗人。当年的“将来”就是现在，林一木的写作早已经超越了宁夏这个小小的地域，迈进全国诗坛的门槛，相信将来她会有更加不俗的表现。

矛盾、困苦和突围使她一次次陷入深刻的孤独之中无法自拔。这对林一木来说是不幸的，但是对她的诗歌来说是幸运的。十多年灵魂深处的自省和救赎、十多年内心世界的痛苦煎熬，使林一木迅速成长成熟起来。爱是女诗人写作的先天的心理冲动，所以林一木的诗歌创作有一半以上热情地歌颂爱情、歌颂人类普遍的俗世情感，这样的作品对于林一木而言虽然有其独到之处却并不突出。对于林一木来说最为重要的是那些深刻的充满哲学探险的思考，那些隐隐不安的象征和隐喻，那些难以直言的苦衷，这些才是林一木之所以超越其他诗人的主要原因。

我不说。就算让我回去
在桃树下走一千个来回
就算桃花一片接一片地凋零
被风揉碎在我的眼皮下
我也不说。我用胸和肋骨
抑制汹涌的水……
我不说，就算到死我也不说
我要把它们带进坟墓
等你们都走后
我就把坟丘铲平
把土踩严实
不留一点痕迹

——《我不说》[1]

“我不说”在这里具有双重意义：一是作为诗歌的写作者而言，“不说”是艺术的选择，是洞达之后对“诗”本身的抗拒；二是对于

[1] 林一木．红枕高过贺兰．人民文学，2009（7）．

诗歌的抒情主人公而言,“不说”是一种激烈的“说”,是在对俗世的抗拒中表现出的一种悲壮与豪迈。又如《让中国的手点燃太阳之光》[1]对于“奥运精神”的拷问,这对当时很多诗人苍白泛滥的歌唱与抒情有深刻的反思,这首作品使得当期《星星》上所刊发的其他所有关于奥运题材的作品都黯然失色了,只可惜恐怕并没有多少人能够看见和理解。

宁夏其他较有影响的女诗人有李壮萍、唐晴、胡琴、梦羽、查文瑾、瓦楞草等,而近十年公开发表作品较多的主要有唐晴、李壮萍和查文瑾等。她们作为宁夏女诗人队伍中的重要成员,都以各自不同的风格为宁夏诗歌的写作打开了一片瑰丽多姿的天空,为西部诗歌的酷烈、强劲、干燥注入了温润的色彩。

六、小结

宁夏诗歌犹如西北边地精神变迁的编年史,记录着诗人的成长和蜕变,记录着诗人的觉醒、挣扎和抗拒,记录着诗人由西北边地逐步向全国诗坛迈进的脚步,记录着宁夏诗人独特而又不屈的探索和努力,记录着宁夏诗歌艺术的逐步成熟和精致。但是宁夏诗歌又有自身先验的丰富性和复杂性,由于特殊的民族宗教信仰和特殊的地理环境的滋养,使得宁夏诗歌在靠近当代诗歌前沿的时候又保持了某种必要的警惕,从而形成了自己独特的风格。

2014年1月9日晚定稿　固原苦雨斋

(原刊于《名作欣赏》2015年第4期,刊发时题为《新世纪以来宁夏诗歌创作简论》)

---

[1] 林一木:《让中国的手点燃太阳之光》,《星星》,2008年第8期。这首诗在酝酿和写作之前林一木曾和笔者有过长时间的激烈讨论。

乡土小说的叙述空间及可能
——试谈漠月的三篇小说[1]

乡土小说是农业文明的社会史和心灵史，它所展现的不仅仅是乡村社会的现实图景和生存状态，茅盾最早在关于“乡土文学”的论述中提出：“我以为单有了特殊的风土人情的描写，只不过像看一幅异域图画，虽然能引起我们的惊异，然而给我们的，只是好奇心的餍足。因此在特殊的风土人情而外，应当还有普遍性的与我们共同的对于命运的挣扎。一个只具有游历家的眼光的作者，往往只能给我们以前者；必须是一个具有一定的世界观与人生观的作者，方能把后者作为主要的一点而给予我们。”[2] 所以，在考察乡土小说的时候，最值得注意的是土地、家园及其带给作家的强烈的忧患意识和批判思想。

考察 20 世纪中国的乡土小说，其实从鲁迅开始就已经确立了以乡土小说深刻洞见社会人生的优秀品格。鲁迅笔下的未庄、鲁镇正是乡土中国的缩影，在特殊的风土人情的大幕前面上演的是心酸的悲剧。对麻木、蒙昧的国民，残酷、冷漠的等级制度的深刻

[1] 本文所涉及漠月三篇小说分别为《锁阳》《青草如玉》和《那年秋天》，选自漠月短篇小说集《锁阳》，宁夏人民出版社，2004 年 8 月出版。本文以下相关引文不再特别注明出处。

[2] 茅盾．茅盾论中国现代作家作品．北京：北京大学出版社，1980：241.

解剖，表现了作为启蒙者的鲁迅对中国社会问题的思考和批判。其实后来受鲁迅的影响，台静农、鲁彦、许钦文等一大批现代乡土作家在对宗法制农村深刻认识的基础上表现了他们对于底层中国的深切同情和理性关照。

20 世纪 80 年代以来的乡土小说，一方面基于对传统农业文明的思考，进一步深入挖掘乡土中国的独特风貌，揭示民族文化的历史积淀，比如韩少功。另一方面当农业文明和工业文明产生激烈冲撞并且遭到前所未有的冲击的时候，很多作家深刻意识到这种破坏的力量将使我们失去精神栖息的理想家园，于是出现了对土地、家园的诗意坚守和对工业文明所带来的一系列恶果的深刻批判，比如张炜。当然，近些年，还有一部分作家由于离开曾经的乡土过于久远，对当下中国农村和土地缺乏深刻、本质的认识，因此在他们的乡土叙述中存在着太多的主观想象，比如贾平凹的《秦腔》等。

所以，作为乡土小说，在新的时代背景下，究竟怎样才能找到叙述的突破口，怎样才能拓展叙述的空间，应该以怎样的态度去面对乡土等，这成为很多乡土小说作家共同面临的问题。

其实，作为叙述者，很多作家在面对乡土的时候都是满怀感情的，尤其继承了“五四”以来的文学传统的作家，一方面在作品中表现出文化批判和社会批判的色彩，同时又表现出对土地和家园的坚定守护。

在宁夏青年作家群中漠月就是这样坚定地守护土地和家园的作家，我们很容易从那份宁静、诗意、复杂和厚重当中感受到他对乡土的情感，正是这种情感才使他的小说呈现出独特的风格。本文将以《锁阳》《青草如玉》和《那年秋天》三篇小说为例，考察乡土小说在叙述空间的探索过程中所表现出来的特质。

《锁阳》：在阻隔和重逢之间

《锁阳》讲的是一个阻隔和重逢的故事。

阻隔和重逢是中国小说尤其是传统小说的基本叙述模式，从唐传奇开始，中国的古典小说史几乎就是一部阻隔和重逢的历史。然而在古典小说中，突出的是才子佳人的爱恨情仇，比如唐传奇中的《李娃传》《莺莺传》等篇，表现的是士大夫阶层或者中小知识分子的爱情想象以及在这种想象之中的挣扎。在这些作品当中，被阻隔的大多是爱情。又如《聊斋志异》中阻隔人鬼（妖）之恋的是传统的人伦道德或者利益者的强势力量，不过这种阻隔的力量最终会被冲破或者打败，有情人（妖）终成眷属，重逢就是大多数故事的结局。

在中国现代小说中，阻隔和重逢的叙述模式被注入了新的元素。千疮百孔的土地一夜之间唤醒了写作者（知识分子）脆弱的神经和敏锐的内心世界，乡土成了最重要的文学母题，甚至很多新文学者自命为“地之子”“乡下人”[1]。因此，在写作中深入剖析乡土中国的病患便成了现代作家的自觉担当。这个过程经历了一个世纪，遍及中国大地的每一个角落。

漠月在他的写作当中也自觉地担当起对乡土中国的叙述。

---

[1] 李广田在《画廊集·题记》中说：“我是一个乡下人，我爱乡间，并爱住在乡间的人们。就是现在，虽然在这座大城市里住过几年了，我几乎还是一个乡下人一样生活着，思想着。”正因为对这土地的热爱和眷恋，李广田曾做《地之子》一诗。台静农也曾以“地之子”命名他的小说集。沈从文在向别人介绍他的时候也不断强调“我是乡下人”，这种带有明确指向性的自我评价成为现代文学史上的一个知名品牌。很多当代作家如张炜、陈村、莫言、贾平凹等等也曾多次谈到自己的“乡下人”的身份，这并不单单是一种话语的传承，而是一种精神的找寻、寄托和归宿。

《锁阳》中的大哥出生在一个普通的牧人家庭，但是从小有着不安分的梦想。弟弟闰子看见他在自己的课本上画满了鸟。鸟是一个飞翔的意象，也是彼时大哥心中能够脱离土地负累而飞到城镇的唯一想象。在大哥的意识当中，摆脱牧区（乡土中国在漠月作品中的指向）生活是他的最高理想，因此在他的一生，至少在“锁阳事件”之前，对辍学的事情一直耿耿于怀。当他不能借助读书的方法离开的时候，他便舍弃新婚的妻子去盐湖背盐。这是大哥实现飞翔梦想的悲壮途径。

从这里能够看出，一个城镇，仅仅是一个小小的城镇便对乡土世界有着那么大的吸引和诱惑。因此，如何抵抗工业文明对传统农业文化的侵蚀便成了很多作家共同思考的问题。比如张炜、张承志对民间理想的坚守。

在《锁阳》中，阻隔大哥和大嫂的就是以盐湖小城镇为代表的工业文明。当大哥怀抱着对小城镇的美好想象离开家庭之后，大嫂一个人坚守在土地上，在锁阳破土之际，每日去挖锁阳，最终以这种坚守的姿态将在外的丈夫唤回而获得了最终的胜利。这是乡土的胜利，当然也是作家漠月的理想。可是，这种胜利明显带有悲壮的意味。当土地家园即将或者已经被遗弃的时候，像大嫂这种苦涩且毫无希望的坚守到底能有多少获胜的可能？这也是摆在很多作家，包括漠月自己眼前的一个问题。同样是漠月的小说，在短篇小说《搭车》中，参加高考回来的有雨，一定要到盐湖去挖盐，这和前文中大哥的举动如出一辙。而且大哥和有雨都有着比较相似的成长经历，接受过一定的文化教育，然后离开（背弃）土地家园，这或许在暗示我们，对土地和家园的背弃是不是一种无法回避的宿命或必然。

虽然表面上大哥“打定主意不再去盐湖小镇”了，虽然有雨并不一定能够搭上去盐湖的车，可是盐湖小镇对人们（尤其是青年）的吸引力并不小于土地家园对他们的挽留。

希望在哪里？在代表着商业与工业的城镇，在代表被工业化劳作方式取代了传统劳作方式的城镇，还是在脚下的土地和家园？

《青草如玉》：传统与现代的冲突

自20世纪80年代起中国的计划经济全面决口，商品经济的大潮汹涌而至，现代化的洪流冲击、席卷着中国大地，城市的价值体系和生活观念严重冲击和侵蚀着乡村古老而传统的道德体系。在这样一个斑驳的社会图景面前，人心浇漓、道德滑坡，然而有很多作家纷纷站起，发出了微弱但却坚定的声音，表达着自己对现代化的拒斥和对土地家园诗意却悲壮的坚守。

比如张炜曾经和一些文学爱好者谈到对传统与现代的态度时所说的那样："假使真有不少作家在一直向前看，在不断地为新生事物叫好，那么就留下我来寻找我们前进道路上疏漏和遗落了的好东西吧，这同样重要。"[1] 同时他还宣告："城市是一个被肆意修饰过的野地，我最终将告别它。"[2] 所以在他的长篇小说《柏慧》和《九月寓言》等作品中，可以清晰地看见他对土地家园的坚定守护，而且这种守护充满了理想主义色彩。

其实，在城市对乡村，现代对传统的侵蚀中，土地和家园渐渐失去了原来的颜色，而且人们对土地家园的坚守变得那么艰难，那么富有悲剧意味，比如漠月的短篇小说《青草如玉》。

《青草如玉》讲述的是一个坚守的故事，作品中尽是哀凉散淡的情绪。

这篇作品中有三组人物形象：宝元老汉、我、蒙生和蒙土兄弟。

[1] 张炜．融入野地//张炜自选集．北京：作家出版社，1996：157.
[2] 同上，第5页。

宝元老汉一生都在坚守西滩这个收留他养活他的草场。然而他最初离开东湖湾的时候却是为了寻找一块能够生长麦子的土地，毕竟他是一个农民。对于农民来说，可以耕种收获的土地便是全部。然而他最终得到的却是叫作西滩的大片草场，宝元老汉从农民变成了牧民。其实土地和草场在这篇作品中只是意义相同的两个符号而已，尤其对宝元老汉来说，可以生长麦子的土地能够安妥他，让他安静地坚守，可以放牧牛羊的草场同样如此。可是后来大儿子蒙生掠夺了他的草场，使之变成了麦田。虽然麦田也曾是宝元老汉寻找的，但此时的麦田已经不是自然的麦田，而是被画上了某种权力符号标记的麦田，成为宝元老汉不愿意接受又不得不接受的现实。失去草场对于一个牧民来说就等于失去了土地和家园。他的小儿子蒙土是宝元老汉心中草场的继承者，然而在欲望和迷乱的现代化生活背景下丧失自我而最终走上了不归之路。对于宝元老汉来说，人生就像是一场悲凉的薄雾，他的希冀和理想最终在强势的权力和现代化的冲击下烟消云散。

小说中的“我”是出生于牧人家庭而后又进入城镇生活的知识者的代表。作为知识者，“我”对农民、土地其实带着一种感激的心情，而不单单是同情。中国的知识者大多数来自于乡村，由于后来离开了乡村，因而表现出一种深深的怀恋甚至愧疚，土地家园在他们的故乡记忆中甚至等同于父亲母亲。因此，在很多知识者关于故乡的作品当中总是充满了情感。比如秦兆阳的长篇小说《大地》，虽然没有摆脱阶级规训和意识形态的影响，未能走出革命历史阶级等话语圈套的局限，但是那种对土地热情的歌颂和弥漫的抒情却是发自肺腑，没有半点虚假的成分。这种浓烈的抒情在当代长篇小说作品中并不多见。这就是知识者对土地家园的深情讴歌。所以，在《青草如玉》中，“我”是一个倾听者、见证者、叙述者，目睹了土地家园沦落的整个过程。这也是 20 世纪中国知识者乡土小说叙述的基本方法。

蒙生和蒙土则完全走到了土地、家园的反面，成为无情的破坏者和贪婪的掠夺者。蒙生虽然也是从这片土地上成长起来的，但完全背叛了土地，土地在他这里变成了玩弄权术、炫耀政绩的筹码。随着城市的扩张，推土机的轰鸣逐渐打破了乡村的宁静，在带给乡村物质和观念更新的同时，更多的是乡村生态自然之美的破坏和朴素单纯民风的丧失。蒙生和蒙土所代表的就是现代化丑恶的一面：权力、腐败、人性沦丧，这成了侵蚀土地家园的腐蚀剂。

小说通过对这三组人物形象的刻画，展现了传统与现代的冲突，且以浓厚的悲剧意识表达了在现代化的无情冲击下对于传统文明寂寞悲壮的坚守。

当然，有人在谈到传统与现代的冲突时说，对传统农业文明的坚持是一种文化保守主义的倾向，有论者撰文认为张炜在其作品《九月寓言》《柏慧》中，鲜明地表现出他反现代性的文化立场和对传统农业文明的向往和守护，有着明显的文化保守主义倾向[1]。幸运的是这种认识并没有形成影响，“反现代性”的大帽子也没有太好的销路。其实平心静气地将张炜放在所谓现代中国的背景中去考察，能够很容易地发现他所代表的只不过是一种民间的理想主义，他所选择的并不是什么文化保守，而是经历了岁月风雨的冲刷，最终沉淀在人类历史长河中的那些关于人以及土地的美好想象。

《那年秋天》：乡土最后的召唤和挽留

《那年秋天》是漠月为数不多的描写儿女情长的作品，有一种

[1] 李劲松．从《九月寓言》《柏慧》看张炜文学创作中的保守主义倾向．湖南城市学院学报，2003（2）．

田园牧歌的哀婉诗意和淡淡忧愁。然而，隐藏在这儿女情长背后的却是巨大的乡与城、传统与现代的隔阂与差异。

类似的作品在20世纪中国文学中并不少见，只是人们更容易看到作品中的情感塑造，而忽略了在这些情感背面产生作用的其他因素。

在这篇小说中，作者表面上着力塑造召召和“我”之间的情感遭遇。召召是个牧羊女，不谙人情世故，却对“我”一往情深。从最初的相见到相守到最终奉献自己的爱，在短短的一个秋天，召召走过了人生中最漫长最美好最艰难的时光，却依然没能留住“我”。但是，作者实际上在这里所要突出的是这场情感追逐中起决定作用的两个人的出身问题。召召毕竟只是个单纯贫穷的牧羊女，而“我”（自以为是知识分子，但本质上只是个自私、狭隘的小市民）却来自小城市，并且最终肯定会离开。城与乡的地域差别在这里是最根本的，这种差别最终也使得“我”在曾经“梦中的温柔之乡”面前“变得十二万分的‘理智’和‘清醒’”。虽然“我”也曾经希望“她不是个牧羊女该多好啊”，但是此刻“我庆幸自己悬崖勒马没有铸成大错，继而得意了起来，甚至还有那么一点崇高感，很像是电影里那些不食人间烟火的英雄”。这样，随着“我”返城的日子的临近，这场召召一厢情愿的情感追逐便宣告结束。

召召完全是土地的女儿，她代表的是自然纯朴、率真坦然、健康安详。这让人想起沈从文《边城》里面的翠翠。翠翠也是自然的女儿，因为生活在水边，便也沾染了水气，显得温润羞涩。而召召则是西北大漠深处的翠翠，与水没有关系，因而多了一些豪气和干烈。当“我”第一次看见召召的时候，“她那盯着陌生人入木三分的眼神让我很不自在”，召召的行为处事完全遵从着自己内心的想法，大大咧咧，不懂得丝毫遮掩。

而小说中的“我”来自小城市，虽然对情感，对爱情，甚至对性有各种丰富的幻想和想象，可是当面对召召炽烈的爱情之火的时候，“我”却退缩了，不是因为胆小，而是因为所谓的“理智”和“清醒”，由此可以看出其虚伪和自私的本质。

这篇作品中的“我”和张贤亮小说《绿化树》中的章永璘形成了截然相反的对照。虽然两个人在某种程度上有着比较相近的心理（情感）诉求与经历，但最终做出了完全不同的选择。章永璘重情重义，而“我”那么现实甚至势利。这主要因为章永璘所代表的知识阶层，他们对土地以及土地上所有美好的事物本身就有一种天生的亲近感，而“我”所代表的只是庸俗的市民文化，这注定了“我”的骨子里面有一种小市民与生俱来的短视、偏见、自私、浅陋，最终无法实现精神上的升华和超越。当然，这也是以“我”为代表的城镇人命运的必然性，世俗的城镇和乡村之间的隔阂是无法消除的。所以，召召及皮条大叔希望能够把“我”留住的梦想最终破灭。

土地和家园对一个过客的亲近和召唤最终得到的却是冷漠。其实这是一种必然，在城市和乡村的对立中，城市的复杂表情和势利心理是乡村永远也无法猜测与靠近的。

《那年秋天》所表现的就是乡土最后的召唤和挽留，是传统乡村一曲伤心的挽歌。

余　论

新时期以来，很多乡土小说作家把笔触指向土地家园以及农民命运的悲欢交错，作品所表现出来的混茫的命运感，让人对土地家园以及农民的生命充满了关切。

可是，说到底，如何清醒地认识工业文明和农业文明、城市和乡村冲突的背景下作家的深入思考，如何正确地理解土地家园的歌吟者在探索新的叙述空间时所做出的选择，这是考察当下乡土小说时所必须面对的问题。而前文所举漠月的三篇小说，恰好从三个不同的层次给我们提供了一个有效的参照。

首先，在城市化日益严重的情况下，斑驳陆离、神秘莫测的城市景象对传统保守的乡村有着不可抵挡的诱惑，因此才会出现农民工像潮水一样涌进城市的现象，被社会学家称作“民工潮”，在这个背景下甚至出现了所谓的“打工文学”。进城，作为一种仪式，在乡村被人们津津乐道地传播着，而且有的农民一去不返，这种现象引起了整个社会的担忧。而城市的扩张、发展和日益多元，需要不断地增加廉价的劳动力，这是问题的一个方面。这里（漠月的小说《锁阳》）所要讨论的最重要的一个问题是，作为乡村，如何在这个时候坚持自己的立场，如何将大地上的精神与理想血脉相传，漠月在《锁阳》里提供了一个颇为有效的答案。当城镇（市）的吸引和诱惑成为阻隔一对新婚夫妇的重要因素时，一家人都陷入了悲哀，然而最终妻子以自己的坚韧和努力挽回了丈夫。

所以，《锁阳》透露了一个基本的道理：哪怕工业文明在人类社会的发展过程中以多么强大的力量和冰冷的表情毫不犹豫地侵蚀着农业文明，农业文明毅然以几千年的文化积淀，以自然韧性的大美默默而坚韧地抵抗着。

其次，在城市与乡村的战争中，城市始终以强者的面孔出现，手中挥舞着骄横的大棒，不断蔓延、侵占、覆盖、腐蚀、渗透、同化着乡村，在这种情况下，乡村的背影渐渐远去。或许，城市化、现代化自有它的好处，然而对于一个社会来说，过分的城市化未必就是一件好事。可是，悲剧的上演是任何人都无法阻挡的。

在《青草如玉》中，宝元老汉最终还是失去了草场，失去了苦心经营半生的牧群，甚至失去了亲人。这不是一个人的悲剧，而是一个民族的悲剧。很多敏感的知识者早就已经认识到了这个问题，无数像宝元老汉的草场那样的土地已经失去或者正在失去，所有的人最终将找不到自己的家，人类的家，生命的家！

所以《青草如玉》是一声嘹亮的警钟。

再次，在这场城市与乡村的战争中，虽然城市（镇）以无情的力量扩大着自己的势力，一步一步吞噬着乡村，然而乡村对城市依然充满了好感，甚至天真地希望能够把城镇的一部分或者城镇的某些元素留在农村，并以此改变乡村的命运。这一直是包括漠月在内的很多叙述者的美好想象，就如《那年秋天》中所写的，如果城市能接受乡村并和乡村喜结良缘，那么乡村的健康质朴将给城市病态的血液注入新鲜的力量，而城市的多元也会改变乡村的凝滞。

当然，想象是美好的。可是冰冷的现实一次一次把人们的梦打击得粉碎，城市之于乡村只有巧取豪夺。召召的爱情梦想最终破灭了，但召召还是幸运的，至少她没有被欺骗和蹂躏。当城市背转身去，一曲伤心的挽歌渐渐消散。

上面反复谈到的三个方面的问题，恰好表现了新时期以来乡土小说的叙述空间里，叙述者如何理解和思考工业文明与农业文明、城市与乡村的冲突中，乡村背影怎样一步一步远去，土地家园怎样一点一点沦落。从这些不断坚守的姿态和挽留的叹息中，我们看到叙述者对土地家园的眷恋、感激和同情。

2009年4—7月初稿，2011年4月改定

（原刊于《宁夏师范学院学报》2011年第2期）

现代化背景之下的艰苦挣扎
——以漠月的小说为例

李建军在《文学因何而伟大》一文中强调:“无视真理、博爱、苦难和拯救等重大的问题,仅仅追求‘文学’价值的文学,是不可能成为伟大的文学的。”[1] 可能有时候我们太过于强调技巧,太过于追求温暖和协调,从而有意识地躲避那些坚硬的思考,害怕它灼伤我们过于脆弱的神经。这不是一种正确的态度,而是对作家、对文学的迁就,这种迁就将最终导致作家、作品的缺钙,导致作家在同声歌唱中失去个性。

在宁夏青年作家群中,如果没有漠月,那么这道温婉迤逦的风景便少了一些坚硬与深邃,便少了一抹桃红柳绿中的青黛。因为漠月是宁夏青年作家群中为数不多的以自己独有的姿态深刻展示出故乡(土地、家园、村庄)在现代化背景之下艰苦挣扎的作家之一。而漠月的故乡正如20世纪上半期乡土作家笔下的故乡一样,在时代的变革中惊慌失措、风雨飘零,传统秩序面临着最大的冲击,革命、工业以及随之而来的现代化像收割机一样收割着人们对故乡最后的想象。

那些不断出走的牧民以及牧民的子孙,那些在现代化背景之下不断消失的草场,它们一次一次向沉醉于现代化、工业化、技术

[1] 李建军.文学因何而伟大.文学报,2009-04-30,第15版.

化温床之中的我们提醒:我们得到了一点,却失去了很多。这正是漠月的意义,不在于告诉我们哪些是美,哪些是光,而是反复暗示我们,哪些是无边疼痛的黯然之伤。

在漠月那里,没有艰难晦涩、曲致妖娆的叙述,没有振聋发聩标新立异的呼喊,但是那种沉默的叙述,如漠月的寡言一样,给人一种不可抗拒的力量。那种悲壮和凄美悄无声息地潜入读者的内心,好像是从读者的心里生长出来一样,一种与生俱来的无言悲怆。

故乡：黯然神伤的回望

谈起漠月的小说,首先要遇到的一个关键词是故乡。故乡是漠月小说中一个盛大的精神舞台,那里承载着一个漂泊者对自我精神家园黯然神伤的回望。

故乡被很多作家不断书写着。尤其 20 世纪以来,人与土地的关系渐渐疏远,在这种情况下个体的孤独感、漂泊感更加明显和突出,更可悲的是当人逐渐远离土地的时候迷失了自我,成了失去社会归属的精神流浪者。后来人们发现革命与工业结合之后的产儿——现代化并不像传说中的那么富有诗意,于是对故乡的回望便成了很多人自我找寻、自我回归的主要方式,所以故乡便以各种理由进入了人们叙述的视野。

不过,从总体上来说对于故乡的叙述不外乎两种情况:一是因为远离,一是因为失去。

之所以有了远离才有了“怀乡病”,很多人正是通过对故乡的怀念寻找情感和精神的补偿,于是“返乡”便成了治疗所谓“怀乡病”最有效的药方,而且治愈也成了可能。“返乡”是一个可以一举两得的药方。一方面可以用他来治愈“怀乡病”;另一方面,“返乡”

是很多写作者精神流徙的重要线索，只有通过“返乡”，这些写作者才能够寻找到自己的精神家园。

如果说远离故乡的人还有一条根在故乡生长，并且通过“返乡”的仪式可以完成精神的回归的话，那么失去故乡的人便真正成了无本之木，无源之水。在现代化阴影的笼罩之下，土地家园一点一点地被蚕食，被覆盖，此时人们失去的不仅仅是形式上的家园，而是精神上的家园。这是不可治愈的伤痛。

漠月出生于内蒙古阿拉善草原，20 岁就来到宁夏求学而后工作并最终定居在宁夏。因此在他的文学叙述当中，草原故乡这样一个远方的空间成了作家精神栖息的港湾。正如他所说的，“在我生命最初的记忆里，出生地留给我的影响是美好，有着田园诗般的宁静和安详”[1]，对故乡的这种美好的感觉就是来自于对故乡的离别。漠月在这里强调的“出生地”其实就是他反复描述过的故乡。他说，“出生地和儿时的经历，尤其对于作家和诗人很重要，决定着写作的情感因素和精神向度”[2]。事实的确如此，故乡（即漠月所说的“出生地”）作为作家抒发情感的主要载体，并且通过表现故乡的变化来表现人生命运的沧桑与曲折。

所以，故乡几乎成了漠月每一篇小说的精神背景，对故乡的书写几乎成了漠月唯一乐此不疲的嗜好，他一方面深情回望着自己的故乡，向我们描绘了一个“有着田园诗般的宁静和安详”的世界，一方面又毫不留情地揭示出在现代化的冲击下显得立体复杂、暧昧不清的颓败的故乡。

小说《锁阳》的情感基调虽然是缓慢哀凉的，但是对故乡的描写充满了无边的诗意：

[1][2] 漠月．后记 // 锁阳．银川：宁夏人民出版社，2004：274.

太阳白花花地照着。天上有大朵的云，像是谁随手丢弃的羊绒，洁净得很。这样的云是不会落雨的，却在无声地改变着形状，慢慢地淡了，最后剩下的还是天。屋前是沙梁，一道一道地铺展开去，天与地相交的地方就不很平坦，那里是白茨沟。再过些日子，白茨就要发出细小的叶儿，抹上一层绿色。[1]

这样的故乡体现着一种空旷宁静之美。然而“大哥”在新婚三月背离了它，远去盐湖小镇做扛卸工，谋求别样的人生，留下新婚的“大嫂”孤独守候。在这离弃和守候的艰难选择中故乡显得那么宽厚、包容，那么愁肠百结。当然，在这样的故乡，人必然是最重要的风景。“大嫂”是作者着力刻画的人物，虽然正面着墨不多，却塑造了一个健康、勤恳、坚毅而又不得不满怀心事的女子，这是故乡风景中最动人的元素。在这篇作品中，大哥终于被战胜，一个怀揣梦想背弃故乡的人终于被故乡和亲人唤醒。故乡盛大的力量成了构建游子精神家园的有力保障。

《湖道》里对故乡的描写除了一如既往的美之外，依然充满了无边的哀伤和希望。在世俗的生活里，亮子和罗罗的相互守候本来已经没有了意义，原本幸福的承诺和等待最终因为父辈命运的变故而成了两个青年内心挥之不去的阴影，命运的悲剧似乎注定要由他们来承担。在这里人与人之间的关系呈现出复杂的社会因素，没有希望，难以协调。但是这种无望的等待最终还是出现了转机，这是因为湖道里的水和草。水、草是漠月故乡世界里最重要的两种元素，是僵硬的人类社会的润滑剂：“这是一个鲜亮亮的早晨，湖道里聚满了水，真的是大水汤汤了，像一条兀生的河流。这时，

[1] 漠月．锁阳//锁阳．银川：宁夏人民出版社，2004：3.

奇异的景象出现了，那两个草垛在水面上漂浮着，轻轻地打着旋儿，缓缓地往水的中央聚拢。后来，那两个草垛紧紧地靠在一起，顺水而下……”[1] 最终，因为暗地里的割草比赛和这一场无边的大水，使得“那两个草垛紧紧地靠在一起，顺水而下”，故乡最终以传统大团圆的结局拯救了它的子民，呈现给读者一个美好的结果。

《湖道》中亮子和罗罗由开始的隔膜到最终作者所暗示的“紧紧地靠在一起”，以及《锁阳》中大哥的归来都是故乡的胜利，都是土地、家园对人精神和灵魂的感召。这样的故乡让人内心充满了感动，给人希望和力量，这样的故乡正是一个远离故乡的人内心“有着田园诗般的宁静和安详”的故乡。

然而，对故乡的回望有时候带着一种复杂的情绪。在漠月的部分作品中，故乡成了在风雨中飘摇的一叶扁舟，故乡的命运成了叙述者内心最大的担忧。

《青草如玉》中的宝元老汉一生都在寻找故乡，都在守护故乡，然而故乡最终还是在现代化的背景下变得面目全非。一方面，作为父辈的宝元老汉誓死保卫故乡和故乡的尊严。另一方面，作为儿子的蒙生们却在破坏着故乡，肆意践踏着故乡，因此故乡便在这场实力不均的战争中颓败。

《老满最后的春天》充满了悲剧色彩。老满活在人群的边缘，一生和老骆驼相依为命，人的孤独感和悲剧命运在老满已成必然，这就像是对更多的人的命运暗示。在越来越复杂的人类社会中，“老满们”放弃了对希望和理想的追求，甚至放弃了与同类——人——的交流，而更为悲哀的是与他相依为命的老驼最终也逃不脱被杀害的命运，这个“最后的”春天不仅是老满和老驼的，而是更多人的，甚至是整个人类的。老满与老驼的生死相依、生离死别

[1] 漠月．湖道．雨花，2001（3）．

是故乡最后的背影。其实漠月在很多作品中都已经暗示我们，理想的故乡就是人与动物、人与土地和谐相处的故乡。然而在欲望的驱使下，在所谓现代化的冲击下，这种和谐相处的关系总是被无情地破坏。

所以在漠月的小说中不断出现的片段：《锁阳》中的嫂子带有悲情意味的坚守，《湖道》中亮子和罗罗无望的守候，《老满最后的春天》中人与骆驼的生死相依生离死别，《那年秋天》中召召的爱情悲剧，《搭车》中有雨没有希望的前途，等等，这些在故乡土地上弥漫的悲伤情怀就是作者呈现给我们的故乡（牧场）最后的背影。丰富的草地，纯真的情感，坚韧的精神，深情的守护……只不过是现代化背景下支离破碎，难以缝合的传说。

漠月对故乡不厌其烦的叙述成了对故乡的一次又一次黯然神伤的回望。

传统：一条被现代化切断的河流

在中国文学的想象中有两种传统。

一种是 19 世纪末期以来的知识分子坚决反对的传统，它所代表的是旧中国陈腐的整体机制，是僵化且阻滞社会进步的顽症。《阿 Q 正传》中的未庄，《祝福》中的鲁镇都是这个传统潜滋暗长的土壤，这个传统就像一个无底深渊，让中国陷于无望。另一种是沈从文《边城》中的传统，汪曾祺《受戒》中的传统，依托于土地家园，是古老中国唯一馈赠给子孙的礼物。它被我们不断遗忘又不断提及，尤其是 20 世纪 80 年代以来，当现代化的浪潮席卷全国的时候，这个传统成了风雨飘摇中最后一盏微弱的灯光，温暖和照亮在风雨中挣扎前行的人们。

在漠月的小说中不断出现对后一种传统的怀念、追忆和深刻反思。

《夜走十三道梁》是一篇让人温暖的作品,是漠月的《边城》。作品情节非常简单,但是漠月试图通过这种简单的情节给我们表现一种健康质朴又不悖人性的美好情感和人类之爱。旺才是一个老实厚道的牧驼人,虽然内心对异性的情感有着非常强烈的渴望,却隐忍而不外露,所以当那些打零工的汉子们谈起男女之间那些风流韵事的时候他会“面红耳赤”,“没有任何发言权”。而在他无意邂逅秀秀的时候内心那种情感需求马上被唤醒了,他喜欢上了秀秀,为此他在相隔两个月之后买了驼毛专门去找秀秀,希望能够再次被挽留。秀秀因为死了丈夫而一个人寡居,却“素净、匀称、柔弱”,尤其内心世界宽敞明亮,“是一个不可小看的女人,拿得起放得下”,在和旺才的一次偶遇和一次相逢中的留与不留,显示出一个女性真诚坦然的内心世界,正是秀秀这种真诚坦然的态度感动了旺才,所以旺才在离去的时候给自己许下了可能是此生最大的承诺:“秀秀,我要娶你。”

同时,这篇作品在有限的篇幅内还给我们刻画了生活在沙漠草原上的一组人物群像,买了驼毛后相约去喝酒的汉子,闲暇之余热衷笑料的打零工者等,无不天然率真、健康质朴。引用李健吾先生在谈《边城》的时候所说的:“这些可爱的人物,各自有一个厚道而简单的灵魂,生息在田野晨阳的空气。他们心口相应,行为思想一致。他们是壮实的,冲动的,然而有的是向上的情感,挣扎而且克服了私欲的情感。对于生活没有过分的奢望,他们的全心全力用在了别人身上:成人之美。”[1] 所以在旺才和秀秀身上所体现的正是田园牧歌的理想和传统的人性之美。

《三十年前的一次演出》是一篇意味深长的作品。小城文化馆

[1] 李健吾.《边城》//咀华集·咀华二集.上海:复旦大学出版社,2005:27.

来的歌舞教师张万凉代表的是现代化背景之下城市文化的一面，精明、做作甚至下流，以至于他刚来的时候牧民们认为他是一个准备做报告的官员，后来也被人们勉强称作老师，而这主要还依赖于那架“在汽灯下光芒四射”的手风琴。向红是牧业大队的雇佣教师，在她身上表现出来的是自然、纯朴、健康之美。然而最终“张万凉和向红搂在了一起”，通过漠月不加丝毫修饰的词句，我们终于看到了事情的真相。为什么向红那种自然、纯朴、健康到了张万凉这里突然土崩瓦解，没有丝毫抵抗的过程。其实原因很简单，作品中写到“向红盯着那个手风琴，目光有些贪婪”，所以可以肯定，打败向红的主要是那架来自于城市的手风琴。为什么这里不是笛子，不是马头琴，而偏偏是手风琴，或许和前者相较而言手风琴更具有现代意味，更能代表城市文明吧。

如果说在《夜走十三道梁》中体现的是传统之美、人性之美的存在方式，那么在《三十年前的一次演出》中所要表现的则是这种传统之美、人性之美最终丧失的过程。秀秀和向红身上表现出来的都是传统的美德，而秀秀面对的是憨厚朴实的旺才，向红遭遇的却是来自小城的歌舞教师张万凉，旺才和张万凉的不同不仅仅在于二人的性格与出身，而是他们所代表的价值体系和人生追求。旺才陶醉于沙漠草原和驼群，陶醉于对秀秀纯真美好的情感想象，张万凉则是一个冷漠、充满心计的现代化背景下的城市人。虽然两篇作品都没有给出故事的最终结局，但结果可想而知。

所以，从《三十年前的一次演出》中我们完全可以判断，如果没有张万凉，向红依然会无忧无虑地生活在原初的自在和健康中，生活在传统的自然状态中，而在当下这些只不过是珍藏在现代人内心深处的美好想象，一切都将随着“张万凉们”的到来离我们远去。如果有一天我们再也看不到传统的河流从我们身边流过，对此我们应做好充分的心理准备。

传统与现代：一场无情的战争

中国小说对城与乡的叙述中，尤其在表现二者关系的时候，大多数作家认为城与乡的关系在很多时候会表现为传统与现代的二元对立。

这可能是因为20世纪80年代以来现代化的浪潮冲击席卷着大地，城市的价值体系侵蚀瓦解着乡村的价值体系，城市的发展对乡村的存在构成一种巨大的威胁。同时，随着城市进程的进一步加快，人的价值观念也在发生着改变，贪婪和欲望四处弥漫，精神颓败、道德滑坡，很多作家面临着艰难的选择。张炜曾经和一些文学爱好者谈到对传统与现代的态度时说："假使真有不少作家在一直向前看，在不断地为新生事物叫好，那么就留下我来寻找我们前进道路上疏漏和遗落了的好东西吧，这同样重要。"[1] 因此他表示"城市是一个被肆意修饰过的野地，我最终将告别它"[2]，像张炜这样的作家，最终以决绝的姿态表达了自己对于现代化背景之下的城市的厌弃，这其实是一种艰难的坚守，是一种道德的担当。

漠月的短篇小说《赶羊》是一篇很精致的作品，情节非常简单，然而充满了矛盾和张力。作者通过养羊与吃羊这对简单的关系表现出城市和牧区（城与乡）的对立，这种对立表面上看起来是温和的，甚至当汉子打了女人一巴掌之后这种对立似乎被化解了，其实这只不过是一种表象。

女人放羊的行为本身已经不是原初意义上的饲养了，而是一种精神的存在方式，她所放牧的并不是羊群，而是自己的情绪，羊

---

[1] 张炜．融入野地∥张炜自选集．北京：作家出版社，1996：157.

[2] 同上，第5页。

群之于女人只不过是一种温暖的符号。漠月在作品中通过女人的情绪变化不止一次地告诉读者“草可真是个好东西啊”,之后放羊的女人仿佛得到了“某种神示,一下子就开了窍,以后的日子,其实是一支小小的羊群在率领着女人走向一处处的草滩了”。在这里,女人、草和羊群以及“抱一只羊那样把喧腾腾软绵绵的女人抱起来”[1]的汉子共同构成了一种自足和谐的世界,任何一种外界因素的介入,都是对这个世界的破坏。

然而,放羊的最终目的就是为了给城里人供应羊肉(甚至“毛主席他老人家也能吃上一口哩”)。这种铁的事实打破了牧场里的和谐世界,也造成了城与乡(牧场)对立的事实。而且在这种对立之中,城的力量明显占据上风,甚至连一个来牧场选羊的白师傅都像“亲爹老子”一样威风凛凛,不容置疑。所以在这样一种强势力量的侵入下,女人失败了,羊群驯服了,汉子认命了,牧场(乡)也在这场为了填满欲望、力量悬殊的战争中失败了。

在《青草如玉》中,宝元老汉生命中有过两次重要的行动。第一次是为了保证生命的延续而找寻可以生长麦子的土地,第二次是为了维护生命的尊严而坚守水草丰茂的牧场。然而这两次行动都以失败告终。当可以生长麦子的土地已经不复存在时,他还可以退而求其次做个牧民。然而当宝元老汉把西滩草场当作生命的时候,草场却被戏剧性地开发成麦田,这一次被忽视的是生命的尊严,最终,宝元老汉在尊严丧失之后抑郁而终。在这篇作品中,“麦地”和“草场”代表的就是传统的温暖和美。可是宝元老汉所寻找和坚守的这种美,到了“我”这一代却被毫不犹豫地切断了。而这把“刀”正是在现代化华美外衣掩盖之下的人类的贪欲和虚荣,宝元老汉的儿子蒙生正是这把刀的持有者,他切断的不仅仅是父子之间那种血脉相

[1] 漠月.赶羊//锁阳.银川:宁夏人民出版社,2004:53.

连的亲属关系，而且是千百年来人与土地的精神纽带。

《青草如玉》中还有一个值得思考的问题，即蒙生、蒙土作为儿子对父辈的背叛。在大多数文学作品当中，儿子对父辈的背叛表现为两种情况，一种是以革命的方式表达对父辈的超越，这时候父辈代表着保守、落伍。另外就是对父辈的尊严与正义的背叛。在这篇作品中，蒙生、蒙土正是为了满足自己的贪欲和虚荣最终背叛了宝元老汉，而宝元老汉那种对土地家园的情感也没有被儿子们继承下来，人类这种美好的情感链条也因此而中断。

同时，《青草如玉》还充分展现了传统与现代的剧烈冲突，以浓厚的悲剧意识表达了传统在现代的无情冲击下寂寞悲壮的坚守。作品中的宝元老汉就如一位传统的守夜人，守候着人类最后的黎明。然而他最终还是没有抵挡住“轰轰隆隆”的钢铁机器，没有能够抵挡住大儿子蒙生的贪欲和虚荣，也没有能够阻止小儿子蒙土坠入堕落的深渊。在这篇作品中，现代化的标志非常鲜明，从物质上来说就是钢铁机器，从精神上来说就是人的异化。那种自然原初的人与社会消失殆尽，所以这场战争也必然会以失败而告终，宝元老汉在孤独和悲哀中耗尽了自己最后的生命。而被蒙生开发成麦田的草场又被退耕还草了，这仿佛是一个巨大的嘲讽，人类是否一定要在这样的循环消耗中为自己养老送终？

而在《放羊的女人》中，漠月通过女人和丈夫的矛盾进一步展示出了传统和现代无法协调的冲突。女人认为丈夫所在的城市是不要脸的地方，这是对“人欲横流的城市做了否定性的道德评判”[1]，其实也是对以城市文明为代表的现代化所做的否定性评价。所幸的是丈夫最后在女人深情的呼唤中回到了乡土，这是传统在和现代的交锋中珍贵的胜利，当然也可能是作者的一厢情愿。

[1] 丁帆主编．中国西部现代文学史．北京：人民文学出版社，2004：351.

从总体上来说,以工业生产为主要标志的现代化在其自身的发展过程中有很多毁灭式的、掠夺式的因素,因此带给人的伤害是永远也无法愈合的。但是人们并不能因此而停止反抗。像漠月反复在作品中强调的那样,虽然现代化的元素的确对人们尤其是年轻人具有极大的诱惑,但是对于土地家园的坚守依然不能放松。

结语：谁在叙述故乡

在最后,我们不得不再次提到为什么非要谈漠月的问题。

如果要进一步回答这个问题,还需要做这样一种追问:谁在叙述故乡?

在 20 世纪中国文学史上,那么多写乡土和故乡的文学作品,可是到底是谁在真正地叙述故乡? 这或许是一个值得认真思考的问题。

从五四运动一直到抗战爆发二十年左右的时间里,新文学运动的倡导者们始终坚持崇高的文学梦想,坚守着新文学的意识,比如茅盾对《小说月报》的改革。然而抗战爆发后这种坚持却被淡化了,取而代之的是通俗文学,民族形式也成为时代的要求。20 世纪 80 年代以来,严肃文学被重新提起,文学的精英品格得到发扬。如果在这样一个背景之下考察对故乡的书写,会出现两种截然相反的模式。一种是像鲁迅在谈到许钦文的小说时所说的:“在还未开手写乡土之前,他却已被故乡所放逐,生活驱逐他到异地去了,他只好回忆‘父亲的花园’,而且是已不存在的花园,因为回忆故乡的已不存在的事物,是比明明存在,而只有自己不能接近的事物较为舒适,也更能自慰的。”[1] 这种模式所表现的知识分子的主体情怀,

---

[1] 鲁迅．现代小说导论（二）——弥洒莽原狂飙等文学团体诸作家//中国新文学大系导论集．上海良友复兴图书图书公司印行（1940 年 10 月），上海书店影印，1982：113.

把曾经的故乡(或者原乡)与现实世界对照,从而表达一种悲伤(悲愤)的情绪。另外一种是在民族形式的导引下,以通俗文学的趣味表现农村农民的变化,这是中国现代文学被意识形态所规范的重要表现,有明显的农民意识,比如赵树理的小说创作。

而漠月属于前者。

漠月在自己的创作中更加注重知识分子的主体意识和主体情怀,这是明显高于农民意识的一种与乡村通俗文化无关的追求。这是漠月区别于宁夏很多作家的一个重要特点。宁夏其他作家都在本土写作,他们中的相当一部分都有“家”而几乎没有故乡,没有那种远离之后的忧虑,没有那种被放逐之后的伤痛。漠月却是远离了出生和成长的阿拉善草原,远离了故乡的作家,因此故乡才成了他比照现实社会,关注生命状态的精神家园。所以,描写和追忆带有深刻故乡标记的草原牧场,成了漠月“返乡”仪式中最重要的内容。

2009 年 4 月—7 月初稿,2012 年 4 月改定

(原刊于《扬子江评论》2012 年第 5 期)

城市和乡村的双重关照

——马晓雁小说浅析

马晓雁从2008年开始文学创作,分别在《朔方》《黄河文学》《六盘山》等多家刊物发表小说散文近二十万字,产生了一定的影响。2013年3月阳光出版社出版了作品集《深寒》,收入她的部分散文和小说作品。马晓雁的小说往往以独特的视角和充满伤痛的细腻笔触深入生活的内部,深刻描画出一地鸡毛的冷暖人生。1980年代出生的作家往往被冠以“80后”的名称,马晓雁却呈现出和国内很多“80后”作家不同的气质和风格[1],从她的作品中能够感受到中国现当代文学对她的熏陶与濡染,因而表现出明显的新写实风格。一方面体现出对文学精神的继承和传播,一方面体现出对叙事风格和技巧的自觉接受和应用,这除了天生的才华和气质之外,恐怕也得益于后天的研习和领悟了。

总的来看,马晓雁已经发表的十多篇小说作品大体上可以分为两部分。一部分是以《落花》《燕妮》等为代表的乡土小说,作者通过乡土风情、人生命运的刻画表达了对乡土社会(故土家园)的深刻眷恋,这些作品就像是一曲曲深情的挽歌。另外一部分是以《东浮沱》《南岸,北岸》等为代表的书写城市生活的小说,揭

[1] 宁夏出生于1980年代的作家与国内文坛所称“80后”作家的气质、风格有很大的区别,笔者在其他习作中亦有涉及,此处不再展开讨论。

示了挣扎在城市底层的小人物的悲剧命运。当然,作为女性作家,她笔下的主人公都是以女性为主。不管是乡村还是城市,不管是颇有气质的城市白领(林黛尔)还是行将就木的乡村老妪(四奶奶)都在命运最为灰暗的角落挣扎,几乎很少有人能够摆脱命运的悲剧,而对于女性命运的深切关怀则是马晓雁小说最为出色的地方。

一、从柴梁沟到西大滩：乡村的挽歌

乡土是现代以来中国文学的永恒主题,对于乡土的书写体现出的不仅仅是作家个人背井离乡颠沛流离的乡愁,更是中国的乡愁。这种乡愁是传统的,是文化的,是中国文学抒情传统的续接与发展。然而从“80后”作家开始,文学进入了一个更为纯粹的“个人化”时代,这种商业背景下的文学意识形态对已有的文学观念造成很大的冲击。我们看见更多的青春叛逆的痕迹,传统被撕裂,乡愁被隔断,北京上海的娱乐气息和残酷青春再一次让我们看到,叛逆是大多数“80后”作家的财富。

然而,宁夏的“80后”作家并没有像北京上海的“80后”作家那样,追逐华丽和时髦,为市场写作,为某种标签写作,甚至为利益写作。他们一出场就显示出与众不同的风格和追求,他们甘守清贫,甘守寂寞,为他们的身世,为他们脚底下的土地而写作。和很多宁夏作家的经历相似,作为西海固农村出身的作家,马晓雁在一个叫作柴梁沟的地方度过了她的童年,于是乡土社会的童年记忆成为她小说写作的重要资源。马晓雁的小说从这里出发,从柴梁沟到西大滩,西大滩是柴梁沟百姓的移民点,虽然地处塞外漠北,但是在马晓雁的小说里,西大滩的血管里依然流淌着柴梁沟的血液,就好像是故乡空间的延伸。

发表于《朔方》2011 年第 9 期的小说《老衣》[1]，作者用很短的篇幅，以云子娘给四奶奶和奶奶做“老衣”为线索，截取两三代人命运的断面，通过作者的巧妙组合将西海固地区的乡土民情以及“人在人中间老去，人在人中间重生”的悲凉生命更迭的真相揭示出来。在这篇作品中，人的生命就像一曲哀婉的小调，徐徐缓缓地奏响，却没有大起大合，也没有大喜大悲。或许这才更加接近生活的真相，更加接近西海固乡土家园的真相。如果没有对生命、对人生透彻的理解是不容易做到以近乎超然的态度书写人生命运的悲剧的。尤其作品中对四奶奶临终前的描写：“许多年里四奶奶快不行了的消息从西大滩捎了无数回，却总听不见下文，云子觉得早已没有人会对四奶奶的死抱有信心。听说家人曾经用过许多办法帮助四奶奶早点脱离苦海，却不曾见四奶奶有任何动静，四奶奶依旧留恋着这个鄙薄吝啬的人世。”这便是西海固人们对生命的一种只可意会不可言传的态度，他们对于活的淡然和死的洞达是看透了人世悲凉之后的超然。知堂先生在《死之默想》中曾写道：“我们看见路上许多乞丐，都已没有生人乐趣，却是苦苦的要活着，可见快乐未必是怕死的重大原因：或者舍不得人世的辛苦也足以叫人留恋这个尘世罢。”[2]而四奶奶在“无知无觉”中对“鄙薄吝啬的人世”的留恋何尝不是因为舍不得“人世的辛苦”呢？作者对西海固人这种“活”的状态的把握正体现了其入木三分的洞见。而这种对生命的体会是更多的“80 后”作家们不曾有过的，也是他们无法理解的。西海固乡土社会所上演的人生悲剧不是以一个标准到矫情的

[1] 收入作品集《深寒》时更名为《落花》。本文所引马晓雁作品，均见其作品集《深寒》，阳光出版社，2013 年 3 月出版。

[2] 周作人．死之默想 // 雨天的书．石家庄：河北教育出版社，2002：18.

"45 度角"仰望天空并泪流满面[1]的"郭敬明们"所能感受得到的,也不是"青春玉女"张悦然、"北京娃娃"春树所能体会得到的。而这是以马晓雁等为代表的宁夏"80 后"作家们珍贵的生命体验。这种体验只能来自于土地,来自于西海固的家园。

另外在《猫的光阴》(原发于《朔方》2009 年第 10 期,题为《村道》)中,作者以极简的笔触刻画了一个因丈夫在煤矿打工而留守在家的青年妻子黑女的卑微人生。丈夫外出在煤矿打工,黑女压抑隐藏着自己的一切,包括对丈夫的思念,包括对美的追求,包括每一句话每一个细小的动作,甚至连自己的胆小都要压抑在内心。看似波澜不惊的普通生活和简单的日常劳作,是经过作者对人物心理的深入刻画和准确把握,呈现给我们的一种轰然作响的悲剧人生。黑女的光阴就像那只野猫的光阴一样,寄人篱下,活在黑暗之中,"连晒日头都要看人的眼色"。这种隐忍、压抑以至于低到尘埃里的生活也正是西海固乡村众多的"黑女"人生命运的真实写照。

《燕妮》是马晓雁关照西海固乡村女孩命运的佳作。作品除了在"潮湖""隆德""庄浪"三个不同空间中人物的对白之外不著一字,没有情节的铺陈、没有背景的交代,然而像燕妮一样的女孩的命运却让人不禁潸然泪下。作品第一节"潮湖"通过燕妮和大妈的对话,使已经十六岁的燕妮知道了她两岁多的时候被亲生父母送人的真相;第二节"隆德"通过大妈和自己孩子的对话得知大妈也曾经将自己的女儿送给别人收养,而那个女儿最终夭亡了,这成了大妈心

---

[1] 黄平在一篇题为《"大时代"与"小时代"——韩寒、郭敬明与"80 后"写作》(《南方文坛》,2011 年第 3 期)的批评文章中指出:"这一矫情到近乎滑稽的姿态——郭敬明还特别指出应以'45 度角'来仰望——确立了郭敬明的写作策略、对象与美学风格。"

中的隐痛;第三节"庄浪"回到燕妮最初被母亲送人的场景,燕妮的亲生母亲为了生一个男孩而连续生了五个女儿,最终因为无力养活而将第五个女儿燕妮送人。之所以要这么详细地复述小说的情节,不仅仅是因为在这篇作品中体现出了马晓雁的叙述技巧,更重要的是通过不同场景的变换和故事的推演,让读者进一步看到西海固农村女孩的不幸命运。

以上三篇关于西海固乡土社会的小说分别呈现了老年妇女、青年妇女和女孩子三种不同年龄阶段的女性的命运。好像西海固的老人所面临的只有死,如何才能超然体面地死去几乎成了更多西海固乡村的老人所关注的重大问题,一身老衣,一口棺材成了他们人生最后阶段唯一的寄托。而生活在西海固乡村的青年妇女虽然有着相对比较清晰的人生轨迹,甚至或许还能看到所谓的希望,但是仍然摆脱不了悲剧命运的束缚:丈夫在外打工,留守在家伺候公婆成了她们为数不多的选择。虽然近几年也有很多青年妇女随着丈夫一起出门,但是那种千辛万苦颠沛流离的日子更为艰辛。另外,西海固女童的命运是最让人关注并忧虑的,受传统"传宗接代"的观念的影响,农村女孩子的生存权都被剥夺了,更何况教育和发展。可以说,这三篇作品集中体现了马晓雁对西海固乡村女性命运的思考,体现了她对西海固"母亲"的最终关怀。

可以说,大多数作家对乡土的记忆是从书写童年开始。在个人的成长历程中,如何对待童年记忆成了一个很有意味的问题。尤其对童年记忆的不同叙述,可以看出一个作家在过去与现在之间彼此呼应前后对照的关系。有的作家沉溺于对童年"趣味"的记忆,有意无意地忽略了生存的悲剧,这样的作家沉浸在自己构建的虚幻的精神乐园中,远离现实,远离真正的人生,因而少了一些人文关怀和道义的担当。殊不知,人生更是悲剧的存在,尤其在西海固的乡村,生之艰辛成为祖祖辈辈挥之不去的阴影。而马晓雁关于西海固乡村的小说深刻揭示了这一生存真相，尤其对于女性命运的书写更加震撼人心。

二、从《东浮沱》到《南岸，北岸》：城市书写

大多数宁夏作家都经历了一个从农村到城市的住所和身份的转换，这种转换不仅仅是地域或空间的转换，更重要的是一种行为与观念的转换，是一种思考方式的转换。然而几乎在所有出身于农村的宁夏作家作品中，我们很难看到城市的影子，他们虽然身处城市，却无法使自己的精神与情感彻底融入城市，城市在他们的作品中缺席了。所以便有部分作家坐在书房里看着外面闪烁不定的霓虹灯却不敢进入那种生活，他们的心灵永远被定格在乡下的土地上，生活在城市对于他们来说就像是一种负罪。所以，我们在部分宁夏作家的作品中只看到回望，看到坚守，看到童年，看到人生的过去和曾经，却看不到现在，看不到未来，看不到设身处地充满热度的抑或是冰冷的现实生活。文学的生命就因为他们在对乡土的不断回望中呈现出其局限性。这不得不让人感到遗憾。

文学创作对城市的回避不是一种积极的态度。中国当代社会最初发展所经历的道路是一条农村包围城市并最终占领城市的道路，所以 1940 年代至 1980 年代初期我们很少能看到真正意义上的城市文学。然而从 1980 年代中期开始，社会发展的模式发生了根本性的转变，现代化的进程伴随着城市的扩张和对农村的侵蚀汹涌澎湃无人阻挡，这是任何人都无法回避的事实。城市变得越来越庞大臃肿，越来越混乱肮脏，而在此过程中，农民失去了祖祖辈辈赖以生存的土地，成了新一代“城市居民”（而不是市民），他们固有的生存模式被强制修改，传统的价值体系也随之崩塌。因此在这样的背景下对城市的关注也成了一个时代作家责无旁贷的

选择。当然，这种关注或许改变不了什么，但至少是一种人道主义情怀的自然选择。

然而我们看到，在马晓雁的小说创作中，大约有一半作品都是对城市的书写和关怀。她不但能从作为农村的柴梁沟进进出出，也能从城市的某一个胡同里面进进出出，而且从容不迫游刃有余。这仿佛让我们看到两个马晓雁，一个乡土一个城市。尤其她对城市生活的描写与刻画用力更深，充满了悲剧色彩，就像是唱给那些不幸人生的哀婉的献歌，这其中一定包含着作者无声的爱。在马晓雁描写城市的作品中，她并没有放纵自己的想象，去渲染"现代化"抑或是"工业化"背景之下市民社会的矛盾冲突和尖锐斗争，因为戏剧性并不是人生的常态，悄然而去的人生大多是缓慢匀速而且沉默的，这里面一定深藏着作者的人生经验与体悟。因此，我们看到作者在略显节制的叙述中传递出种种淡淡的舒缓的哀凉，就像倾泻一地的冰冷月辉，慢慢将人浸透。

或许城市本来就是一座废墟，有的人在上面狂欢，有的人在下面哭泣。马晓雁小说中的人物，那些命运各异的女性，都是在这个城市的底层挣扎着，并试图扭转命运的悲剧。

《东浮沱》是马晓雁书写城市的最好的作品之一。在这篇作品中，作者为我们塑造了住在同一条巷子（东浮沱）里的三个女性：林黛尔、韦云和一禾。从小就被遗弃的孤独的大龄剩女林黛尔，对生活充满了希望却又不幸的韦云，为了寻找丈夫而在城市底层挣扎的乡下女人一禾，这三个女性出入于同一条小巷，却有着不同的身份与命运，过着截然不同的生活。她们虽然互不往来，但在生活中又隐隐相关甚至惺惺相惜。林黛尔虽然在城里有工作有住房，有比较稳定的收入，却因为过早失去了父母而过着一种"枕着清辉冷月在岁月的旋涡中打转转"的生活，四十岁了还没有把自己嫁出去；理想主义者韦云虽然有一个在外人看来比较美好的家庭，但是丈夫常常醉酒晚归，并因此使韦云摔伤了腿，于是那“在修葺一新的葡萄架下品尝下午茶的情景”也只能是个梦想了；而一禾则是三位女性中最不幸的一个，她为了寻找平白无故离家出走的丈夫，带着不懂世故的两岁孩子来到城里到处张贴寻人启事，两年多过去了，孩子已经渐渐长大，但是丈夫依然杳无音讯，就连她自己也举步维艰了。三个女人的东浮沱，各有各的心酸和不幸。然而，在这个灯红酒绿的城市中，一旦繁华褪尽，这些卑微的如蝼蚁般在最底层挣扎的生命才是世界的真相。小说并没有太过于复杂的情节，抒情几乎成了作者唯一的追求，或许只有抒情才能真正抵达这几位女性哀凉人生的本质。

整篇作品就像是一幅濡染着岁月印痕的黯淡的水彩画，简单的线条、模糊的构图、灰暗的色彩，更近于写意的画面最适合于这种苍凉悲哀的格调。所以这里的东浮沱之于林黛尔们，就是一段无声的背景，那些清冷的月光和无声的雪将林黛尔们的悲剧命运照亮、放大，就像是一个无声黑白片的镜头，慢慢地从她们身旁摇过去，于是“她们”的命运便一一呈献给观众，直至镜头定格在“东浮沱熟睡在夜里，夜悄悄向深处走去”这种充满了无尽的叹息和无穷隐喻的结局。

《东浮沱》中的三个女性都不甘于向生活投降。林黛尔的理想是把自己嫁出去，韦云希望丈夫晚上能早一点回来，一禾则是希望找到丈夫当面跟他问问清楚。然而这一切一旦成了人生的理想之后就显得那么小气，永远都没有实现的可能。这些女性无一例外都成了生活的失败者，或许失败才是她们唯一的结局。在《南岸，北岸》中，作者同样也为我们塑造了一个失败的女性形象。柳子做了苗庆峰的第二任老婆，生下了苗蛋，但是苗庆峰却喜欢上了徐会计。于是柳子开始和自己的皱纹作战，希望能以此挽回自己的生活。然而随着苗蛋的死，苗庆峰彻底离开了柳子，柳子在痛恨中生活了十年,没想到苗庆峰最后也死去了。作品用了较长的篇幅反复写柳子在街上走过的情景,一家一家的店铺、熙熙攘攘的人流、冷冷清清的街头,就好像是柳子斑驳剥落的人生,繁华落尽,命运凋零。或者这就是一种新的城市文学的主题,没有奋斗只有挣扎,但是再怎么挣扎也无济于事。

《凋零的鞋子》和《浮生三记》中,马晓雁同样为我们揭示了生活在城市底层的百姓,尤其女性的悲凉人生,死亡、背叛、犯罪、出轨、猜忌、伤害,所有人的不幸都被浓缩在一条小小的巷子里,一栋独居的小楼上,仿佛这条巷子就是整个世界,这栋小楼就是整个城市。几乎所有故事的发展和人物形象的塑造都在灰暗的颜色中不知不觉缓缓推进,悲伤却不露于形,痛苦却不着颜色,所有的情绪和态度都被作者深藏起来。这也是马晓雁小说的最大特色。

而国内大多数“80后”作家的作品中更多的则是颓废青春的自我画像,忧伤的表情下面掩藏着绝望空洞的内心。作品中充满了偷窃、酗酒、恋爱、欲望、暴力等等,除了金钱搭建起来的时尚之外就是无厘头的调侃和尖叫,很少有人能够深入社会的底层去直面真实黯淡的人生。

另外,在马晓雁关于城市的作品中值得注意的是城市中私人空间的把握,这不仅是一种角度更是一种技巧。城市无疑是一个巨大的存在,如果把一个卑微的个体放置其中则如沧海一粟,让人无从把握。因此有很多作者在写作时都要设置一些特殊的私人空间,就像是舞台的背景与颜色,便于更明显地把人物呈献出来。而且对于马晓雁小说中的女性来说,那些私人空间就像是茫茫人海中的孤岛,带有明显的个人色彩,既可以让她们逃避孤独,又可以让她们安置灵魂。她们借此从喧闹的城市场景中逃离出来,拉开距离之后再回头去看熙熙攘攘的城市人生,这无疑是对孤独的认同和修饰。《东浮沱》中林黛尔家二楼的阳台一共出现了两次:“站在二楼的阳台上，总能看见张平家院落里的人间烟火。看着看着，林黛尔就感到自己孤独无比。三十岁到来的时候，林黛尔就曾经恐慌不已。”“林黛尔站在二楼的阳台上，出神地望着眼前的明月。冬天的月光不似秋天那么冷傲，带着一点点新生芽的黄，暖暖的、痒痒的。如果不是前排的楼房挡着，站在阳台上就可以望见浮沱湖。搬到出版大厦旁边，有可能经常看到童先生。可是，与东浮沱相比，童先生又算得了什么。林黛尔突然觉得自己远远没有长大，自己还是那个奔跑在巷子里踩踏父母影子的小姑娘。”这个二楼的阳台无疑成了林黛尔逃避并审视和安慰自己的港湾，也是她和世界对话的窗口。《南岸，北岸》中柳子的二楼阳台与林黛尔的阳台有异曲同工之妙，都是半开放的私人空间，是卧室客厅和外面世界的通道与窗口，在小说中有着相同的美学功能，仿佛是一个人的小小舞台，自己内心的戏在这里上演，而观众就是她们自己。

三、结语

对于故乡来说马晓雁是一个流浪者，对于城市来说她又是一个异乡人。然而这两个不同的空间和场景是她经验的源头和幻想世界的出口。不管是乡村还是城市，在马晓雁的小说中都是无声的背景，更为重要的是，她对生存其间的人生命运的把握与书写给我们呈现了不同身份女性的相近的悲剧命运。由此我们看到她的作品充满了人文情怀，充满了对故乡家园的眷恋之情，充满了对中国底层民众（尤其是女性）命运的深切关怀。这种自觉的担当正是她和国内其他青春偶像型“80后”作家的不同之处，这也是中国知识分子作家薪火相传的重要表现。而且，对于整个宁夏作家的创作来讲，我更加认同贺绍俊先生的看法：“多读一些宁夏作家创作的短篇小说后，也对他们今后的创作产生了些许忧虑，因为他们作品中存在着某些同质化的东西，如果他们不及早警惕到这一点，他们开拓的空间将会越来越小。”[1]而马晓雁的小说相对于部分作家来说，恰好表现出一种“异质”的东西，她对女性的关怀、灰暗色调、城市书写等等，让我们看到宁夏“80后”及更年青一代作家的突破与努力[2]，这也正是宁夏作家的希望所在。

当然对于马晓雁来说，她真正开始写作的时间并不是很长，虽然个别作品还存在着一些有待改进的问题，比如小说的结构还需要进一步合理化，个别语言还需要仔细打磨，但是我相信，她的文学世界刚刚掀开了一个缝隙，凭借她天生的艺术才华，凭借她对生活的独特体悟，凭借她的人文情怀，她一定还会为我们呈上更为精彩的作品。

2013年5月于固原

（原刊于《宁夏师范学院学报》2013年第4期）

---

[1] 贺绍俊.2012年短篇：平常中变异.小说评论，2013（2）.

[2] 包括许艺和马金莲这些年的创作也取得了优异的成绩，她们三位都出身于西海固乡村，都是1980年代出生的作家，她们一出场就以和50、60、70年代出生的宁夏作家截然不同的姿态在宁夏文坛崭露头角。

“我”的出走与回归

——宁夏中短篇小说的叙事学考察和“知识者”形象略论

一、叙述者：“我”的存在与出场

从小说叙事的人称机制来讲，第一人称叙述是现代小说主要的叙事模式之一。陈平原在其《中国小说叙事模式的转变》中认为第一人称叙述是最适合于“五四”作家采用的叙事角度，因为“相对于传统小说的全知叙事，第一人称叙事最容易辨识，其优势也最明显”，而且“第一人称叙事在限制视野的处理上，显然比第三人称限制叙事容易掌握”，尤其重要的是“五四”作家的创作“或多或少带有作家个人生活的影子”，“作家从自身选取创作素材的实在太多了，以至于读者很容易把小说中的人物直接等同于现实生活中的作家。若从表现作家自身生活经验与情感需求的角度考虑，第一人称叙事无疑是最适宜的”。[1]实际上，陈平原此论不止于“五四”作家，第一人称作为小说叙事的人称机制在整个20世纪以来中国小说的叙事模式中都发挥着非常重要的作用，在一个多世纪的小说创作中，很多作家把第一人称叙述作为一种非常重要的叙事选择，甚至当作一种小说创作的技巧，使作品呈现出真实感，让读者

[1] 陈平原．中国小说叙事模式的转变．北京：北京大学出版社，2003：86-87.

产生一种“在场”的错觉。而对于研究者来说，第一人称叙述给作品带来更为丰富的意义，使作品具有更为广阔的阐释空间。

但在很多宁夏文学研究者那里，几乎很难看到对采用第一人称叙述小说的关注。或者说，即使有人会关注这些作品，也往往忽略其作为“第一人称叙述”的意义和价值。因为很多宁夏文学研究者更愿意关注宁夏作家“写什么”（写苦难诗意的土地、坚韧顽强的生命。这几乎是长久以来研究者和读者关注宁夏文学的一个“卖点”，这使得宁夏文学和宁夏作家承担着一种“悲壮”的精神价值），而很少去关注宁夏作家“怎么写”（作家的知识结构、语言功底、叙事策略等等。这一方面放松了对作家最基本的要求，当然也容易忽视一些内容和形式俱佳的优秀作品），但是如果从“怎么写”入手来解读宁夏文学，或许会有一些较为有趣的发现。

在宁夏作家作品中采用第一人称叙事模式创作的小说如果以叙述者“我”和故事之间的关系区分的话，大致可以分为两类：一是“我”的故事，主要以“我”的经历和感受为主，比如石舒清的《黄土魂》和《出行》、郭文斌的《陪木子李到平凉》、了一容的《沙沟行》等；二是“我”的见闻或者和“我”有一定关系的人的故事，比如张学东的《跟瓶子一起唱歌》、漠月的《青草如玉》、陈继明的《微澜的水》、火会亮的《民间表演》等。而无一例外的是，这些作品中的“我”都是以“知识者”的身份出现，不管是教师、作家还是记者。这一角色定位既是对“五四”新文学传统的继承，又有作为宁夏文学的特殊选择。“五四”时期的小说一方面从传统文学脱胎而来，但更重要的一方面是学习和借鉴了西方小说的创作实践和先进的叙事理论，非常注重叙述者的内心感受和作家的审美体验，甚至放弃了“故事”而以叙述者的“情绪”来组织小说，正如鲁迅在谈到安德列夫（鲁迅译作安特来夫）小说时所说“消融了内面世界与外面表现之差，而现出灵肉一致的境地”[1]，尤其1921年出版的郁达夫的小说集《沉沦》中的诸篇作品更是以“自叙传”的抒情体式袒露了“我”作为一个青年知识者的灵与肉的冲突。当然，鲁迅的《狂人日记》《祝福》等篇也是第一人称叙述的杰作。而事实上，从宁夏20世纪六七十年代出生的作家所经历的教育背景和阅读范围来看，他们更多的是从“五四”新文学那里获得了必要的养分，从而形成自己最初的基本的文学积淀，包括思想、技巧等等。他们在选择小说中人物角色身份的时候往往不自觉地以边缘化飘零不定的“知识者”为主，这些“知识者”大多数出身于农村，他们的祖辈父辈都是农民，而他们自己通过上学读书这种唯一的途径改变了自身的命运，成为一名有别于农民的“知识者”。这些作品中的“知识者”则又映照出作家的影子并和作家的人生经历几乎相近，出身于农村，由农民而作家，因此宁夏作家最为熟悉并且最容易驾驭的除了成长过程中所经历的农村生活之外，就是自己的人生体验了。因此，以“知识者”作为“我”的角色定位，除了“五四”文学传统的因素之外就是宁夏作家特殊的当然也几乎是唯一的选择。

因此，从小说的叙述视角这一方法论的角度开始，考察宁夏的小说创作，尤其是中短篇小说的创作，更容易进入写作者的内心，更容易发现作为叙事者的“我”和作家之间千丝万缕的精神关联。

二、地之子：“知识者”的底层意识和乡土情怀

丹纳认为文学的生产决定于时代、种族、环境三要素，而对于宁夏文学来说这种影响文学生产的因素则显得更加重要。宁夏地

[1] 鲁迅.《暗澹的烟霭里》译者附记//鲁迅全集：第十卷.北京：人民文学出版社，1981：185.

处西北边地，经济、文化相对落后，社会生活的内容和东南沿海等发达地区相比自有其特殊之处，尤其是乡村社会。另外，工业文明对宁夏经济、文化的冲击显得更加迟缓。这在很大程度上影响和限制了作家的视野和写作题材，使他们将更多的目光集中于乡村、土地、农民，因此“苦难”的生存和“诗意”的栖居仍然是大多数小说的重要主题。

1993年石舒清发表于《六盘山》的中篇小说《黄土魂》曾被改编为电影《请你留下来》，在当时产生过一定的影响。这篇小说以一个“知识者”（乡村教师）的见闻与感受揭示了西海固乡村教育的不幸现实。作品中的“我”（刘小燕）刚大学毕业便被分配到西海固一个偏远的山村小学当教师，半年时间经历了诸多甘苦，等到“我”终于融入到那个环境的时候却不得不舍弃那里，这对于“我”来说，面临的是一种情感与道德的双重拷问。这其中夹杂着“我”的忏悔、告白和灵魂的剖析：

> 我配吗？我不配！
>
> ……
>
> 回到宿舍，把自己锁在里面，觉得心里弥漫着撕不开、化不了的难以言说的感受。我爬在炕上糊里糊涂地咕哝着，糊里糊涂地流泪，一直流到天亮……[1]

然而作者在最后并没有就“我”的去留和选择给出一个明确的结局，但是正如后来改编的电影片名一样，“请你留下来”是一个带有强烈诉求的第二人称祈使语句，由“我”而“你”，叙述的角度发生了根本的转变，叙述者变成了被叙述者，表现了西海固山村教育及西海固农民对“知识者”和其所代表的“知识”所做的最后的呼

[1] 石舒清．黄土魂//苦土．天津：百花文艺出版社，1994：217.

唤和挽留，却注定充满了悲剧的意味，直至二十多年之后的今天，这类问题在西海固的山村或许并没有得到较好的解决。

在这篇小说中，作者通过“我”的主观感受、心灵体验直面西海固山村的教育现状，表达出“知识者”的忧虑和悲悯。在这里，作为“知识者”的小说人物和作家达成了认识上的高度统一，带有作家生活的影子，甚至可以说“我”眼中的世界就是作家石舒清眼中的世界。当然，从叙事结构和行文来看，《黄土魂》作为石舒清早期的作品依然带有鲜明的写实风格，依然没有能够摆脱传统小说以情节来推动故事发展的模式，但作为“知识者”的“我”的自叙传色彩非常浓厚，并且以此作为小说表现的中心。

在张学东的短篇小说《跟瓶子一起唱歌》中，作者意在通过“我”的内心体验和旁观者的身份讲述拾荒女孩草叶儿无法回避的悲剧命运。年幼的草叶儿原本应该享受一个孩子应有的家庭温暖和学校教育，然而现实是她为了上学不得不积攒三千只啤酒瓶，更何况那个“上学”的承诺可能就是成人世界的一个谎言，而且她还不得不为了一只破旧的铝锅遭受毒打……这些才是草叶儿命运的真相。然而有论者认为“在那个朴素、贫穷，甚至有些粗粝的家庭生活中，看到了另外一种民间的生活温暖和力量”[1]，不知道这样的“一种民间的生活温暖和力量”来自于哪里？难道是那些会在风中唱歌的啤酒瓶子？但是如果设身处地地站在叙述者“我”的立场上则不难看出，即使那来自纯净心灵的天籁之音也无法阻挡草叶儿悲剧的命运。草叶儿最终被啤酒瓶砸伤，这虽然有一些偶然，但也是宿命般的必然。

在这篇作品中，叙述者“我”“听到的声音太多太杂了，耳朵

---

[1] 陈思和．精致结构中再现历史的沉重——张学东的短篇小说艺术．上海文学，2004（12）．

生了厚厚的锈，早已变得迟钝不堪，就连内心的感受也越来越浅薄了，不会轻易为什么流下一滴泪，所以我是听不出什么名堂来”[1]，然而最终因为受了小女孩的感染而“依稀分辨出草叶儿此刻哼唱的竟是我小时候就会唱的一支儿歌”[2]。这里的“知识者”和《黄土魂》中的“我”一样，最终受了乡村社会和美好人性的感召、安抚、净化和拯救，从而实现了精神的回归。

就这两篇作品来看，作者通过第一人称叙述模式，分别塑造了两位“知识者”的形象，虽然他们并不一定拥有完美闪光的人性，但是他们能够脚踏实地深切关注着西北中国的底层社会，表现出一种“哀民生之多艰”的悲悯情怀。

而在漠月的中篇小说《青草如玉》中“‘我’是一个倾听者、见证者、叙述者，目睹了土地家园沦落的整个过程。这也是20世纪中国知识者乡土小说叙述的基本方法”[3]。这篇小说完整地呈现出土地在传统与现代的冲突中节节退败的过程，表达了作者深重的忧虑。火会亮的短篇小说《民间表演》则通过一名记者的所见所闻表达了乡村社会中人与人，贫与富之间的争斗和角逐。

在整个宁夏文学的创作中，像这样的作品不胜枚举，作者给我们呈现出作为“知识者”的“我”与乡土家园之间密切的精神联系。而且在很多作品中，叙述者均自认为是知识者、地之子、故乡家园的弃儿，这实际上隐含着一种来自于土地而又最终超越土地的骄傲和自豪，这样的内心体验在“五四”以来新文学的叙述中随处可见。比如很多人都以“乡下人”“地之子”“农民”自比，然而从职业的选择来说，他们并没有一个人愿意做土地的儿子或者农民，这

[1] 张学东．跟瓶子一起唱歌．上海文学，2004（12）．

[2] 张学东．跟瓶子一起唱歌．上海文学，2004（12）．

[3] 倪万军．乡土小说的叙述空间及其可能——以漠月的三篇小说为例．宁夏师范学院学报，2011（2）．

种亲近土地的身份只不过是一种道德倾向、价值选择，尤其在后现代工业文明的背景之下，传统价值受到冲击，于是人与自然和谐相处，人与故乡家园紧密关联成了一种新时代的理想和追求。

三、难以直说的苦衷：在宗教信仰中寻找拯救

新时期以来的宁夏小说除了在土地家园中寻求精神的庇护之外，还有一个非常重要的主题就是从伊斯兰宗教信仰中寻找灵魂的归宿。这种主题尤其在石舒清的作品中得到了集中体现。石舒清通过他的作品所要抵达的不仅仅是宁静、素洁、坦然的乡土世界，更重要的是灵魂的内省和审视。崇高而内敛的宗教精神如清流一般洗涤着他的内心，也洗涤着这个民族的内心。可以说石舒清的创作在很大程度上受着伊斯兰宗教精神的指引。这与张承志是有区别的。张承志所认领的是刚烈血性激情焕发的一面，而真正的宗教精神永远都是让人安静，让人内敛，让人慢下来，让人后退的一种心灵诉求，同时也是为了实现人与人之间的平等，拉近人与人之间的距离，消除人与人之间的隔阂，让人在庸常凡俗的生活中得到拯救。这正是石舒清的一部分作品所要探索的重要主题。石舒清在他的小说中认同并将这种宗教精神进行了诗化的处理，并且通过带有自己影子的小说人物（“知识者”）将个人化的认识和审美体验表现出来，尤其在《出行》《疙瘩山》等作品中表现得尤为明显。

《出行》亦是带有“知识者”自叙传色彩的小说。作品的主人公“我”（田老师）是一位精神孱弱、内心不安、缺乏道德自信的弱者，希望通过去拱北“走走”这种带有宗教“静修”意味的行为，完成对自己肉体和精神的双重拯救。小说从“我”去拱北开始到回家，共有十三个片段，既有所见所闻，又有所思所想，以轻来抵抗重，以无声发出呐喊，传达出来自于宗教信仰的神秘但又能够浸染人心灵

的异样感觉。然而对于“我”——一个在尘世中挣扎的知识者来说，内心有太多的困惑、迷茫和不解，这也正是像“我”这样的知识者面临的共同的精神困境。正如作品中“我见到了小掌柜的”这一片段中写道：

> 我好想与小掌柜的说话，我想知道他这年轻的生命住在这遥远而清寂的地方，一日日一夜夜究竟在想些什么，在做些什么，我想问问他有没有激情、冲突和困惑，我想问问他有没有万念皆空，活不下去的时候，我想问问生命究竟是什么，生命为什么总是处于搏杀和空虚状态，安详默然是能实现的吗？我想问问我与他的区别，我想问问我与他谁现在的位置更对一些。[1]

毫无疑问，作为一个普通的知识者，没有谁能够逃避这些问题，但是在宗教精神的引领之外几乎也没有谁能够真正将这些问题迎刃而解。所以最终只能寄希望于“出行”，而这里的“出行”实际上是一种回归。作品中的“知识者”远离乡村（信仰）则意味着成了精神的流浪儿，至少在他（他们）的潜意识中有一种被放逐和遗弃的感觉。在石舒清的作品中，这样的抒情主人公不止一人，他们一次次返回土地和乡村，来到清真寺，来到拱北，试图以此完成对自己灵魂的拯救。

《疙瘩山》一篇依然使用了第一人称的叙述策略，这篇小说的主人公小姚得了心脏病无法治愈而最终选择出家。作品通过“我”的所见和所闻讲述了小姚生命中的几个片段和去世后盛大的葬礼。当然，叙述者“我”最终通过小姚的故事和自身的生命体验而实现了对生命豁然开朗的认识：

---

[1] 石舒清．出行．飞天，2000（4）．

我似乎越来越清楚，只要有精神力量，只要精神健全，肉体的好坏甚至可以说是无所谓的。肉体仅只是精神之树上的果实之一，我一生可以尽尝这果实的美味，可以尝其中一部分滋味，如果命该那样，命该没有这果实，命该这果实从里到外腐坏，一尝都是恶味和苦水，那么我便可以不尝，舍此，在精神之树上还有别的果子。然而要是精神蒙昧了哑然了残废了，所谓生还是个什么呢？[1]

这与《出行》相比似乎更接近于终极思考，几乎实现了对生命本质的理解，达到了认识上更高的境界。

值得注意的是石舒清这两篇作品中的几个人物形神相似，《出行》里的“我”、掌柜的、九儿、小掌柜的，《疙瘩山》里的小姚和“我”，这些人物在体质上都是病弱的，在精神上都曾有过一定的困惑，其中几人都是在幼年便因为身体疾病等原因被“出散”到拱北或者到拱北做了出家人。正如苏珊·桑塔格在谈到结核病时所说：“它加速了生命，照亮了生命，使生命超凡脱俗。”[2] 实际上任何一种疾病都会促使人认真思考生命存在的价值和意义，而对于信仰者，只有当他们面向宗教的时候才有可能获得最终的彻悟。

石舒清的这两篇作品和早期的《黄土魂》相比显得更加挥洒自如无拘无束，叙述者就像是通过人物心理意识的自然流动而率性为之，从而形成了一种畅达、自然、圆润的叙事风格。

当然，回归到宗教信仰，以此来寻找灵魂的拯救在其他信仰伊斯兰宗教的作家作品中也得到了充分的体现。比如了一容的短篇小说《沙沟行》，虽然并没有直接书写宗教信仰对人心灵的净化和影响，但是整个故事是在浓郁的宗教氛围之下展开的，因为有了宗

[1] 石舒清．疙瘩山．花城，2003（2）．

[2] 苏珊·桑塔格．疾病的隐喻．上海：上海译文出版社，2003：14．

教氛围的熏陶和浸染，才会有牛娃子在最危险的时候舍身救“我”，才会有沙沟百姓不管多么贫穷困顿都会将最好的食物献给客人。正是沙沟人这种近乎赤子的人生态度净化了“我”的思想，完成了对“我”的精神的洗礼。

在宁夏，对于伊斯兰宗教信仰的美好想象几乎是特定身份的集体记忆，很多回族作家正是因为内心怀着对伊斯兰宗教信仰的万般虔诚，才能在笔端流露出源自天然的悲剧美和崇高感。而在一些以知识者作为叙述主体的作品中，那种人生无法预知的生死哀乐成了知识者们普遍的难以直说的苦衷。

四、“谁能告诉我，我是谁”

李尔王曾经在极度愤怒和痛苦时大喊：“谁能告诉我，我是谁？”这表达了一种认识自我和找寻自我的困惑，人作为思维的主体，对周围人和事的认识是比较容易的，尤其在小说的创作中大多数情况下小说的根本目的就是对客观世界的把握。然而对于思维主体来说，自身也是客观世界的组成部分，这就无法避免人对自身的认识和把握。第一人称小说在很大程度上是叙述者对自我的认识和找寻。在前面所讨论的几篇小说中，叙述策略的选择正是基于这样一个基本的前提，即作家（叙述者）通过对自我的寻找和认识，最终回答“我是谁”的问题。

所以从“五四”新文学以来，更多的作家不约而同地选择了第一人称叙述的叙事模式，而且取得了巨大的收获。对于宁夏文学来说亦是如此。很多作家热衷于第一人称叙述，而且叙述者的角色选择都是以知识者为主，表达了他们对土地家园及宗教精神的迷恋和热爱。

第一人称小说“叙述话语的魅力主要系于叙述者的独白，因此，它要求叙述者必须具有很高的文化修养和突出的个性气质，否则就难免会使文本陷入沉闷与枯燥之中失去光彩”[1]，在宁夏作家的作品中，基本上所有的叙述者都是知识者的身份，这一方面保证了叙述话语的魅力，一方面表达了知识者的心理、情绪、理想、愿望等。

宁夏作家大都出身于宁夏南部西海固地区（比如石舒清、郭文斌、了一容、火会亮、马金莲等等），即使出身于其他地区的作家也大都与西海固地区的精神血脉有着千丝万缕的联系（比如陈继明、漠月等等）。而他们最初都来自于农村，对农村社会有非常深刻的体认，后来由于读书和工作的原因而从农村“出走”，成了离别故乡家园的知识者，但是对于他们来讲，生命之血脉却永远维系于乡土，因此回归土地家园只是个时间和形式问题。正如鲁迅在谈论许钦文的短篇小说时所说的那样：“在还未开手来写乡土文学之前，他却已被故乡所放逐，生活驱逐他到异地去了，他只好回忆‘父亲的花园’，而且是已不存在的花园。”[2] 而所谓“回忆父亲的花园”也正是情感与精神“回归”的过程，这个过程正好回答了“我是谁”的问题，离开土地的漂泊者也只有回到土地才能更好地认识自我。而对于宁夏作家来讲，又何尝不是如此呢？

2013 年 8 月 20 日定稿

（原刊于《小说评论》2014 年第 2 期，刊发时题目改为《宁夏中短篇小说论略》，收入本书时恢复了原标题）

[1] 徐岱．小说叙事学．北京：商务印书馆，2010：313.

[2] 鲁迅．《中国新文学大系》小说二集序//鲁迅全集：第六卷．北京：人民文学出版社，1981：247.

现象·媒介

关于“西海固文学”的命名

从20世纪80年代初开始，宁夏西海固地区的作家创作就引起了文学界的广泛关注，这为后来“西海固文学”的提出提供了必要条件。到了90年代末期，很多论者以《六盘山》杂志为阵地提出了“西海固文学”的说法。“西海固文学”作为一个既定的名词，一经提出立刻引起广泛关注，并且成为宣传宁夏文学的一张名片。

那么“西海固文学”作为一个确定的名词到底是什么时候，什么地点，被什么人提出的呢？本文依照现有的资料对“西海固文学”命名的过程做一简单的梳理。

其实“西海固文学”这个词语的出现应该是在1997年下半年。

南台在写于1997年11月8日的文章《西海固的一支哀兵》中说：“当他（王漫西，时任《六盘山》杂志编辑——笔者注）和同是海原老乡的左侧统跟我联系，说要找我‘聊一聊’的时候，我以为他们要‘聊’文学，却不料他谈起了工作，提出想把《六盘山》的刊名改为‘西海固文学’。”当然我们现在无法查明王漫西、南台、左侧统三人谈话的具体内容，但从南台的这篇文章和左侧统后来的文章推断，当时谈论“西海固文学”的人已经不是少数了。南台还在该文中提到，在1997年由《朔方》负责召开的振兴宁夏文学讨论会上，很多固原地区的作家在讨论固原地区的文学创作时，“他们在一分钟内惊人地统一了，喊出了‘西海固文学’的口号”。当然，这时关于“西海固文学”的说法只是口口相传，还没有见诸笔墨。

最早让“西海固”这三个字和文学联系起来的媒介是《六盘山》杂志。1997年3月，王铎担任《六盘山》杂志主编的时候就编辑发行过一期（1997年第2期）诗歌专号，分别以“西海固青年诗人11家”“西海固接力诗人”等为专题，发表过一大批西海固诗人的作品。从1997年第5期开始，由马吉福担任主编，在本期封底的征稿启事中有这样一句话：“《六盘山》杂志以西海固文学为主体，并为其他文学流派提供园地，亦以培养文学新秀为已任。”这大概是“西海固文学”作为一个概念首次出现在媒介上，而在此之前只是在研究时会引入“西海固”这个词语。比如1996年第3期《固原地区青年作家小说专号》中，王铎在主编寄语中说：“回顾二十多年来本地区的小说创作，在现实主义大旗的指导下，众多探索者几乎从未间断地奋争着，力图在苍茫的黄土群山中踩出一条有着明确的西海固标识的理想之路。”王铎在这里所说的“西海固标识”正是后来西海固文学的主要特质。而王铎在这篇主编寄语当中多次提到西海固、西海固作家等。

《六盘山》1997年第6期上刊登了南台《致火会亮的一封信》，他在这封信中谈到当年《朔方》杂志的《固原作家作品特辑》和《海原作家作品特辑》时提到“西海固作家群”的说法，并且在谈到固原、海原、西吉的文学创作时多次提到“西海固”这个词语。这是我所见到的宁夏作家首次提出“西海固作家群”这个说法。“西海固作家群”的提出主要是对当时固原地区行政管辖的固原县、海原县、西吉县、彭阳县、隆德县、泾源县等地作家群体的一个集体命名，这成为后来正式提出“西海固文学”的一个前提。

到1998年初，“西海固文学”的大旗被高高扬起。《六盘山》1998年第1期的封面上有三个鲜明的红色标题：“西海固作家群”“西海固文学”“西海固同题散文专号”。在本期马吉福撰写的以“关于文学的西海固与西海固的文学”为题的主编寄语中，首次确立了“西海固作家群”和“西海固文学”这两个相互关联的概念，马吉福说：“传统文化积淀深厚，民族文化色彩鲜明，地域文化背景浓厚，这是西海固文学的基调和基本特点。”这个论断是科学的理性的，尤其对西海固文学地域文化背景的关注更是成为后来很多研究者讨论西海固文学的一个重要切入点。为了进一步高扬“西海固文学”的大旗，本期《六盘山》杂志特意编辑了《西海固同题散文专号》，刊登了27篇以“西海固”为题的散文，作者以当时西海固的青年作家为主，而有的青年作家在当时就已经是西海固文学的主力军，有的在后来也迅速地成长了起来。

1998年4月30日，这是西海固文学发展历史上最重要的时刻。固原地委宣传部、固原地区文联为了把“西海固文学”作为固原地区精神文明建设的重要组成部分，为了更好把握“西海固文学”这一命题，为了促进文学事业的进一步发展，专门召开了“西海固文学”研讨会。当时参会的主要人员有固原地委委员、宣传部长李克强，自治区文联党组书记、文联副主席、《朔方》主编杨继国，固原师专校长幕岳，固原行署副专员张玉翠，固原地区文联主席、《六盘山》主编马吉福，自治区党委宣传部文艺处处长马宇桢，《朔方》副主编肖川、冯剑华，陕西省延安市文联主席薛保平，《延安文学》副主编史小溪，银川市文联主席、《黄河文学》主编高耀山，以及固原地区六县和地直单位共40多名作家、诗人。在这次会上，李克强做了重要讲话，他在讲话中提出三个方面的问题：1. 地方特色、时代特征，是西海固文学的两块基石；2. 立足本地、面向全国，进一步提高西海固文学的知名度；3. 着眼未来、培养新人，是西海固文学的希望之所在。[1] 这三个方面的问题是当时理解西海固文学的重要问

[1] 李克强．面向未来 肩负起时代的使命．六盘山，1998（2-3）．

题，一方面进一步明确了西海固文学的基本特征，一方面提出了西海固文学发展的基本思路。李克强在讲话中还指出要以这次研讨会为契机，把固原地区的文学创作推向一个更高的境界。马吉福在讲话中分别从西海固文学的概念、形成、现状与发展四个方面对西海固文学进行了详细的阐释和定位。马吉福在讲话中指出："'西海固文学'在范围上可以从广义和狭义两方面理解。从广义上讲，是指反映西海固生活的文学和西海固文艺工作者所创作的文学作品。这个意义包含了非本土作者关于西海固的作品和本土作者及其作品。从狭义上讲，是指关于描写西海固生活的文学。这个意义排除了本土作者非西海固题材的作品。这一概念在时间上看，它的上限可以追溯到本世纪 50 年代，但它的形成主要在 80 年代以后，至今仍在继续。"[1]"'西海固文学'在现阶段体现出来的主要特征是：其主流作品是以写实风格表现西海固生活的文学，也可以称作关于自然、历史和社会的'伤痕'文学，是一个'文学的西海固'的具象呈示，从中可以感受到浓厚的传统文化积淀、鲜明的民族文化色彩和凝重的地域文化背景。"[2] 马吉福的讲话严密谨慎地对"西海固文学"的特征、范畴做了阐释，确定了"西海固文学"的所指，这成为后来研究者讨论西海固文学的一个基本依据。

在西海固文学研讨会的基础上，《六盘山》杂志编发了 1998 年 2、3 合期，封面上同样印有三个标题："西海固作家群""西海固文学""西海固文学论坛"。这一期主要刊发了李克强、马吉福在西海固文学研讨会上的讲话《面向未来　肩负起时代使命》和《试论"西海固文学"的形成和发展》，同时还刊发了当时宁夏几位主要评论家关于西海固文学的评论文章，主要有钟正平的《精神生命的礼赞和尊严意识的诵扬》，单永珍、张强的《1998：让自由和灵性的光芒

[1][2] 马吉福．试论"西海固文学"的形成和发展．六盘山，1998（2-3）．

照亮主体世界》,张铎的《试论上升的西海固文学》,等。这些文章分别从不同的侧面对当时西海固文学的创作状况做了细致深入的分析和研究。

1998 年第 4 期《六盘山》依然旗帜鲜明地在封面上标举出三个题目:“西海固作家群”“西海固文学”“西海固文学论坛”。这期杂志除了刊发《北京 < 大槐树丛书 > 研讨会纪要——<一朝县令 > 一部描写中国 70 年代中期生存状态的现实主义力作》这篇重要文章之外,还刊发了左侧统的《西海固文学》。前面已经提到,左侧统曾经在 1997 年就已经参与过关于“西海固文学”的口头讨论,所以在这篇文章中他进一步对“西海固文学”的意义提出了深刻的见地。在文章中他主要从三个方面谈了西海固文学的意义:1. 西海固文学是西海固作家或具有西海固生活感受的外地作家向人类传达出关于西海固的声音,它包含倾诉,呐喊,以及呼唤;2. 西海固文学是勇敢地理直气壮地说出西海固人生存的真实和命运的文学;3. 西海固文学是庄严的具有伟大前途的文学。[1] 左侧统的文章是对马吉福在西海固文学研讨会上的讲话的进一步补充和完善,在精神层面上深入阐释了西海固文学的精神内涵。

1998 年 5、6 两期《六盘山》依然以西海固文学为主,在每期杂志封面上标出“西海固作家群”“西海固文学”“西海固文学论坛”的标题,每一期都刊发重要的西海固文学研究文章。1999 年除了第 6 期之外(第 6 期刊发了郭文斌的长篇报告文学《第三种阳光》)每期封面上都特别标出“西海固文学双月刊”的标题。在这几期刊物上所发表的关于西海固文学的有影响的研究文章主要有火仲舫的《西海固文学是西海固人民智慧的结晶》,马金虎、郭干文、张武等在“固原地区第三届文学艺术作品评奖表彰大会”上的讲话,

[1] 左侧统 . 西海固文学 . 六盘山, 1998(4).

拜学英的《对西海固的关切》,等。同时在1999年第2期上以“西海固第四代实力作者作品小辑”为题刊发了了一容、杨建虎、穹宇等青年作家的作品。

从1997年到1999年,“西海固文学”作为一个概念,作为对一个地区文学的命名,作为一个地区文学创作的名片终于在人们期待了很久之后从容分娩。从此当人们谈到宁夏的文学创作时,总是首先想到西海固文学,想到西海固文学对宁夏的文化建设所做的贡献。

2009年8月9日改定

(原刊于《六盘山》2011年第3期)

从西海固文学看西海固文化现象

文学与文化是两种既有联系又有区别的现象。文化是人类在社会历史发展过程中所创造出来的物质财富和精神财富的总和，包括信仰、思想、价值、风尚、习惯、技术、器物、心理、情感、思维等等，是一个特定区域、特定社会群体或者民族在日常生活中所表现出来的具备一定的稳定性的价值规范。而文学则是用语言来表现社会生活、表达人类思想情感的一种艺术形式，文学往往能超越现实规范的制约，深入表现人的本质、情感和理想，让人获得独特的生命体验。文化的形式千姿百态，包括除了自然之外的所有事物和现象，而文学只是文化的一种表现形式和载体，以其独特的形态表现和再现一定时期、一定地域的社会生活。因此文学和文化既有区别又有联系，文学是文化的重要组成部分，是文化最生动、最具体、最充分、最活跃的表现之一。

因此，讨论文学与文化的关系，能够丰富文学的蕴涵、内容，提升文学的意义、价值和品位，挖掘文学的潜能，扩充文学的容量，增添文学的种类，促进文学的发展，赋予文学更加丰富的文化特质。而对于文化来说，则能够使其以语言的方式被进一步保存、传播、提炼、评价、丰富和发展。

一、西海固文学[1]

在20世纪关于宁夏南部地区的叙述中，“西海固”成了一个既定的名词一直沿用至今，以至于几次对行政区域的命名和辖区的划分（比如固原撤地设市，比如将海原县划入中卫市等等）都没有改变人们对宁夏南部地区的这一综合叙述。西海固仍然是宁夏南部山区的代名词，只不过已经不再是行政区域的指称，而是一枚贫困的标签，但更是一枚文化的标签和文学的标签，所以当人们反复言说“西海固”这三个字时，一定是指向贫困、文化或者文学的，这是一个扭结着矛盾和冲突却又自然统一起来的特殊现象。

从20世纪80年代开始，宁夏西海固地区的作家创作就引起了文学界的广泛关注。1998年初，“西海固文学”的大旗被高高扬起。《六盘山》1998年第1期的封面上有三个鲜明的红色标题：“西海固作家群”“西海固文学”“西海固同题散文专号”。在本期马吉福撰写的以“关于文学的西海固与西海固的文学”为题的主编寄语中，首次确立了“西海固作家群”和“西海固文学”这两个相互关联的概念，马吉福说：“传统文化积淀深厚，民族文化色彩鲜明，地域文化背景浓厚，这是西海固文学的基调和基本特点。”这个论断是科学的理性的，尤其对西海固文学地域文化背景的关注更是成为后来很多研究者讨论西海固文学的一个重要切入点。为了进一步高扬“西海固文学”的大旗，本期《六盘山》杂志特意编辑了《西海固同题散文专号》，刊登了27篇以“西海固”为题的散文，作者以当时西海固的青年作家为主，而有的青年作家在当时就已经是西海固文学的主力军，有的在后来也迅速地成长了起来。

---

[1] 本文是为《2010年宁夏文化蓝皮书》所写的综述稿，本部分内容与《关于“西海固文学”的命名》一文中部分内容相近。

1998年4月30日，固原地委宣传部、固原地区文联为了把“西海固文学”作为固原地区精神文明建设的重要组成部分，为了更好把握“西海固文学”这一命题，为了促进“西海固文学”的进一步发展，专门召开了“西海固文学”研讨会。在这次会上，时任固原地委宣传部长的李克强做了重要讲话，他在讲话中提出三个方面的问题：1. 地方特色、时代特征，是西海固文学的两块基石；2. 立足本地、面向全国，进一步提高西海固文学的知名度；3. 着眼未来、培养新人，是西海固文学的希望之所在。[1] 这三个方面的问题一方面进一步明确了西海固文学的基本特征，一方面提出了西海固文学发展的基本思路。李克强部长在讲话中还指出要以这次研讨会为契机，把固原地区的文学创作推向一个更高的境界。马吉福在讲话中分别从西海固文学的概念、形成、现状与发展四个方面对西海固文学进行了详细的阐释和定位。马吉福在讲话中指出：“‘西海固文学’在范围上可以从广义和狭义两方面理解。从广义上讲，是指反映西海固生活的文学和西海固文艺工作者所创作的文学作品。这个意义包含了非本土作者关于西海固的作品和本土作者及其作品。从狭义上讲，是指关于描写西海固生活的文学。这个意义排除了本土作者非西海固题材的作品。这一概念在时间上看，它的上限可以追溯到本世纪50年代，但它的形成主要在80年代以后，至今仍在继续。”[2] “‘西海固文学’在现阶段体现出来的主要特征是：其主流作品是以写实风格表现西海固生活的文学，也可以称作关于自然、历史和社会的‘伤痕’文学，是一个‘文学的西海固’的具象呈示，从中可以感受到浓厚的传统文化积淀、鲜明的民族

[1] 李克强．面向未来　肩负起时代的使命．六盘山，1998(2-3)．

[2] 马吉福．试论“西海固文学”的形成和发展．六盘山，1998(2-3)．

文化色彩和凝重的地域文化背景。”[1] 马吉福的讲话严密谨慎地对“西海固文学”的特征、范畴做了阐释，确定了“西海固文学”的所指，这成为后来的研究者讨论西海固文学的一个基本依据。

后来左侧统在《西海固文学》一文中进一步对“西海固文学”的意义提出了深刻的见地。他主要从三个方面谈了西海固文学的意义：1. 西海固文学是西海固作家或具有西海固生活感受的外地作家向人类传达出关于西海固的声音，它包含倾诉，呐喊，以及呼唤；2. 西海固文学是勇敢地理直气壮地说出西海固人生存的真实和命运的文学；3. 西海固文学是庄严的具有伟大前途的文学。[2] 左侧统的文章是对马吉福在西海固文学研讨会上的讲话的进一步补充和完善，在精神层面上深入阐释了西海固文学的精神内涵。

作为西海固地区的一种特殊的文化现象，西海固文学以其强烈的地域特征和民族文化特征显示出其独特的文化内涵，这使得西海固文学与西海固文化成为紧密相连的共生体，正因为有了西海固文化这样一个支脉复杂的根系才有了西海固文学的枝枝干干、花繁叶茂。

二、西海固文化对于西海固文学的影响

一个地区的文化对文学的影响是复杂而深刻的，丹纳在《英国文学史》中更是将地理环境、种族和时代当作影响文学的重要因素。18 世纪德国思想界的领军人物赫尔德也曾说：“诗歌是各民族中的柏洛托士神——它随着一个民族的语言、伦理、习惯、秉性、气

[1] 马吉福．试论“西海固文学”的形成和发展．六盘山，1998（2-3）．

[2] 左侧统．西海固文学．六盘山，1998（4）．

候，甚至各种方言而幻化出各种各样的形式。”[1] 而对于西海固文学来说，地理环境和特殊的区域文化特色对作家的性格、气质、思维方式、艺术情趣和作品的内容、艺术风格、表现手法等产生了很大的影响，这种特殊的外部环境促使了西海固作家群的形成。

不过，很多人在提到西海固文学的时候总以为，恶劣的地理环境是影响西海固文学的重要因素。其实相对于地理环境来说，人文环境和区域文化特色对作家的创作产生的影响更为深刻和复杂。这也是区域文化作用于地方文学，对地方文学的发展和繁荣产生影响的重要原因。

西海固文化不同于其他地域文化主要表现为伊斯兰宗教文化和民俗文化两个方面。

西海固地区是回族的主要聚居地之一，因此独特的伊斯兰宗教文化是西海固文化的主要表现形式。中国社会科学院世界宗教研究所伊斯兰教研究室编著的《伊斯兰教文化面面观》对伊斯兰教的基本信仰、礼仪、节日、经训，伊斯兰教法、伊斯兰教的神秘主义、伊斯兰教传统的宗教学科和世俗的自然学科，伊斯兰哲学、伦理、文学、艺术、绘画、建筑、书法等有着详细的记录，对伊斯兰教文化的内涵和特征进行了细致入微的分析。由于伊斯兰教是一个入世的宗教，因此它必然与人类的日常活动、思想情感紧密相连。

在西海固作家队伍中，回族作家占据相当大的比例，比如石舒清、单永珍、马宇桢、拜学英、马金莲等等。石舒清曾在东方网组织的交流活动中谈道：“他（回族）的日常生活与宗教息息相关，他们在日常说话交流的时候，说的是汉语，但是这汉语中夹杂着大量的

---

[1] 此处引文原为《2010年宁夏文化蓝皮书》所写的综述稿中引用，因格式体例未要求注释，故在写作时候未标注引文出处，在收入本书时未能查到原文出处，甚为遗憾。

波斯语和阿拉伯语，我们叫‘经堂语’。我与其觉得回族的生活被宗教化了，还不如说成回族把宗教生活化了，我深切地觉得，宗教在回族生活中是很健康的，很温暖的，甚至很深情的一样东西，我也非常乐意写这些，其中也有如同深井和大海的一面，更多的被张承志写到了。”[1]

石舒清作品当中清洁的宗教精神、对生命的敬畏和热爱、默默流淌的忧伤与诗意、悲剧美和崇高感，无不来自于伊斯兰教文化的影响。当然还有一些回族作家，或许我们并不一定能够在他的作品中明显看到伊斯兰教文化的特征，但是这种文化早已经深入每一位回族作家的骨髓，成为每一位回族作家创作的精神资源。

民俗文化的民族性、地域性特征非常明显，其范围包括一个地区的生产方式、衣食住行、生老病死、婚丧嫁娶、游戏嬉戏、祭祀禁忌、时岁节令等等。向云驹在《人类口头和非物质遗产》中说：“民俗培育了社会的一致性。民俗文化增强了民族的认同，强化了民族精神，塑造了民族品格。集体遵从，反复演示，不断实行，这是民俗得以形成的核心要素。”[2] 所以，特定地区的民俗文化必定会深刻地烙进作家的内心世界，伴随着作家的人生经历，从而对作家的创作产生巨大的影响。

在很多西海固作家的文学叙述当中，西海固地区的民俗文化成为浓墨重彩的一笔。火仲舫的长篇小说《花旦》除了对西海固地区的“秦腔”与“社火”大力描写之外，还集中展现了十多种农村民俗活动，如挂红、捏面灯、吃腊八糊心饭、烙花馍馍、耍社火、燎干、挎锁

---

[1] 石舒清．石舒清网上聊创作．石舒清新浪博客．http://blog.sina.com.cn/s/blog_48e4856a010002tj.html.

[2] 向云驹．人类口头和非物质遗产．银川：宁夏人民教育出版社，2006：300.

锁压岁岁、敲庙钟、押保状、占卜求卦、祈雨、烧倒主、做道场。另外比如郭文斌小说《大年》中的过年贴对联,《三年》中西海固农村“烧纸”(纪念故亡亲人的祭祀活动),《点灯时分》《吉祥如意》中的传统节日;火会亮《社火》中的社火、《挂匾》中农村的娶亲……如果没有如此多元丰富的西海固民俗文化形式,就必然不会有这些作品深厚的文化意味和文化氛围,也不会有这种特殊的民俗文化所传递出来的传统道德观念和尚未被世俗世界淹没的美好情感。

由宗教信仰和民俗世相共同构成的西海固文化现象,在一定程度上缓解了西海固地区的生存困境,反映了西海固地区人们的生命激情和灵魂超迈。这也成为西海固作家创作的重要根基,成为西海固作家探寻西海固人生存状态的钥匙。

三、西海固文学中的西海固文化现象

乔治·卢卡奇在其著名的批评论著《小说理论》中说“小说形式是破碎世界的反映”[1],而这里所指的“破碎世界”就是丰富复杂多元文化共生的人类社会。在汉语批评理论话语中,这个观点被阐释为:文学是人学、文学是社会学。既然如此,那么在文学叙述当中肯定充满了对文化的表现和描述,甚至很多文学作品就是文化的载体。对于西海固文学来说,地域文化特征和民族文化特征也成了其必不可少的表现对象:伊斯兰文化坚忍敬畏、刚强果敢、虔诚洁净的精神品格;艰苦的自然环境中的不屈抗争和精神狂欢以及由此体现出来的

[1] 此处引文原为转引。在2012年10月商务印书馆出版的《小说理论》(燕宏远、李怀涛译)的《作者前言》中类似的说法是:“此时小说形式的难题就是天下大乱的镜中影像(spiegelbild)”(第8页)。但笔者以为原引文中所引更加准确简洁。

坚韧的生命意识;传统乡村社会的民俗风情以及带给人们的温暖情怀等。这一切构成了西海固文学独特的表现方式和美学风格。

石舒清的《清水里的刀子》曾获得第二届鲁迅文学奖,这篇作品因其对伊斯兰文化的深刻展示和作者对生命的独特体认而获得读者和批评家高度的认可。在伊斯兰教的经典《古兰经》中专门提出了一系列伦理道德方面——恕人、诚实、友爱、行善、止恶、团结以及礼貌——的主张以及对生命的敬重和爱,这些成为调整穆斯林之间、穆斯林和非穆斯林之间关系的重要参考,和平、和谐的共存和发展是伊斯兰文化宣扬的根本宗旨之一。正如《清水里的刀子》一样,石舒清的大多数作品当中都表现出作者对伊斯兰文化中宗教情怀和生命意识的深刻理解和感受。

西海固作家在自己的文学叙述中没有一位回避过脚下的土地,贫瘠、干旱、焦灼的土地是西海固人的宿命。然而在西海固文学的叙述中西海固人在艰苦的自然环境中不屈地抗争、宁静地守护和温暖地等待反倒愈加彰显出西海固人坚韧的生命意识和达观向上的精神风貌。宁夏大学人文学院王岩森教授曾经在一次研讨会上谈到火会亮小说时说:“火会亮的文章没有对西海固生活做简单轻率的牧歌式吟唱,而是忠实于这片苦土上的真实生活,虔诚地讲述着生命与心灵的挣扎。读罢掩卷,震撼了我的已不仅仅是作品,还有作品背后一双悲怆而又怜悯的眼睛。”这种对人生意义与生命价值的深入开掘,对人类生存状态的展示,成功地挖掘出了长期被苦难本身所遮蔽了的西海固民间抗衡苦难的精神来源。

《吉祥如意》是宁夏作家第二次获得鲁迅文学奖的短篇小说。郭文斌在这篇作品当中回望了西海固传统乡村中细碎的生活细节和深深镌刻在西海固人心中的节日图景,传递出难以遏制的温暖情怀,“通过这两个心灵纯净的孩子,怀着对自然土地的神秘感去面对世界,进而观照成人的心灵世界”。其实郭文斌在很多作品中都在努力做着这样一种尝试:通过还未被污染的纯净的儿童世界来唤醒人们的温暖记忆,唤醒那些已经离我们越来越远的脉脉温情。火仲舫的长篇小说《花旦》更是给我们真实地刻画出了一个早已经离我们远去的西海固乡村背影,成为反映西海固地区风俗民情的巨大画卷。

类似的例子不一而足。文学不同的叙述特色、不同的美学风格表现了一个民族、一个时代、一个地区文化最内在的精神实质,而西海固文学中的西海固文化标记也因此成了西海固文学最大的特色。

四、作为西海固文化名片的西海固文学

明确了西海固文学与西海固文化的现状与基本关系,有助于我们认识西海固文学的性质、特征,看清西海固文学特殊的文化属性。同时有助于我们站在西海固文化层面上看待西海固文学,从而提高西海固文学理论思维的广度和深度。当然最重要的是,要把西海固文学当作宣传西海固文化,宣传西海固地区的一张名片,当作西海固地区与外界交流的一个桥梁和枢纽。在过去,因为西海固文学而提升了西海固地区的知名度,因为西海固文学而改变了外界对西海固地区的基本认识,因为西海固文学而丰富了西海固地区的精神内涵。现在,更要大力发展西海固地区的文学艺术事业,把西海固文学当作西海固地区的一张文化名片,做好做大做强,让西海固文学在保存、传播、提炼、推动、丰富西海固文化事业中发挥更加积极的作用。

2010 年 12 月 15 日定稿

(原刊于杨春光主编《2010 年宁夏文化蓝皮书》,宁夏人民出版社,2010 年 1 月出版)

西海固文化及其审美特征

——地域文化与文学的关联研究

宁夏西海固地区因其特殊的地理位置和独特的民族结构而形成了与众不同的西海固文化现象。近几年来，有专家和学者不断对西海固文化的内涵和特征进行分析研究，使西海固文化的基本特征在叙述和传播中进一步明确和清晰。但是很多研究成果仅限于从历史学和社会学的视野对西海固文化进行界定和分析，这样的研究思路和范式看起来虽然很富有学理，有时也显得比较缜密和科学，但是这样的研究方法和思路不免让人觉得僵化呆板，容易流于政策解读和广告宣传，同时所得出来的结论除了"加快城市化进程，带动西海固脱贫和经济发展，彻底改变西海固地区区域文化形成的地理背景和经济基础，促进区域文化的演进和扬弃，加快实现区域可持续发展"[1] 之外恐怕再没有更好的意思了。但是殊不知"加快城市化进程"对西海固文化而言，也许存在着简单化处理的问题，如果"彻底改变西海固地区区域文化形成的地理背景和经济基础"，西海固文化的地域特色和审美特征将会遭到改变，乃至破坏。

所以本文试图从文化与文学的相互关联出发，联系西海固文学创作的个案，进一步探讨西海固文化的美学特征，探讨地域文化

---

[1] 米文宝，王梅兰．西海固区域文化与可持续发展研究．人文地理，2000(8)．

对文学创作潜移默化的渗透，在地域文化与文学关联性研究的领域，提供一份当代宁夏文化研究的实证性参照。

一、伊斯兰宗教文化与地域民俗文化是西海固文化的主要形式

笔者在《从西海固文学看西海固文化现象》一文中参照当下对“文化”内涵和外延的普遍理解时指出：“文化是人类在社会历史发展过程中所创造出来的物质财富和精神财富的总和，包括信仰、思想、价值、风尚、习惯、技术、器物、心理、情感、思维等等，是一个特定区域、特定社会群体或者民族在日常生活中所表现出来的具备一定的稳定性的价值规范。”[1] 所以对于西海固文化而言，我们必须总结和凝练出具有稳定性价值规范的内容。

但是在多年的研究和讨论中大家对西海固文化的具体形式众说纷纭，除了提到宗教文化和地方民俗文化之外，还提到了红色六盘文化、丝路文化、萧关文化，甚至认为“西海固地区的区域文化实际上是一种‘贫困文化’”[2] 等等。但是从西海固文化的价值和影响来看，伊斯兰宗教文化和地域民俗文化是西海固文化区别于其他地域文化的主要形式。

（一）伊斯兰宗教文化

西海固地区位于宁夏南部山区，其中回族人口约占总人口的50%，是我国回族的主要聚居地之一，回族又是全民信仰伊斯兰教的民族，而伊斯兰教又是入世的宗教，因此它必然与人们的日常活

---

[1] 倪万军．西海固文学与西海固文化现象//杨春光主编.2010年宁夏文化蓝皮书．银川：宁夏人民出版社，2010：335.

[2] 米文宝，王梅兰．西海固区域文化与可持续发展研究．人文地理，2000(8).

动、思想情感紧密相连。因此独特的伊斯兰宗教文化是西海固文化的主要表现形式。

《伊斯兰教文化面面观》一书中对伊斯兰教的基本信仰、礼仪、节日、经训,伊斯兰教法、伊斯兰教的神秘主义、伊斯兰宗教传统的宗教学科和世俗的自然学科,伊斯兰哲学、伦理、文学、艺术、绘画、建筑、书法等有着详细的记录,通过对伊斯兰宗教文化形成、发展和兴盛以及伊斯兰宗教文化的内涵和特征细致入微的分析,认为伊斯兰宗教文化以《古兰经》、圣训等为依据,和其他各种优秀的文化形式相互渗透和融合,兼收并蓄,进而形成了伊斯兰宗教文化的独特体系和丰富内涵。[1] 所以伊斯兰宗教文化呈现出包容性、继承性、开创性和实践性的特征。

在宁夏西海固地区,回族群众全民信仰伊斯兰教,所以在西海固属地文化中呈现出浓郁的伊斯兰宗教文化氛围,伊斯兰教深刻地影响着每一位回族群众的思想、情感和行为。一方面,西海固回族群众大多围绕清真寺居住,自发形成教坊组织,共同参加礼拜、斋戒等活动,形成了相对稳定的社会结构,具有稳定的文化心理。另一方面,伊斯兰教认为真主是宇宙万物的创造者和独一无二的主宰,人为了感谢真主的造化之恩要崇拜真主,积极对待生命并参与到社会生活当中,所以西海固的回族群众总是以一种乐观向上、坚忍不拔的精神状态影响和改变自己的生存环境。因为所有有影响力的宗教都包含着对人类命运的终极关怀,所以西海固地区的回族群众表现出一种强烈的原罪感和淡泊名利、安贫乐道的自在的生命状态。

---

[1] 中国社会科学院世界宗教研究所伊斯兰教研究室编．伊斯兰教文化面面观．济南：齐鲁书社，1991：1-2.

不论从哪个角度来理解，西海固地区的伊斯兰宗教文化都具有不同于其他地域文化的独特风格。而在与此相对应的文学文本中，对这种宗教文化的美好想象成了一种特定身份的集体记忆，进而使这种宗教文化呈现出崇高的美学特征。

（二）西海固属地民俗文化

班固在《汉书·地理志》中谈到风俗时说："凡民函五常之性，而其刚柔缓急，音声不同，系水土之风气，故谓之风；好恶取舍，动静亡常，随君上之情欲，故谓之俗。"[1] 班固在这里既强调地方民俗的丰富性，又注意到地域民俗的独特个性。从对地域民俗的这一基本特征出发，我们应该将地域民俗文化理解为是在一定的自然环境、气候条件、社会结构、生产方式、文化传袭、历史沿革和政治制度等诸种因素的综合影响下形成的代表明显民族个性、心理、品格和精神的一种价值观念。地域民俗文化在一个范围内具有共性特征，又有不同于其他国家、民族和地域的独特个性，"民族性、地域性特征非常明显，而其范围则涵盖了一个地区的生产方式、衣食住行、生老病死、婚丧嫁娶、游戏嬉戏、祭祀禁忌、时岁节令等等"[2]。

西海固位于秦岭山地以北，六盘山以西，内蒙古高原以南，河西走廊以东，是西北要塞中原门户，又是丝路东段北道必经之地，史称"据八郡之肩背，绾三镇之要膂"。西海固地区由于南端被甘肃包围，邻近陕西，因此在地方民俗文化的形成过程中受三秦文化和陇右文化影响较为明显。《汉书·地理志》记载："秦地……其民有先王遗风，好稼穑，务本业，故《豳诗》言农桑衣食之本甚

---

[1] 班固．汉书（六）．上海：中华书局，1962：1640.

[2] 倪万军．西海固文学与西海固文化现象 // 杨春光主编．2010 年宁夏文化蓝皮书．银川：宁夏人民出版社，2010：339.

备。”[1] 而陇右地区受农牧结合的生产方式，多民族杂居、文化融合的人文环境的影响，“凡回汉民俗，尚武而不尚文”，“武功之盛则鲜于固原为仲伯者”。[2] 所以，西海固地方民俗文化既有儒家传统文化中淳朴简约的礼仪价值体系，又有因严酷的自然条件和长期的生存压力影响而产生的安贫乐道、恋守故土、随遇而安的宿命观念和保守心态以及浓厚的家族意识、小农意识和淡泊内向的价值追求，也有其高亢、豪迈、雄浑、粗犷的一面。

因此，作为西海固地方民俗文化而言自有其丰富的内容，大致包括礼俗、崇信风俗、节日风俗、生活风俗和传统文化艺术等等。而礼俗包括回汉婚俗、丧葬、交往、寿庆等等；崇信风俗包括宗教信仰、祖先崇拜、神及天地日月等的崇拜；节日风俗则以汉族和回族的各种传统节日为主；生活风俗包括衣食住行的各个方面；传统文化艺术包括秦腔、社火、花儿、皮影、剪纸等诸多丰富多彩的内容。

所以我们在西海固文学作品当中所看到的苦难土地上的精神狂欢和灵魂超迈，更多来自于对西海固地方民俗文化的生命体验和心灵感受。而且，当我们从文学作品中来解读西海固地方民俗文化的时候，则会看到西海固地方民俗文化带给我们的优美感。

二、文学中呈现出来的西海固文化的审美特征

崇高和优美是一对互相联系辩证统一的美学概念。崇高使人敬畏，优美使人欢愉，二者相辅相成互为补充。

博克（Edmund Burke，1729—1797）在《论崇高与美两种概念的根源》中指出崇高的产生是由于人类对外在的强大力量感到惊

[1] 班固．汉书（六）．上海：中华书局，1962：1642.

[2] 张家铎．固原民俗．银川：宁夏人民出版社，2008：3.

愕和恐惧，但是又意识到它并不会伤害我们，于是这种惊愕和恐惧便会转化为一种愉悦的情感，而优美让人感到轻松愉快。[1] 后来康德（Kant,1724—1804）在《论优美感和崇高感》中进一步论述了崇高和优美的关系："这两种情操都是令人愉悦的，但却是以非常不同之方式"，"崇高使人感动，优美则使人迷恋"，"崇高总是伟大的，而优美却也可以是渺小的。崇高必定是纯朴的，而优美则可以是着意打扮和装扮的"。[2] 康德在这里将崇高和优美的特征做了详细的分析，认为二者有很大差别，崇高有着高大、朴素、宏伟、壮阔、豪放、奇特等特点，给人以强烈的印象，它所唤起的是令人激动和崇敬的情感，并且给人力量；而优美则是繁饰、含蓄、秀丽、纤细、静巧、婉约、细腻的，它往往让人喜悦、陶醉并沉迷其中。但是不能将这二者割裂开来理解，因为"崇高如果没有优美来补充，就不可能持久；它会使人感到可敬而不可亲，会使人敬而远之而不是亲而近之。另一方面，优美如果不能升华为崇高则无由提高，因而就会陷入低级趣味的危险，虽则可爱但又不可敬了"[3]，所以一切真正的美必须将二者结合起来兼而有之，而且在康德看来，这两者的结合不但有审美的意义，并且还散发出道德的光辉。

对于西海固文化而言，它的形式决定着它的审美特征。伊斯兰宗教文化中那种对于生命意义的探索和理解，对于人类终极价值的思考和追问，那种打通了现世世界和精神世界的圣洁的光芒让人类感到孤独渺小，从而心生敬畏之情，这是由伊斯兰宗教文化崇高的美学特征所决定的。而西海固地方民俗文化更多地表现出一种灵动活泼多姿多彩的风格，让人迷恋、亲近、怀念，激发了人们

[1] 朱光潜．西方美学史（上册）．北京：人民文学出版社，1979：235-247.

[2] 康德．论优美感和崇高感．北京：商务印书馆，2001:2-3.

[3] 何兆武．论优美感和崇高感译序 // 康德．论优美感和崇高感．北京：商务印书馆，2001：8-9.

欢乐的情怀，这就是康德所说的优美感。

但是如果只从西海固文化本身的特点来说我们并不一定能够感受到它崇高与优美的审美特征。因为考虑到文学与文化的深刻联系，所以选取特定的文学作品，只有这样我们才有可能更准确、更直观地理解和把握西海固文化的审美特征。

（一）西海固文学作品中的伊斯兰宗教文化及其崇高感

回族作家是西海固作家队伍的主要组成部分，比如石舒清、左侧统、单永珍、古原、马宇桢、拜学英、马金莲、泾河等，在他们的作品中随处可见伊斯兰宗教文化的深刻影响。

石舒清是西海固回族作家的优秀代表。他的作品中清洁的宗教精神、对生命的敬畏和热爱、默默流淌的忧伤与诗意、悲剧美和崇高感，无不来自于伊斯兰宗教文化的濡染。其中短篇小说《清水里的刀子》因为"'死亡'在浓厚的宗教背景中得到关照，心灵在生存之外获得安放"（第二届鲁迅文学短篇小说奖评委意见）而获得第二届鲁迅文学奖。

石舒清曾在东方网组织的交流活动中谈道："他（回族）的日常生活与宗教息息相关，他们在日常说话交流的时候，说的是汉语，但是这汉语中夹杂着大量的波斯语和阿拉伯语，我们叫'经堂语'。我与其觉得回族的生活被宗教化了，还不如说成回族把宗教生活化了，我深切地觉得，宗教在回族生活中是很健康的，很温暖的，甚至很深情的一样东西，我也非常乐意写这些，其中也有如同深井和大海的一面，更多的被张承志写到了。"[1]

实际上这里更重要的是石舒清指出了伊斯兰宗教与回族生活的关系。

---

[1] 石舒清．石舒清网上聊创作．石舒清新浪博客．http://blog.sina.com.cn/s/blog_48e4856a010002tj.html.

人的生活是平凡而琐碎的，充满了无法回避和预知的生死哀乐，这让人类为自己的有限性而感到深深的悲伤。在小说《清水里的刀子》中，当马子善老人埋掉“无常”的女人走出坟院门（生死之门）的一刹那间，他突然感到生命的尴尬和辛酸。而这种尴尬和辛酸就是经历了人世沧桑之后对生命终极意义的思考。当岁月把“那样一个鲜活的婴儿，把那样一个强壮的青年”[1]最终变成一个深味人世沧桑的古稀老人时，生命形式的短暂浮华，终极价值的虚无缥缈，成了任何人都无法回避的最终问题。死亡成了生命的唯一结局，它承担起对生命进行价值判断的任务。什么样的生命才是有价值的生命，什么样的死亡才能超越平庸的意义？作品通过具有生命神性的老牛将这一终极追问引入到宗教情境当中。

马子善老人对死的思考实际上来自于人潜意识中对未知事物的恐惧，当人面对这种恐惧的时候必须找到一种精神寄托，而人类的这种精神寄托最终都不约而同地指向了宗教。所以宗教并不是以获得世俗幸福为最终目的的，而是为了解答人类的行为，为了抚慰人类的精神创伤，为了在现实人生和精神世界之间建立一种可触摸的通道而存在的。在小说当中，马子善老人面对不可预知的死亡惶恐不安，开始孤独地追寻生命的要义，而最终从人与牛的对比中获得了深刻顿悟：“牛知道它的死，他贵为人，却不能知道。”[2]这时候牛的精神和品质通过其死前的宁静端庄、超凡脱俗、悠然沉静被无限放大，与人类的惶恐不安造成了鲜明的对比。至此，作品用“清水里的刀子”这样一个神秘而圣洁的意象完成了个体生命的精神超越，暗示了神性的高贵和信仰在生命中无可替代的位置。从马子善老人心中那种驱之不散的肃穆感中我们能够真切感受到

[1] 石舒清．清水里的刀子．名作欣赏，2002（5）．

[2] 石舒清．清水里的刀子．名作欣赏，2002（5）．

生命必须有所皈依，能够深切体会到伊斯兰宗教文化崇高的审美特征。

这样的宗教情怀在石舒清的作品中屡见不鲜。当然并不是所有作家都有这么浓烈的宗教情怀，虽然大多数对于人类生命终极价值进行思考和探索的作品，并不一定具有明显的宗教情怀，但它也一定像所有伟大的宗教和信仰一样，因为指向生命的终极目的而获得人们的高度认同。

（二）**西海固文学作品中的地域民俗文化及其优美感**

西海固地方民俗文化和文学之间形成了一种明显的对应关系，它不但进入了西海固地区作家的创作，而且还潜移默化地影响到西海固文学风格的构成。所以，对地方民俗文化美学特征的考察也成为地域文化和文学关联研究之中非常重要的课题。

因为大多数西海固作家来自于乡村，因此对西海固地方民俗文化有着深厚的感情，也能够真切地感受到西海固地方民俗文化所传递出来的传统道德观念和尚未被世俗世界淹没的美好情感。因此，在他们的创作中对西海固地方民俗文化的书写便成了自觉的行为。

火仲舫的长篇小说《花旦》除了对西海固地区的秦腔与社火大力描写之外，还集中展现了十多种农村民俗文化活动，如挂红、捏面灯、吃腊八糊心饭、烙花馍馍、耍社火、燎干、挎锁锁压岁岁、敲庙钟、押保状、占卜求卦、祈雨、烧倒主、做道场。另外比如郭文斌小说《大年》中的过年贴对联，《三年》中西海固农村“烧纸”（纪念故亡亲人的祭祀活动），《点灯时分》、《吉祥如意》中的传统节日；火会亮《社火》中的社火、《挂匾》中农村的娶亲……如果没有如此多元丰富的西海固民俗文化形式，也就不会有这些作品深厚的文化意味和文化氛围。

郭文斌以《吉祥如意》获得第四届鲁迅文学奖。这篇小说的独特之处就在于通过对端午节节日习俗的描写，把“香”和“美”这两种最朴素的生命期待表现得诗意盎然，传递出一种温暖的人间情怀。

小说通过“两个心灵纯净的孩子，怀着对自然土地的神秘感去面对世界，进而观照成人的心灵世界”（第四届鲁迅文学奖短篇小说奖评委意见）。五月、六月一家的生活虽然不是十分富足，但是他们的心中满是欢喜，这是因为他们对这个世界充满了爱和善意，美好的念想和希望融化了世上一切不如意，最终人们被“香”和“美”包围着，所以“五月和六月从未有过地感觉到‘大家’的美好。每一个人看上去都是那么可爱。即使是那些平时他们憎恶得瞅都不愿意瞅一眼的人。六月给五月说了自己的这一发现，六月悄悄说，我怎么现在就看着地生不憎恶呢。五月悄悄地说，我也是”[1]。从山下开始，五月和六月突出了浓雾的包围，避开了毒蛇的伤害，最终到达山顶。在这里可以将两个孩子采艾的过程看作是一次心灵净化的艰难旅程，而在这一个旅程中起重要作用的是“闻香”，那种能把六月的鼻子“香炸”的香，不过这“香”一旦失去，“五月一下子暗淡下来，就像是一个被人摘掉了花的花杆儿”[2]。这是一种最甜蜜的象征，“香”最终战胜了浓雾和毒蛇，战胜了一切，这体现出人间美好愿景的价值和意义。

可能更多的时候我们在文学作品中看惯了晦暗的人生，而且这基本上也是由中国文学现实主义传统所决定的，真正的人世有多冷漠，文学作品便会加倍地表现出那种冷漠，久而久之我们便愈发看不见希望。但是在郭文斌这篇作品中我们却看到了这么美好、干净、明亮、纯粹及诗意弥漫的现实人生。这不能不让我们为之感动。

[1][2] 郭文斌．吉祥如意．银川：宁夏人民出版社，2008：23.

郭文斌对美好温暖的人间情怀的诗意描写主要来自于其对西海固地方民俗文化的自觉继承。尤其当人们面对贫瘠、干旱、焦灼的土地时，那种不屈的抗争、宁静的守护和温暖的等待愈加彰显出西海固人坚韧的生命意识和达观向上的精神风貌。这也正是西海固地方民俗文化优美之所在。

三、地域文化与文学的关联研究

长期以来，对中国现代文学的研究大都属于中心研究，按照“中国—现代—文学”的逻辑顺序，既缺乏新意又鲜见突破。但是如果按照杨义先生“重绘中国文学地图”的设想，从空间开始展开文学研究，用空间改变原有的中心，首先从“文学”本身开始，探讨文本的美学价值和意义；其次再回到“现代”的问题上来，通过对不同空间的考察，从而建构一个完整的“现代”，而不仅仅只是上海的现代或者北京的现代；最后再回到“中国”，中国不只是发达地区，不只是东南沿海，中国还有西部还有北部，而且各地的地域文化对各自文学风格的形成都会有一定的影响。所以，如果对原有的研究范式稍作调整，即“地域文化—文学—现代—中国”，这样一来或许更容易实现“中国”的、“现代”的文学，而最终将文学研究的维度落到“人”的身上。

在地域文化的研究中不能仅仅满足于描述地域文化现象，而是要深入探讨地域文化的形成和发展及其美学特征，探讨地域文化与文学的关联性。也不能仅仅停留在地域文化一定会对文学创作产生直接影响这样的经验主义层面，而是要想到文学的高度发达可能会反过来影响地域文化的发展等等。同时在地域文化的研究中一定要严谨科学地界定地域文化的范畴，不能简单地将一些历史遗迹文物等等都纳入到地域文化的研究视野。

这几年，在关于西海固地域文化和文学的研究中，尤其在对西海固文化的研究中，很多人盲目扩大西海固文化的范畴，将一些还没有形成稳定的价值规范、还没有对西海固地区人们生产和生活产生重大影响的历史遗迹文物纳入到西海固文化的范畴，好像“文化”就是一个筐，装到筐里的都是菜。实际上有的提法只是作为一种历史的事实存在于西海固地区，但是还不具备文化的功能，不能纳入文化研究的范畴。要么就是盲目地否定西海固文化的价值和意义，忽视地方民俗文化赖以生长的土壤，鼓吹城市化进程。而实际上，当所谓全球化和中国化持续不断地对地域民俗文化产生冲击时，幸亏乡村存在、传统不断，这样一来有价值的地域民俗文化才能永存。希望在地域文化的照耀下，传统文化与当代人文走向的研究、定位更加准确。

2011 年 8 月定稿

（原刊于《宁夏师范学院学报》2012 年第 5 期）

宁夏文学研究的新空间

——宁夏文学期刊与文学的关联研究

一

文学活动至少应该由创作、传播、阅读和批评四部分组成。这四者缺一不可。但是在20世纪80年代以前一些研究者把文学讨论和研究的重点始终放在创作和批评上，仅仅满足于对文本和作家的讨论，忽略了文学的生产机制和传播方式，忽略了文学被阅读和接受的过程。到80年代中期，文学社会学、接受美学、媒介研究和公共空间等西方理论先后引入中国，成为中国文学批评者的理论武器，于是很多研究者把研究的视野转向传播和阅读的领域，从而打开了一个新的批评空间。

其实，研究文学传播和阅读的历史，一个较为核心的问题就是对文学期刊的关注和研究。文学的现代性正是伴随着现代文学期刊的兴起而发生的。作为大众媒介的文学期刊成为传播文学思潮、连接作家和读者、负载精神产品的商品，在文学的生成和发展中起着十分重要的作用，是文学创作和文学理论得以传播的载体，对于20世纪中国文学而言，文学期刊是文学体制的重要组成部分，肩负着引导文学发展方向，体现文学创作成就，讨论重大理论问题的使命。

因此对于文学期刊的研究成为文学研究的一个新的突破口和

增长点。其实早在1947年,盛澄华[1]先生就敏锐地指出,“在未来的文学史中,文艺杂志将占据一个非常主要的地位,恐已成为不可否认的事实”,“什么是这一时代的动向?什么是这一时代下一个作家所采取的态度?什么是这一时代下一班读者的要求?如何在这社会因素、艺术因素与心理因素三者间去求得一种适度的平衡,则正是作为现代文学中创作家、批评家与大众读者间联系的文艺杂志所负的最高使命”。[2]这里对于文学期刊与文学生成关系的理性判断对此后的文学研究和发展具有重要的指导意义,但是在当时和此后的一段时间内都没有引起足够的重视。

在大陆,文学期刊研究虽然起步较早,但是没有充分展开,没有能够形成一个系统的,具有规模的研究领域,尤其中华人民共和国成立后很长时间,理论研究受到意识形态的干预和影响较大,把更多的时间和精力投入到对作家和文本的批判之上。“文革”之后20年的努力,作家与文本研究已经呈现出饱和状态,很少有空白领域,或者说要想发现空白领域并且做出成就已经很难,于是很多研究者借用跨学科以及文化研究的方法,从媒介传播和阅读接受的角度来探讨20世纪文学发展史,而且对文学的传播和阅读,尤其传播的研究取得了一些有价值的成果。如王晓明的《一份杂志和一个“社团”——重识“五·四”文学传统》(《上海文学》1993年第4期)、洪子诚《< 人民文学 > 和 < 文艺报 >》(《1956:百花时

---

[1] 盛澄华(1912—1970),著名翻译家,纪德研究专家。曾在清华、北大、复旦等校任教,译著主要有《纪德研究》《论纪德》《纪德艺术与思想的演进》《纪德的文艺观》《新法兰西评论与法国现代文学》及《地粱》《伪币制造者》等。1970年4月18日,在鲤鱼洲干校农田里劳动时离世。

[2] 盛澄华:《〈新法兰西杂志〉与法国现代文学》,《文艺复兴》第3卷第3期,1947年5月。

代》1998 年 5 月，山东教育出版社）、陈平原的《思想史视野中的文学——< 新青年 > 研究》（《中国现代文学研究丛刊》2003 年第 1 期）等研究成果均产生过很大影响。

旷新年在《1928 年的文学生产》一文中曾经说过：“杂志和报纸副刊决定了现代文学的生产方式，它在现代文学生产的调度中处于枢纽的地位。杂志和报纸副刊等现代媒体的出现大大改变了传统文人活动的方式和文学生产方式。”[1] 同样，洪子诚在《1956：百花时代》中指出：“文学期刊在 20 世纪中国文学发展过程中，具有重要的地位。作家的许多重要作品，首先是在刊物上刊发，然后再出版单行本（长篇作品）或作品集（诗、散文、短篇小说）。文学期刊又是作家表达他们的文学主张、对作家进行批评、推行文学运动的重要阵地，也是组织文学社团、形成文学流派的必需的手段。在研究中国现代文学的时候，离开对像《小说月报》《新青年》《晨报副刊》《创造季刊》《现代》《文学杂志》《文学》《大公报·文艺》等期刊的考察，几乎是不可想象的。”[2] “‘当代’对于文学期刊的重视，不仅仅在于能及时地为作家提供刊发新作的场地，而且也是将全国的文学创作、文学批评加以集中、有序地管理，以建立有着统一战线的文学格局所必需的。”[3] 所以，在这个意义上来说，如果我们要讨论宁夏文学生成和发展的历史，那就无法回避对宁夏文学期刊的研究。尤其在期刊媒介的研究领域，很多学者都将研究的视野集中在现代文学期刊和媒介或者当代著名文学期刊和媒介上，很少关注地方性文学期刊发展的历史以及它们在地域文学的生成和发展中所产生的重要意义。

[1] 旷新年 .1928：革命文学 . 济南：山东教育出版社，1998：18.

[2][3] 洪子诚 .1956：百花时代 . 济南：山东教育出版社，1998：131.

宁夏文学期刊主要有《朔方》《黄河文学》《六盘山》等，这些期刊自创刊以来，在培养和扶持宁夏作家方面，做了大量卓有成效的工作。尤其它们从创刊至今，对西部文学地方特色的坚守成为它们区别于全国性文学期刊的主要特点，对当代文学的丰富性多元化发展做了一定的贡献，同时它们也和全国性文学期刊一样坚持着文学的纯正的品格，没有放松过对文学现代性的追求，从而成为宁夏文学发展史中的一个不容忽视的现象。

二

《朔方》是宁夏唯一的省级文学期刊，创刊较早，在宁夏文学的发展中起着举足轻重的作用，自创刊以来的半个多世纪引领着宁夏文学发展的方向。1950 年 3 月，宁夏省文学艺术工作者联合会筹备委员会成立后创办了内部印刷的 16 开本刊物《宁夏文艺》，这是《朔方》的前身。1952 年，宁夏省文联与文化局合署办公，《宁夏文艺》更名为《宁夏群众文艺》。1959 年 5 月 16 日，又更名为《群众文艺》，并正式创刊，最初是 4 开小报。1960 年 1 月，改为 16 开本的月刊，公开发行，当年 7 月更名为《宁夏文艺》。后来又由月刊改为双月刊、季刊，1964 年底停刊。1974 年初，宁夏文联尚未恢复工作，《宁夏文艺》由宁夏群众艺术馆主办并复刊，为双月刊。1979 年，宁夏文联恢复工作，《宁夏文艺》划归文联主办。1980 年 4 月《宁夏文艺》更名为《朔方》至今。

《六盘山》是固原市文联主办，前身是创刊于 1982 年 7 月的文学季刊《六盘山文艺》，1985 年起更名为《六盘山》并公开出版发行，1988 年改为双月刊至今。《六盘山》杂志是宁夏南部山区的文学重镇，尤其在培养宁夏青年作家和回族作家方面做出了重要的贡献，很多作家诗人都是由此起步而进入宁夏文坛，进入全国文坛的。

《黄河文学》的前身是由银川市文联主办的文学季刊《新月》，创刊于1981年8月，1987年停刊共发行21期。1992年11月，《黄河文学》双月刊出版发行。《新月》面向全国，侧重回族文学，完成了20世纪80年代培养回族作家，推动回族文学发展繁荣的使命；《黄河文学》办刊的起点较高，立足宁夏放眼全国，尤其新世纪以来在全国文坛都有一定的影响。

在宁夏，除了上述三份纯文学期刊之外，还有一些报纸副刊也为宁夏文学的发展产生过重要的影响。主要包括创刊于1949年11月11日的《宁夏日报》，其文艺副刊名为《宁夏川》。1954年，宁夏省并入甘肃，省建制撤销，《宁夏日报》随之终刊。1958年宁夏回族自治区成立期间，《宁夏日报》于8月1日再次创刊，成为宁夏地区信息量大、覆盖面广、可读性强的权威性大报，文艺副刊更名为《六盘山》。《六盘山》副刊一般每周刊出一期，刊发内容以散文、诗歌、杂文、微型小说、文学批评等文体为主，兼及书画作品。除了《宁夏日报》副刊之外，比较有影响的报纸副刊还包括《固原日报》《银川晚报》《新消息报》《银川日报》《现代生活报》等报纸副刊。

非常值得一提的报纸还有创刊于1985年1月4日却早已经停刊的《宁夏青年报》，总编辑由杨连宁担任，副总编辑由荆竹担任，杨梓担任《文艺新潮》副刊编辑。《宁夏青年报》创刊正值中国社会思想的活跃时期，也是中国现代诗歌的繁荣的开端，该报曾连续推出宁夏青年诗人或整版或半版的诗歌作品，每月推出面向全国的诗歌专版，所刊作品被《诗歌报》转载，成为宁夏诗歌新潮流的领导者，在宁夏青年诗人和青年读者中产生了很大的影响。尤其1988年10月，《宁夏青年报》面向全国独家鼎力举办中国“未来作家”青年文学大奖赛。张贤亮担任组委会和评委会主任，李国文、从维熙、蒋子龙、冯骥才、何士光、韩少功、谢冕、叶澜、刘亚洲、贾平凹、路遥、闻频等组成评委会，分社会各界青年、大学生和中学生三个层次评奖，此次大奖赛在全国产生了很大的影响。

三

如果从1980年代张贤亮以其沉郁悲欢的诉说引起文坛的格外重视来谈宁夏文学的创作，那么就必须从1980年代高嵩初具理性和远见的批评目光来谈宁夏的文学批评。然而从高嵩开始的宁夏文学批评工作者，包括荆竹、郎伟、钟正平、白草、李生滨、武淑莲、徐安辉等等，当他们面对宁夏文学现象时依然遵循着较为传统的批评思路和规范，很少突破文本和作家的传统的批评方法，作家与文本依然是文学批评的主要对象，期刊与文学生成、发展的关联，期刊与创作的关系，编辑与作家、文本的关系，期刊与作者、读者的关系并没有得到应有的重视。所以，从这个角度来说，目前的宁夏文学批评还无法完整清晰地反映宁夏文学创作的多样性、宁夏文学生成和发展的外部原因以及宁夏文学现象的复杂和丰富。

所以，宁夏文学期刊和宁夏文学生成与发展的关联研究对于研究宁夏文学有着非常显著的意义，首先可以弥补长期以来宁夏文学研究的缺憾和不足，其次为以后宁夏文学的研究提供新的思路和方法。好在这几年来我们已经认识到这个问题的重要性，比如宁夏大学王岩森先生在2005年底就已经把对宁夏文学期刊的研究纳入到近几年科研的计划当中，准备对宁夏几份重要的文学期刊进行细致深入的梳理和研究，探讨它们与宁夏文学甚至西部文学生成发展之间的关联，探讨编辑与作家、文本的关系，刊物与作者、读者的关系等。我们已经知道这是一件非常重要而且有趣的工作，我想在不久的将来我们在宁夏这个小地方所做的这种开创性的工作一定会得到人们的认可，尤其对于宁夏文学期刊的发展来说，无疑具有更加重大的意义。

2007 年 5 月—12 月

（原刊于《青年文学家》2010 年第 7 期，收入本书补充了刊发时删节的部分内容）

民族情感的坚守和现代意识的诉求

——从《六盘山·回族作家作品专号》[1]看1980年代宁夏回族作家的创作状况

《六盘山》杂志自创刊以来，在培养和扶持本地乡土作家和少数民族作家方面做了大量卓有成效的工作，尤其在培养回族作家和促进回族作家创作方面做出了不可磨灭的贡献。从1982年7月创刊至1980年代末期，《六盘山》杂志虽然只编发了两期《回族作家作品专号》——1986年第三期和1987年第四期，但是它却始终如一地关注着回族作家的成长和进步，关注着宁夏乃至全国回族群众的生活和思想状况，始终如一地坚持着民族性、乡土性，从而成为回族作家创作版图中的一个重要组成部分。

所以，从《六盘山·回族作家作品专号》进入对宁夏回族作家创作的研究无疑是有意义的。从大的方面来看，在20世纪中国文学研究的整体背景之下，有相当长的一段时间对文艺刊物与文学的生成、发展的关联研究还不够充分，大多数研究者始终把研究视野局限在文本和创作者身上，而对媒介在文学生成和发展中扮演的角色不够重视。从小的方面来说，回族作家的创作在新时期以

[1] 本文引文均出自1986年第三期《六盘山·回族作家作品专号》和1987年第四期《六盘山·回族作家作品专号》。1986年第三期由中国作家协会宁夏分会与固原地区文联联合主办，1987年第四期由固原行署宗教处与固原地区文联联合主办。

来取得了很大的进步，其中一个重要的原因就是文学刊物对回族作家的认同和接受，对回族作家创作的鼓励和支持。

一、标举和发轫：《六盘山·回族作家作品专号》的产生和刊发情况

虽然说当代宁夏回族作家的创作开始于20世纪50年代，但是由于种种原因宁夏回族作家的创作并没有产生太大的影响，当时只有谢荣、王世兴、哈宽贵等少数作家和诗人从事着文学创作。直到新时期以来，随着20世纪六七十年代出生的回族作家进入宁夏文学创作的队伍，宁夏回族作家的创作才逐渐引起了人们广泛的关注和重视。

为了培养回族青年作家，繁荣回族作家作品的创作，1986年5月4日至13日，宁夏作家协会、固原地区文联、《六盘山》杂志编辑部联合举办了一次回族作家改稿会。参加这次会议的有时任自治区文联副主席的张贤亮和王世兴，时任固原地委副书记的刘金生，时任自治区宣传部文艺处副处长的杨继国、自治区文联理论研究室主任吴淮生、《朔方》杂志编辑贾长厚、银川市文联副主席高嵩，固原地区文联李振声、屈文焜，回族作家高深、查舜、马乐群、马中骥、马钰、于秀兰、马丽亚、杨云才、丁学明、袁俊生、王学理、兰茂林、马存贤、马汉义等。

5月4日上午，在固原地区行署招待所会议室举行了开幕式，固原地委副书记刘金声、自治区文联副主席张贤亮在讲话中指出回族作家在这几年的创作当中取得了一些成绩，但是回族作家的创作任务依然十分艰巨，必须要在作品当中敢于突破禁区，反映民族生活，营造良好的创作环境，这样才能取得更大的成绩。5月5日，改稿会转移到泾源进行，很多作者，尤其是青年作者都提交了

一些优秀的作品参加讨论，同时还进行了诗歌小说讨论会，并对眼下文学思潮和创作当中的问题展开了讨论。

这次改稿会汇集了宁夏回族作家的精英，通过反复分析讨论和耐心细致的交流，对当时回族作家创作的特色、成就给予了充分的认识和评价。同时也让很多作者认识到了自己在创作中存在的问题和不足，尤其对青年作者的创作产生了良好的影响。

1986 年的《回族作家作品专号》就是这次改稿会的直接产物，是对这次改稿会的总结。在这期刊物上一共刊登了 43 位作家、诗人和美术家的作品，其中除《在回族作家改稿会上的讲话》（刘金声）、《一次卓有成效的会议——全区回族作家改稿会侧记》（薛原）、《展示生活之美——读 < 六盘山 > 回族文学专号的一组短小说》（吴淮生）、《在“传统”与“现代”之间搭一道小桥——读 < 六盘山 > 回族文学专号部分诗作》（秦庚）和国画《回族老人》（赵宁安）之外，其余全是回族作者的创作。从作者的队伍状况来看，既有老年作者，又有青年作者，既有男性又有女性，既有宁夏作者又有外省作者，既有已经获得较大成就的作者又有才开始学习创作的作者。从刊发的作品形式来看，有小说、小小说、散文、诗歌、文学评论、书信等。

1987 年的《回族作家作品专号》则是对一年前回族作家作品专号的继承和发展，也是《六盘山》杂志对回族作家的持续鼓励和肯定，也说明经过了一年的持续磨炼和学习，回族作家的创作又取得了比较好的成绩。本期共刊发 36 位作者的作品（含译作、学生作品和美术作品），其中《学习 < 讲话 > 精神，坚持文艺的社会主义方向》（张学彦）、《有关现实主义之思考》（屈文焜）、《李德伦之路》（晨枫、奎及）和《肖像》（戴凌云）是汉族作者作品，其余均为回族作者的作品。作者队伍的构成状况、作品形式和 1986 年的专号基本相似，不再赘述。

二、宁夏回族作家创作的生命线：深沉、内在、永恒的民族情感

民族情感是一个民族在特殊的宗教、历史、文化、政治、经济等综合因素的影响下而形成的比较稳定的心理结构和民族意识的集中体现，它客观存在于这个民族的心理之中，成为这个民族的情感内核。

而回族的民族情感则成为回族作家创作中唯一永远坚守的精神力量和心灵体验。回族作家的创作大多数以反映回族作家的生活和情感为主。回族的民族情感长期以来成为回族群体意识的一种表征，而这也成为回族和其他民族杂居却保持民族个性的一个重要原因。虽然说民族情感在部分回族成员那里有所淡化，但是当回族作为一个整体出现时，民族情感便显得清晰、强烈。其实回族的民族情感是形成这个民族的重要基因，是历史文化长期积淀的结果，是回族赖以生存和发展的内在张力。回族的民族情感最为重要的特点是渗透着伊斯兰的宗教文化因素，从而构成了一个极为宏大而悠久的心理模式和文化系统。

回族作家正是在这种普遍而坚定的情感背景下创作出了优秀的富有特色的作品。从这两期《六盘山·回族作家作品专号》来看，相当一部分作品都表现出一种对深沉、内在、永恒的民族情感的坚守。在 1986 年的专号中有小说《黄土坡——宁南回乡风情之二》（兰茂林）、《黄河岸边的篝火》（江河水）、《萧关古道》（马存贤）、《万宝的大轮船》（高风）等，有诗歌《黄河与我的民族（组诗）》（马钰）、《关于回回》（马乐群）、《回回人物（组诗）》（丁学明）、《牌楼上"花儿"漫》（马汉文）等，有评论《回回情感与现代意识——津门书简》（汪宗元[1]）

[1] 1960 年大学毕业，曾在宁夏工作多年，时为天津市文联主办的《文学自由谈》杂志副主编。

等。在1987年的专号中小说包括《窑庄》(古原)、《记忆中的回想曲》(马连义)等,散文《母亲》(姚欣则)、《黄土小路》(马天堂)、《天涯海角访回乡》(马学林)等。

《黄土坡——宁南回乡风情之二》讲述的并不是蜜乃尔和木犊、沙里海兄弟之间的三角恋爱的故事,而是蜜乃尔和沙里海之间的悲剧婚姻以及蜜乃尔和大哥木犊之间的悲剧爱情。在过去相当长的一段时间,回族妇女,尤其农村的回族妇女大都生活在男性和家族的阴影之下,她们唯一的任务就是服侍男人和生儿育女,所以蜜乃尔被认为只是"一个烧砖的窑",如果不能"烧出蓝雾雾的砖瓦儿"就连一头花乳牛也不如了。这其实是蜜乃尔悲剧的根源,但是蜜乃尔并没有屈服于命运,她要挣扎要证明要找到被压抑的爱情,因此蜜乃尔最后冲破了婚姻和伦理的防线,成为新时期回族妇女解放道路上的一个比较典型的形象。从这篇小说的副标题我们直接可以看出,作者在对回乡风情的描写上是下了功夫的,把人的普遍情感放置在浓郁的宁夏南部回乡之下更加流露出了特别的民族情感。

而《黄河岸边的篝火》则直接给我们讲述了回族在历次反抗压迫中惊心动魄的斗争。黄河岸边的哈家户是穆斯林居住的一个村庄,在反抗左宗棠镇压的时候哈家户的男人几乎全部战死,后来苏里[1]带领女人保护着四十多个孩子凭借哈家户的一片柳树林突围出去,因此这篇柳树林对于哈家户来说有再生之恩,即使饿死也不会砍一棵树去换粮食。可是"文化大革命"前夕突然有一天公社通知要砍伐柳树林,于是哈宝贵带头去公社请愿,却被公社扣留,哈宝贵年幼的儿子哈彦强阻止毁林人的时候被倒下的树砸死了,女儿哈彦花得了急性肺炎,但是卫生所因为哈宝贵请愿的事而拒绝治疗,导致了哈彦花的夭折。然而还有更大的灾

[1] 作品主人公哈宝贵的太爷爷。

难等待着哈家户的回族，上级指示哈家户的回族必须养猪，并且把“大力发展养猪事业”的醒目标语贴在北墙上，同时下令拆除清真寺，停止所有宗教活动。哈家户的回族实在忍无可忍，要做出反抗的姿态，但是没等到反抗就已经被军队打败，哈宝贵的哥哥因此失去了生命，哈宝贵也因叛乱罪被判 20 年徒刑，1979 年才平反释放。我之所以要把这篇小说的情节叙述得这么详细，主要是因为这篇小说把回族特有的凝聚力量和团结精神以及强烈抵御外来侮辱的精神充分表现了出来，也把回族在争取民族自主和应有的社会地位的道路上英勇不屈的斗争精神通过一个普通平凡的人物而表现得淋漓尽致，这些就是回族民族情感的内核和实质。

马钰的组诗《黄河与我的民族》共由三首构成:《祖辈　飘零的种子》《父辈　风暴的儿子》《子辈　阳光的骄子》，从题目就可以看出这组诗所描写的是回族千百年来命运的变化与挣扎。年轻的诗人在这里愤怒地歌唱着在不幸命运的旋涡里挣扎与反抗的祖辈父辈，同时也热情地吟咏着子辈们所得到的阳光和幸福。诗人以饱满的民族情感、特殊的视角和敏感的心灵准确地表现出了几代回族不同的命运和与命运抗争的精神。

另外几篇小说和诗歌也都从不同程度上表现出了回族作家对民族情感的坚守。民族情感既是他们从事创作的情感基础，也是他们作品的情感基调。

这里还需要提及的是汪宗元的《回回情感与现代意识——津门书简》。汪宗元 1960 年大学毕业后就和米震中一起被分配到宁夏，在宁夏工作了 23 年，可以称作是半个宁夏人，因此他对回族对宁夏有着极其特殊的情感，所以在这里我有意把他看作一个宁夏的回族作家来考察。他的这份书信是当时写给时任《六盘山》杂志编辑屈文焜的。在这份书信中汪宗元以浓烈的难以化开的回族情感，从切身体会出发，通过对自己回族身份的确认，给我们阐释了他对“回回情感”和回族“现代意识”的认识以及对回族历史文化的理解。当然，在这里长期支持着汪宗元文学创作和生活信念的正是民族情感，用汪宗元的话来说就是：“实际上也只有我自己清楚在我的血管里充溢着我母亲的回回血缘，这也是冥冥之中的血的维系力，才使我投入了这回族之乡的怀抱。”[1]

从对以上几篇作品的简单探讨和分析中我们完全可以看出，民族情感是回族作家创作中唯一永远坚守的精神力量和心灵体验，或许有一天，随着社会的发展和文化的变迁，回族作家要放弃很多，但是我想唯一不能放弃的就是民族情感，一个回族作家如果在创作当中舍弃了民族情感，舍弃了对回族文化、生活和情感的书写，那么我们就很难从族属上来确认他了。

三、新时代的诉求：
现代意识是宁夏回族作家创作的精神走向

新时期以来“五四”新文学的传统开始复苏。“五四”新文学传统最为重要的两点是强调“人的文学”和强调现代汉语的审美。前者推翻压在中国人心理上的封建道德的束缚，推动人性的解放。后者从文学的样式上表现出对文学本体审美价值的追求。从此开始，文学创作的最大特点是追求人性的解放和直面复杂的人生。

文学的天性是“自由”与“个人”，是每个独立的个体对世界对人生的认识和表达，是对普遍人性的关照和表现。或许作家在创

[1] 汪宗元的生母是回族，但是他自小就与生母分离，生母一直流落在海外，由于当时特殊的社会政治原因而不敢追认，1974 年汪宗元母子重逢，才恢复了回族族籍，但是此举遭到了当时很多人的非议。

作中会受到某种思潮或者哲学观点的影响，但是文学作为一种倾诉，他本身不是集体行为，不需要指导思想，不需要行动指南，作为创作者（包括研究者）必须遵从文学的这个天性，任何对文学的统一指导和规范都是有害的，都不利于文学的发展和进步。

民族情感是回族作家创作中的精神力量和心灵体验。但是，民族情感又随着宗教、历史、文化、政治、经济等发展变化而不断处在变化当中，不断产生新的内容，萌发出新的适合于社会进步的现代意识。这对于回族作家来说已经成为创作当中最为基本的心理冲突和精神诉求。而且我们能够明显地从一些作品中看出当代宁夏回族作家创作的新的精神走向，那就是对现代意识的诉求。

比如在 1986 年的专号中包括小说《黄河岸边的篝火》（江河水）、《沉重的提货单》（王学礼）、《别停，别把音乐停下来》（王延辉）、“女作者小说四篇”等以及部分散文和诗歌作品等。在 1987 年的专号中包括小说《蓝峡谷》（兰茂林）、《山林里的故事》（马存贤）、《山野之民》（马林福）、《又是一年春草绿》（张宝申）等，散文《有这样一位老师》（于秀兰）、《牛棚杂忆》（汪宗元）等，以及除了《开斋节里话安康》（马汉义）之外所有的诗歌作品。很明显，1987 年专号上所发表的作品从根本上来说对现代意识的追求远远超过一年前的专号，而对民族情感的坚守则相对比较淡薄一些。

《黄河岸边的篝火》重在反思历史和社会给回族造成的精神和肉体上的伤害，揭露和批判了统治阶级和过于膨胀的权力政治给回族群众带来永远无法弥合的精神戕害和创伤。这篇小说敢于直面血淋淋的民族悲剧，并且清算产生这种民族悲剧的根源，这在这两期专号所刊登的作品中都是少见的。

从 1987 年的专号中的大多数作品中我们可以看出，多数回族作家的文学创作都已经开始紧追历史和时代的脚步，紧锣密鼓地表现当下回族的生活状态和追求。

比如《山林里的故事》(马存贤),作者将主人公黑子前后情感的变化与挣扎、蜕化与成长呈现在落后与保守、封闭与开放的矛盾冲突当中。带着情感的创伤与渴望,数年如一日守护在山区护林点上的黑子与外地进来的青年女作家靳岚形成鲜明的对照,而靳岚将黑子写进文学作品当中则促进了他的成长,这让黑子最终走出了感情和心理的困境。当时的青年作家马存贤的这篇作品和他1986年发表在专号上的《萧关古道》完全不同。《萧关古道》是对回族历史的追忆和反观,更多地表现出回族的民族情感。《山林里的故事》则是对当下回族青年成长的再现和关照。相比较而言,后者更具有现代意义,更加明确地表现出小到一个人、大到一个民族的成长和蜕变。

《又是一年春草绿》(张宝申)讲述了一个家庭两代人不同的爱情和婚姻故事。在困难的时候,19岁的翠儿(已经暗暗和本村小伙海亮相爱)屈从于命运的安排,被父亲许给了残疾人表哥周拐子,从而成了不正当婚姻的牺牲品。而翠儿的女儿杏枝长大以后竟然十分巧合地面临着和自己母亲同样的遭遇,县城商业局局长冯大胖子要以将杏枝转为正式工为条件,让杏枝嫁给他残废的小儿子,而此时杏枝早已和大龙相爱。所幸,杏枝在父亲周拐子的支持下选择了真正的爱情。这篇小说从前后两代人截然不同的爱情和婚姻命运,表现出在新的时代背景下作者对现代意识的追求。

散文《牛棚杂忆》是汪宗元先生1987年6月所写的以自己的亲身经历和创作来反思批判"文革"之文。这篇回忆作品以真实的笔触深刻揭露了那个疯狂年代的罪恶和人心的丑陋与扭曲,批判了在专制主义统治下甘愿丧失独立思想和自由精神的奴隶意识,记录了"文革"给人身心造成的摧残。这是《六盘山》杂志自创刊以来难得的一篇好文,它的批判精神和反思意识完全不亚于当时巴金先生的《随想录》,仅仅比巴金《随想录》的最后一篇《怀念胡风》晚发表不到10个月。回族作家创作的现代意识是一年前由汪宗元先生提出来的,他也正是以自己的创作实践践行着这个来得有点晚的现代意识。

其实,仅仅这几篇作品还不能够完全涵盖1980年代中期宁夏回族作家在创作中对现代意识的诉求。其实现代意识是新的时代背景下人们一种新的思维方式,一种新的精神坐标,一种新的政治、经济、道德标准和新的民族心理因素。同时,现代意识更是新的时代背景下民族行为方式、价值观念、审美趣味和创造精神的崭新面貌。

四、结语:未完的讨论和没有完全打开的门

从两期《六盘山·回族作家作品专号》基本上能够看出1980年代宁夏回族作家创作的大致状况,那就是对民族情感的坚守和对现代意识的诉求。

其实对于回族作家在创作中对民族情感的坚守和现代意识的诉求,至今还在不断讨论中,甚至有好多讨论还是建立在对"回族文学"[1]这个概念论争的基础之上的。这使得很多作家的思想和

[1] 在前面的叙述当中笔者一直没有使用"回族文学"这个概念,因为从分类学的角度来讲,首先,所有的分类必须是统一的同样的标准;其次,要能把所有的被分类对象都能做到有类可归。但是目前"回族文学"这个概念似乎还不能完全符合分类学的标准,无法准确地描述"回族文学"作为一个文学概念的内涵和外延。同时,从当下比较流行的界定民族文学所用的三条标准——作家的族属、作品反映生活的内容、作家创作时所使用的语言——的规限提出"回族文学"的概念还是无法有效而充分地厘清"回族作家的创作"和"非回族作家创作的反应回族生活和情感的作品"。所以,在我的叙述中,为了明确起见,笔者一直使用《六盘山》杂志在编辑这两个专号时所采用的说法——回族作家作品,暂时以族属来界定笔者所讨论的对象。

创作的独立性被掩盖在无休止的民族问题之下，很多作家在创作中无法避开敏感的民族问题，有的刻意去表现民族情感，而有的则在创作中有意去回避民族身份。不过让人感到欣慰的是，正是现代意识和民族情感的矛盾和纠结使得回族作家的创作呈现出一种向上的态势。

其实自“五四”文学传统得到恢复以来，一方面文学创作开始接近真实的人生，一方面文学与现实生活的摩擦在所难免。但是，我们要知道文学对于一个民族的进步所产生的作用有时会超出创作者和读者的想象。因此，对于回族作家创作的讨论与研究至今还没有完全结束，回族作家创作的这扇大门还没有完全被打开。希望回族作家把文学的理想当作心灵中的圣火，让它熊熊燃烧永不熄灭！

2009 年 8 月写　固原苦雨斋

（原刊于《宁夏师范学院学报》2010 年第 5 期）

新时期宁夏诗歌生态的形成与建构

——以《朔方》为核心的考察

一、概略：作为“新时期”[1]的宁夏诗歌生态

1976年“文革”结束之后，中国当代历史、社会生活进入了新时期，而诗歌的发展也亟待一个新的开端来反思和重建。1978年

[1] 本文所引“新时期”这一概念参考了洪子诚著《当代文学概说》、陈思和主编《中国当代文学教程》等著作对“新时期”的基本理解，在这些著作中大多认为新时期应该从1978年底开始至1989年结束。1978年12月中共十一届三中全会确定了思想解放的政治路线，彻底否定“文化大革命”、否定阶级斗争路线，这种思想政治领域的历史性转变给文学创作带来真正的解放。1979年10月全国第四次文代会召开，邓小平代表中共中央发表祝辞，指出党对文艺工作的领导不是发号施令，不是要求文艺工作从属于临时的、具体的直接的政治任务，而是根据文学艺术的特征和规律，帮助文艺工作者获得条件不断繁荣文学艺术事业。（邓小平《在中国文学艺术工作者第四次代表大会上的祝辞》，《人民日报》1979年10月31日）这两次会议从宏观意识形态的影响来讲，直接导致了20世纪80年代文艺的大发展、大繁荣，此后的文学理论研究者一般都将这两次会议的召开作为文学“新时期”的开始。而整个20世纪80年代也是中国当代文学的复兴时代，结束了当代文学“一元化”的规范，因此很多学者把“新时期文学”与“80年代文学”等同视之。而从20世纪90年代开始的中国文学因为与市场经济的结合更加密切而被称为“后新时期”“后现代”等。但是在宁夏，所谓“后新时期”“后现代”的特征并不是特别明显，并没有与90年代的中国文学形成明显的对应关系。所以笔者更愿意将宁夏文学的“新时期”界定为从1979年自治区文联恢复工作，同时自治区党委为受到诬陷和迫害的文艺家平反起至2000年新世纪开始，这20年宁夏文学获得了较大的发展，开始从地方走向全国。因此本文所论“新时期宁夏诗歌”主要指1979年至2000年的宁夏诗歌。

邵燕祥的《中国又有了诗歌》、1979年郑敏的《如有你在我身边(诗呵,我又找到了你)》热情赞美诗歌新时期的到来。宁夏诗歌新的发展也是从这时开始。1979年3月6日至10日在银川召开宁夏文学艺术界第一届第三次全委扩大会议,会议宣布了宁夏区党委的决定,宁夏回族自治区文学艺术界联合会正式恢复工作。虽然这个谨小慎微的官方会议并没有完全否定十七年和“文革”时期宁夏文学的总体形象,但仍然对“文革”尤其“四人帮”对宁夏文艺的破坏有很深刻的反思。同年底,自治区党委宣传部又组织召开落实新时期文艺政策的大会,为“文革”期间被打击诬陷和戴上各种政治帽子的作家诗人艺术家平反。1980年《宁夏文艺》第1期刊发了“本刊评论员”文章《文艺的春天必将到来》,鼓励作家“冲破一切禁区”,要求作家创作的“题材要多样化,人物要多样化,风格要多样化,创作方法也要多样化,要敢于直面人生,敢于标新立异,使每个精神产品呈现出别出心裁的独创精神”[1],同期刊登了回族诗人高深的诗作《致诗人》:

当你凝视母亲的创痛时也不必哀伤,
从苦难中站立起来的巨人会格外坚强,
历史的脚印已经刻在九亿人民心上,
寒尽霜穷春伊始,有道是多难兴邦。

这是诗歌领域对宁夏文艺春天到来的热情回应,是诗人从历史与政治的灾难中崛起和重新发现自我的深情歌唱。新时期宁夏诗歌也正是伴随着这种激动人心的“断裂”和“重建”迎来了真正的春天。

在新时期宁夏诗歌整体形象的建构过程中,《朔方》杂志做出

[1] 本刊评论员.文艺的春天必将到来.宁夏文艺,1980(1).

了很大的贡献，从 1981 年开始不断用各种专辑、小辑的形式，以较大的版面从地域、诗人群体等不同的角度展示宁夏诗歌创作的最新成就。稍后创刊的《六盘山》和《黄河文学》杂志也都以同样的方式推动着新时期宁夏诗歌的发展。除了这三家纯文学期刊之外，宁夏的报纸副刊也都对新时期宁夏诗歌的发展做出过不可忽视的贡献，尤其《宁夏日报》副刊《六盘山文艺》,《固原日报》副刊经常推出区内诗人的诗歌佳作。另外值得一提的是创刊于 1985 年 1 月 4 日由乔毅智担任总编辑的《宁夏青年报》。《宁夏青年报》的创刊正值中国当代诗歌的黄金时代，该报连续推出宁夏诗歌专版，迅速成为宁夏诗歌新潮流的领导者，一度在宁夏青年诗人群体和读者群体中产生很大影响。

新时期 20 年是宁夏诗歌逐渐苏醒和成长的阶段，在这一过程中除了以各地文联、作协和文学期刊为中心推动诗歌的发展之外，诗歌的发表和传播方式也更加多样化丰富化。区内各级各类诗歌奖项的设置，区外诗歌奖项对宁夏诗人的关注，各级各类诗歌研讨会的召开等等都对新时期宁夏诗歌的发展产生过积极的推动作用。尤其 1999 年 5 月 16 日，由诗刊社主办的第 15 届“青春诗会”首次邀请宁夏诗人杨梓参加，这在当时是对宁夏诗歌的一个巨大鼓励，有力地提升了宁夏诗人的自信心，让地处偏远的宁夏诗人能够感受到全国诗坛心脏的跳动。

二、《朔方》：推动新时期宁夏诗歌发展的核心阵地

在新时期宁夏诗歌的发展中，《朔方》杂志是一块核心阵地。《朔方》的前身是创办于 1959 年的《群众文艺》，最初是 4 开的小报。1960 年初改为 16 开本的月刊，并于当年 7 月改名为《宁夏文艺》。后来由于种种原因，又由月刊改为双月刊、季刊，1965 年开始停刊

达 9 年之久。1974 年初,《宁夏文艺》复刊,为双月刊。1980 年 4 月更名为《朔方》,并改月刊至今。《朔方》杂志的成长和发展是构成宁夏诗歌发展的最初背景。但是从 20 世纪 50 年代末期开始直至“文革”结束近 20 年,从《朔方》所刊登的诗歌作品来看,仍无法摆脱“时代 / 政治”的“感召”与“规范”,正如 1960 年 1 月号《群众文艺》由报纸改为月刊时所刊登的《改刊的话》中所说:“我区文学艺术工作也出现了一个新的跃进局面。这突出地表现在,工农群众和各级干部积极地参与了文艺活动和创作运动,使文学艺术事业成为广大群众的事业。一年来全区出现了数以万计的文学艺术作品,特别是大量的新民歌,以及许多革命回忆录、工厂史、公社史的出现,都比较及时和深刻地反映了人民丰富的斗争生活。”[1]由于这种号召和主张导致诗歌(文学)与政治问题、政治运动、阶级斗争之间的关系难以厘清,诗歌完全沦为批判或歌颂的工具,沦为政治运动的附庸甚至帮凶。直到 1980 年 4 月《宁夏文艺》更名为《朔方》并改月刊前后,宁夏诗歌才真正摆脱“文革”模式和“一体化”规限,走上了正常发展的道路。

从 1981 年第 1 期开始,《朔方》杂志针对宁夏诗歌发展的新情况、新需求,有针对性地推出地域、诗人群体专刊、小辑,从而成为新时期宁夏诗歌的起点。从 1981 年至 2000 年,共刊发较为重要的诗歌小辑主要有:《银北诗会》(1981 年第 1 期)、《新人诗页》(1981 年第 2 期)、《朔方诗萃》(1982 年第 2、4、8 期,1983 年第 2、6 期)、《宁夏新诗点评》(1983 年第 2 期)、《女作者诗页》(1983 年第 9 期)、《女作者专号》(含其他文体)(1984 年第 3 期)、《诗歌专号》(1989 年第 5、11 期)、《女作家特辑》(专号)(1995 年第 8 期)、《诗歌与企业文化专辑》(1995 年第 12 期)、《杨森君作

[1] 改刊的话 . 群众文艺,1960(1).

品小辑》(1997年第11期)、《导夫诗歌小辑》(1998年第7期)、《杨建虎作品小辑》(1998年第10期)、《贾羽诗歌小辑》(1998年第12期)、《青春诗会专辑》(1999年第9期)等几十个诗人、作品小辑。

《银北诗会》是新时期以来最早的地域性诗歌专辑。本辑共刊发了宁夏银北地区马忠骥、闻钟、郑正、万里鹏、刘岳华等九位诗人的十首(组)作品。虽然有的作品还比较青涩,在思想、内容、形式等方面还有待提高,但这毕竟是第一次以地域的形式推出诗歌小辑,对宁夏其他地区诗人的创作能够起到一定的引领作用。而此后相继推出的银南、固原、中卫、银川、石嘴山、同心、盐池、海原、青铜峡、西吉、灵武、惠农等地作家诗人的作品小辑,基本上涵盖了宁夏区内各个市县的作者群体,以小区域的形式将宁夏各地诗歌的创作状况呈献给读者。

1981年第2期的《新人诗页》是一组青年诗人小辑,共刊发马春宝、马钰、乔桂生、徐永泉等七位诗人的七首作品,同时刊发了秦庚的短评《创新与今天》,对本辑七首作品做了简单的评介,认为青年诗人创作的价值和意义在于"青年诗作者加入诗的行列给诗坛吹进了一股新风,他们在内容和形式上都有新的探索"[1]。而本辑的青年诗人尤其是马春宝(导夫)、马钰等后来大都成为宁夏诗坛的中坚力量,长期活跃于宁夏诗坛。

《朔方诗萃》是从1982年第2期开始开设的专栏(不定期),主要刊发35岁以下优秀诗人的作品,并且附诗人简介。该栏目最初为不定期开设,前后坚持了两年,共编发了五期共十七位青年诗人的作品,之后逐渐被《塞上新诗》和《金色沙枣花》两个栏目取代。《朔方诗萃》《塞上新诗》《金色沙枣花》《青年诗人作品与评介》和此前的《新人诗页》以及后来多种名目的诗歌栏目其实是在发表

[1] 秦庚.创新与今天.朔方,1981(2).

成名或者有一定实力诗人的作品之余，开辟出的侧重于培养和推出青年诗人为主要责任的诗歌栏目，其用意和目的主要在于培养诗歌梯队，为宁夏诗歌的发展贮备力量。而事实证明，也正是这样数十年坚持不懈的愚公移山精神慢慢推动了宁夏诗歌的发展。

1983 年第 9 期推出的《女作者诗页》是新时期《朔方》杂志唯一的女诗人作品小辑，共刊发了九位女诗人（其中宁夏八位）的作品十首（组）和韩畅的短评一篇。1984 年第 3 期推出的《女作者专号》则是《朔方》杂志第一个女作家专号，包括小说、散文、诗歌和评论作品等，集中展示了宁夏女性作家和诗人的创作实力。其中发表了十一位女诗人的作品十五首（组）和常播的评论一篇。不过此后两次女作家专号和小辑发表的女诗人的作品都比较少。1995 年第 8 期《女作家特辑》是献给第四届世界妇女大会的专号，但是只发表了一位女诗人唐珺的三首短诗，其他均为小说、散文和报告文学。1998 年第 3 期《女作家作品特辑》也只发表了张之静的一组诗歌。从总体上来看，新时期宁夏坚持创作的女性诗人少而且没有形成太大的影响，针对这一现状，《朔方》致力于培养和发现女诗人的工作，并且取得明显成效。从这两期所刊登女诗人的作品来看，虽然她们寓于西北一隅很少与外界交流，但也因此很少受外界各种风气（尤其是女性主义）的影响而表现出一种非功利化的未经雕饰的原初感受，显得更加纯美、自然、拙朴，“大都有巧思，有深情，具有女性敏感、细腻、委婉的抒情个性”[1]。

新时期《朔方》推出的其他重要的诗歌作品主要还包括诗人小辑。主要有杨森君（1997 年第 11 期）、葛林（1997 年第 12 期）、导夫（1998 年第 7 期）、杨建虎（1998 年第 10 期）、贾羽（1998 年第 12 期）等。文学期刊推出个人作品专辑也是最常见的一种编

[1] 韩畅 . 巾帼之诗别有情 . 朔方，1983（9）.

辑策划方案，旨在以大篇幅多版面推出重点诗人作家，全面展示其创作成就，扩大影响。《朔方》在整个新时期20年左右的时间推出这五位诗人，可见其对这五位诗人艺术创造的认同和对他们在宁夏诗坛影响力的基本判断。这五位诗人中葛林（出生于1955）、贾羽（出生于1961年）、导夫（出生于1961年）和杨森君（出生于1962年）年龄比较接近，当时都在40岁左右，正是诗艺成熟的时候，而且基本上已确定了他们在宁夏诗坛的地位和影响，因此《朔方》将他们作为风格成熟稳定的诗人推出。而杨建虎（出生于1972年）当时还是一位20多岁初入诗歌领域的文学青年，《朔方》杂志对他的力推表明了期刊和编辑的自信及洞察力，对于诗人来说则是一种莫大的鼓励和鞭策。

《朔方》杂志在推出诗歌作品的时候还大量刊发诗歌理论批评文章，比较重要的有评论家高嵩在1982年8月27日宁夏作协和《朔方》编辑部联合举办的"塞上诗会"上的长篇发言稿《宁夏新诗点评》，从1983年第2期开始连载四期，这是第一篇全面系统深入分析和评价宁夏诗歌创作现状与作品个案的批评文章，该文从美学角度对十多位宁夏诗人的创作情况进行了深入的艺术分析，在当时产生了较大影响。同时《朔方·评论》栏目至2000年前后共刊登诗人、批评家、理论工作者的诗歌理论评论文章、书信、创作谈近百篇，这些作品的发表有力推动了宁夏诗歌创作的发展和理论建设工作。

三、其他：推动新时期宁夏诗歌发展的诸多因素

除了《朔方》杂志在宁夏诗歌发展中占有非常重要的地位之外，在新时期还有诸多因素推动着宁夏诗歌的发展，主要表现在如下几个方面。

1982年7月固原地区文联主办的文学季刊《六盘山文艺》出

版发行,1985 年起更名为《六盘山》并公开出版发行,1988 年改为双月刊至今。《六盘山》杂志可以说是宁夏南部山区的文学重镇,宁夏尤其是西海固地区的大部分作家诗人都是由此起步而进入宁夏文坛,进入全国文坛的。1981 年 8 月银川市文联主办的文学季刊《新月》创刊至 1987 年停刊共发行 21 期,1992 年 11 月由银川市文联创办的《黄河文学》出版发行。《新月》和《黄河文学》都由银川市文联创办,虽然前后风格和办刊宗旨略有不同,但属于前后继承的关系。《六盘山》《黄河文学》在新时期宁夏诗歌的发展过程中所起的作用以及办刊方针与《朔方》基本一致,而且在诗歌类栏目设置中也大致相同。当然,作为地方性文学刊物,《六盘山》《黄河文学》和《朔方》的办刊宗旨与思路既有相同点又各有侧重。《黄河文学》侧重于都市和现代,《六盘山》侧重于传统和乡土,《朔方》则兼取二者之长兼顾全区文学发展。这三份文学期刊和《宁夏日报》副刊、《固原日报》副刊、《宁夏青年报》之间相互促进相互补充,作为纸质媒介共同推动着新时期宁夏诗歌的发展。

1982 年 8 月 27 日宁夏作协和《朔方》编辑部在银川共同举办"塞上诗会"。这是新时期以来在宁夏召开的第一次大型诗会,共有区内外七十多名诗人、编辑和诗歌评论工作者参加,其中包括邵燕祥、昌耀、查干等十二名区外诗人和朱红兵、罗飞、高深等六十多名区内诗人。8 月 30 日邵燕祥就当时新诗创作问题做了六个小时的报告,他的报告见解新颖,几乎涉及新诗领域的所有问题。宁夏评论家高嵩分别做了题为《李白浪漫主义和杜甫现实主义的美学机制》和《宁夏新诗点评》的发言报告,尤其后者对宁夏新诗发展的状况有非常精彩的论述和点评。8 月 31 日举行了诗歌朗诵会,宣告诗会闭幕。诗会作品由宁夏作协结集编成《飘香的沙枣花》出版发行。"塞上诗会"将当时全国一流的诗人(邵燕祥、昌耀等)

邀请到宁夏，带来了中国诗坛最新的创作思想，为宁夏诗坛注入新鲜的血液和活力，同时宁夏诗人团聚到银川，增进了诗人之间的交流，开阔了诗人的视野，提高了诗人的眼界。除了“塞上诗会”之外，1991 年 7 月 6 日由宁夏青年报社主办、诗人杨梓策划主持的“塞上青年诗会”在银川贺兰山宾馆召开，参加会议的人员主要是来自银川周边的三十多位青年诗人，包括杨云才、刘中、白军胜、徐幼平、王慧等。在这次诗会上大家广泛交流，深入研讨，刘中的《草帽之歌》成为诗会争议较多，但又压轴的作品。

1979 年 12 月开始，宁夏文艺评奖诗歌奖也对宁夏新时期诗歌的发展起到过重要的推动作用。1979 年至 2001 年共举办六届评奖工作，共有近两百首诗歌作品获得该项奖励，几乎包括了肖川、吴淮生、蔡锦启、高深、罗飞、贾长厚、丁文、杨梓、杨森君、杨少青、秦中吟等宁夏所有有影响的中青年诗人。除宁夏文艺评奖诗歌奖之外，宁夏诗人所获得的奖励还有“五个一工程奖”（肖川）、少数民族文学创作“骏马奖”（王世兴、高深、沙新、杨云才、杨少青）等。这些奖项的获得在很大程度上有力推动了宁夏诗歌的发展。

1999 年 5 月 16 日，青年诗人杨梓受邀参加由诗刊社主办的第十五届“青春诗会”。本届“青春诗会”在山东聊城举办，有包括李南、卢卫平、谯达摩、刘川、树才、侯马等在内的二十位青年诗人参加。杨梓是宁夏第一位受邀参加“青春诗会”的诗人。会后，《朔方》第 9 期刊登了九位参加本届“青春诗会”的诗人作品。宁夏诗人能够参加“青春诗会”是宁夏诗歌进入全国诗坛的重要事件。

除了以上几种因素之外，推动新时期宁夏诗歌发展的因素还包括各种诗歌选集和个人诗集的出版发行（新时期有近五十部个人诗集出版）、1979 年至 1999 年共有十六位诗人加入中国作协、诗人外出参加会议及采风活动等等。

四、结语：作为现象的新时期诗歌生态

如上所述，从20世纪80年代初期开始宁夏的诗歌生态得到较为明显的改善，诗人很快恢复了创作自由，出生于60年代的宁夏诗人崭露头角，与40、50年代出生的诗人一起开始重建宁夏的诗歌生态，并且创作出一批优秀作品，与整个西部（尤其是新疆、甘肃）粗疏、雄浑、豪迈的诗风形成合唱，构成了西部之于中国诗坛第一声嘹亮的高歌（虽然有些微弱）。当然，这20年宁夏诗歌的发展依然遵循传统的模式，从写作到发表再到阅读和批评，都是建立在纸质媒介（传统文学期刊）的基础之上，这在很大程度上保证了新时期宁夏诗歌的尊严和品质。但是这种传统的文学生态也在一定程度上限制了宁夏诗歌的发展，相较于全国各地诗歌发展尤其20世纪90年代以来诗歌的发展而言，新时期宁夏诗歌的发展还是略显缓慢。

新时期宁夏诗歌发展相较缓慢的主要原因一方面当然是诗人自身才华和学识的局限，另一方面主要是诗歌生态的建设与发展和全国其他地区相比略显保守。20世纪70年代末至80年代初期，基于诗歌重建的共同理想，全国各地出现了一些有影响力的诗歌社团和民刊，其中比较有影响的有贵州黄翔、路茫、哑默、方家华等组成的“启蒙社”，他们除了在贵州开展诗歌活动外，还多次进京张贴诗歌大字报、散发和出售自印诗集。而在北京由北岛、芒克等创办了对此后中国诗坛产生过极大影响的民刊《今天》。《今天》在不到三年时间出版了9期，同时还出版了《今天》文学资料3期，《今天》丛书4种，举办过多次诗歌和艺术活动。除了诗歌社团和民刊的发展之外，在诗歌理想的重建中，全国各地的文学领导机构和期刊对诗歌的发展抱以开放和宽容的态度，《诗刊》也连续选载刊登

于《今天》的诗作，这表明主流诗界对青年诗人和"新诗潮"的接受。这些作为20世纪80年代初期的诗歌生态，对新时期初期诗歌的发展（或者重建）起到了巨大的推动作用。

20世纪80年代中后期，诗歌社团和流派纷呈，各种论争与实验不断。新诗潮和"主流诗界"各自形成了自己的圈子和传播媒介（官方刊物和民刊），而"新诗潮"的诗歌生态的发展尤为明显，除了各种民刊之外出现了名目繁多的诗歌流派，包括大学生诗派、非非主义、他们文学社、海上诗群、撒娇派、星期五诗派、整体主义、新传统主义、莽汉主义、极端主义、圆明园诗群等等。[1]1986年《深圳青年报》和《诗歌报》联合举办"中国诗坛1986'现代诗群体大展"，连日推出"漫山遍野"般的诗歌群体和代表诗人的作品，这成为20世纪80年代诗歌史上蔚为壮观的事件，此后出版了所谓"红皮书"[2]，集中呈现此一事件和此一时期诗歌创作的成就。

到20世纪90年代诗歌边缘化的现象日益明显，职业诗人几近消失，80年代与主流文学文化既对抗又共谋共生的局面已经结束。但这并不意味着诗歌艺术的衰落，恰恰相反，或许正是这种"边缘"使诗歌回到了其应有的位置。也正是因为90年代诗歌这种"边

---

[1] 洪子诚，刘登翰．中国当代新诗史．北京：北京大学出版社，2005：210.

[2] "红皮书"，即徐敬亚、孟浪、曹长青、吕贵品编《中国现代主义诗群大观1986—1988》，同济大学出版社，1988年9月出版。因为大红色封面而被当时诗坛称作"红皮书"。本书以"中国诗坛1986'现代诗群体大展"为蓝本，"推出中国现代主义诗歌洪峰年代86大潮全景，呈现当代中国前卫诗人最新创作实绩"（封底语）。本书根据当时为出版此书于1986年年底征集的来稿和编者存有的资料编选。全书分为三编。第一编收入14个具有较大影响和创作成绩的群体，第二编收入54个在作品或自释方面有一定代表性的群体或个人，第三编收入1986—1988年间各地前卫诗人风格迥异的个人作品。

缘”的状态,除了《诗刊》《星星》《诗林》《诗选刊》《诗潮》《诗歌月刊》和很多综合性文学刊物的诗歌栏目之外,先后出现了三十多种[1]民刊,较有影响的包括西川、陈东东、老木在上海创办的倡导知识分子态度和理想主义精神的《倾向》,在《倾向》之后陈东东创办了《南方诗志》,作为《倾向》的继续。韩东、于坚等倡导“口语诗歌”的诗人在南京创办的《他们》。同时还有四川钟鸣、赵野、向以主办的《象罔》,萧开愚、孙文波创办的《反对》和《九十年代》,王建新、梁晓明、耿占春、刘翔、蓝蓝等在杭州创办的《北回归线》,森子、蓝蓝等在河南平顶山创办的《阵地》,西川、臧棣等北大青年诗人创办的《发现》,等等。

从整体上来看,新时期20年诗歌生态的发展呈现出良好的势头,主要包含三个相互联系相互促进的组成部分,其一是民刊,其二是社团,其三是活动,这三部分构成了新时期诗歌生态的主要内容,推动了新时期诗歌的迅速发展。

但在此时,宁夏诗歌的发展如上述三种构成诗歌生态的重要内容则几乎完全缺失了,基本只靠三份文联机关刊物和两份党报副刊来推动,这种被动的局面无法完成“诗的位置将由诗与诗人共建”(徐敬亚语)的理想,因此诗歌的发展也受到诸多限制,这种情况导致的最后结果就是宁夏诗歌在新时期之初没有能够出现北京、四川、贵州及很多地方那样的朦胧诗潮,此后一直到21世纪之前也没有能够出现诗歌观念的论争和纷争不断的流派,小小的地方,永远就是那么一些谨小慎微的写作者在缓慢尝试。因此,当我们在叙述或者阐释宁夏诗歌的时候,尽管它的发展相较于小说、散

[1] 在洪子诚主编的《在北大课堂读诗》一书中统计了大约32种出现于90年代的诗歌民刊。

文而言丝毫不弱，但也只能停留在宁夏这样一个有限的范围内，而不能有效地和新时期全国诗潮合流。

2015年2月初稿，2015年12月10日定稿

（原刊于《宁夏师范学院学报》2016年第2期）

“晚期风格”与“渐入佳境”
——媒介与新世纪宁夏的诗歌生产

进入新世纪以来，宁夏文学创作由集体叙事向个人叙事转变，在诗歌创作领域尤为明显。从写作题材上来看，很多诗人不再满足于对故土家园的书写；从诗歌的叙述方式来看，口语化、陌生化成为很多年轻诗人的选择。因此叙述风格、艺术风格的多元化，写作题材的多样化成为新世纪十多年来宁夏诗歌写作中值得注意的新变。尤其出生于20世纪50至70年代的大多数诗人经历了青春写作和艰苦求索而逐渐成熟，步入人到中年之后的通透与沧桑、自我放逐与精神回归，这使他们的作品表现出阿多诺和萨义德所谓的“晚期风格”——相较于中国当代诗歌而言迟到的成熟期——而显得自由、沉静、内敛，将个人经验与时代症候结合起来，扎根于本土，尤其凭借西北边地特殊的地理环境和精神特征去思考人对生命和世界的感受与认识，表现出稳健成熟的审美追求和艺术格调。

这一时期宁夏诗歌创作取得了前所未有的优异成绩，是在区内期刊杂志上发表了大量作品的时期，也是在《人民文学》《十月》《星星》《诗刊》《诗选刊》《诗歌月刊》《绿风》等全国性重要期刊上发表作品最多的时期，也是出版各种诗歌选集、个人诗集、创办诗歌民刊最多的时期，也是召开各种诗歌研讨会、诗会最多的时期，同时也是宁夏诗歌研究和批评开始走向成熟化和系统化的时期。这正是新世纪宁夏诗歌“晚期风格”建构的过程，也是宁夏诗歌“渐入佳境”

的过程,这一过程并不会随着时间的推移而终结,而是将诗歌推向独立的更大更远的发展空间。

在这个过程中,以文学期刊、网络等为主的文学生产和传播体系在新世纪宁夏诗歌的建构中起到非常重要的作用。本文试图通过对这一时期宁夏诗歌的生产和传播体系的梳理和考察,明确这十多年宁夏诗歌之所以取得较为明显的创作成绩的主要原因,突出文学生产诸环节中媒介的价值和意义。

一、以《朔方》杂志为代表的宁夏文学期刊

传统文学期刊的可贵之处在于对文学传统的坚守,对文学标准及文学风尚的把握与引导,同时还要尽可能避免文学在市场化、通俗化、大众化的过程中丧失艺术审美原则。所以,梳理和考察《朔方》《黄河文学》和《六盘山》三份公开发行的传统文学期刊,对研究宁夏文学的发展有非常重要的意义,相对于诗歌而言,能拓宽其研究视野,提供书写诗歌史的范式和参照。

(一)《朔方》:宁夏诗歌发展的核心阵地

新世纪十多年,《朔方》杂志秉承其一贯的办刊宗旨,放眼全国立足本地,大力培养和扶持宁夏作家诗人,一旦发现有潜力的诗人和作家,就重点帮助其修改作品并利用小辑集中推出作品,同时刊发作者的创作谈、评论家的批评文章。这种举措尤其使青年诗人在创作上有了明显的收获和启发。除了作家诗人小辑之外,《朔方》还坚持组织地、县、市作品专辑,集中展示小区域文学创作的成就,同时召开各地市文学座谈会、改稿会、研讨会,增进各地市之间的文学交流,提高作家诗人的创作实力。为了能够让青年作家、诗人真正走出宁夏走向全国,朔方编辑部实施“请进来送出去”计划,先后与《人民文学》《中国作家》《十月》《小说选刊》《小说月报》《民族文学》

等全国性文学期刊进行广泛的接触与联系，邀请这些刊物的编辑以及全国范围有影响的作家、诗人、评论家来宁夏与青年作家诗人座谈交流。从2000年开始，《朔方》就将主要栏目确定为"小说""散文随笔""诗歌"三大类，确保了诗歌作品的版面，为推动宁夏诗歌的发展起到了非常重要的作用。2001年《朔方》陆续开设《西部推介》《西部文坛》《名篇选读》《新作短评》《外地作家看宁夏》《诗西部》等栏目，意在着重培养、扶持和推介宁夏作家和诗人。

近十多年来《朔方》杂志在宁夏诗歌的发展中做出了很大贡献，主要表现在以下几个方面。

第一，坚持品牌栏目，团结优秀诗人，扩大宁夏诗歌的影响力。

新世纪《朔方》的诗歌品牌栏目当属于《诗西部》（2001—2004年栏目名称为《诗歌》）。《诗西部》十多年几乎将宁夏老中青三代诗人全部纳入其中，包括肖川、虎西山、杨梓、杨森君、王怀凌、单永珍、梦也、杨建虎、阿尔、林一木、郭静、泾河等等。此外，2003年《朔方》开始设立《每期一家》栏目，重点推出宁夏有成就的作家和诗人的作品及创作谈。从2004年开始至2013年共16期《每期一家》栏目，推出宁夏诗人16位，包括杨梓、王怀凌、梦也、虎西山、杨森君、洪立、泾河、杨建虎、林一木、单永珍、冯雄、安奇、马占祥、李壮萍、张不狂、骆英。《诗西部》和《每期一家》作为新世纪《朔方》的品牌栏目主要关注的是已经在诗坛上产生一定影响并且具有稳定风格和艺术追求的诗人，这些诗人中的大部分（尤其是中年诗人）已经呈现出浓郁的"晚期风格"，在他们的创作中"反映了一种特殊的成熟性，反映了一种经常按照对日常现实的奇迹般的转换而表达出来的新的和解精神与安宁"[1]。而《朔方》杂志这些品牌栏目的设置在宁夏诗人"晚期风格"的建构中起着非常重要的作用。

[1] 萨义德．论晚期风格——反本质的音乐与文学．北京：三联书店，2009：4.

第二，鼓励和培养青年诗人的创作。

新世纪以来，《朔方》在培养青年诗人方面下了很大功夫。2003年第7期推出《诗歌新人》，刊发何武东、张联、许小龙、李壮萍等九位青年诗人的21首（组）作品。这是新世纪以来《朔方》杂志首推新人，其中张联、何武东、李壮萍等后来也成为宁夏诗人队伍中的佼佼者。2004年推出《文学新人》栏目，第12期刊登倪万军的组诗《冬天组歌》。2005年1—8期推出《新星一族》《校园80后》《80前后》等栏目，刊登了很多80后诗人的作品。2006年第8期《宁夏青年作家作品研讨会专辑》，刊发了7月6日在北京现代文学馆召开的"宁夏青年作家作品研讨会"的部分讲话及发言稿。同期还推出《宁夏文学新人作品专辑》，刊发了林一木、屈子信、杨春晖三人的作品。2007年第10期再次推出《宁夏文学新人作品专辑》，刊发了林一木、谢瑞、刘岳等八位青年诗人的作品。2010年第11期推出《宁夏80后诗辑》，共刊发了35位80后诗人的作品。2013年第8期推出《宁夏70后专号》，刊发安奇、林一木等七位70后诗人的作品。另外，从2004年开始至2013年，每年（2008、2013年未发）发行一期或者一次合期《宁夏青年作家作品专号》（2004年为《全区青年作家专号》），主要包括2004年5、6期合刊（刊发了17位诗人的作品），2006年5、6期合刊（刊发了17位诗人的作品），2007年5、6期合刊（刊发了18位诗人的作品），2009年第4期（刊发了40位诗人的作品），2010年第5期（刊发了48位诗人的作品），2011年5、6期合刊（刊发了37位诗人的作品），2012年5、6期合刊（刊发30位诗人的作品）。这些专为青年诗人发表作品设置的栏目和专号对培养青年诗人起到了非常重要的作用，甚至很多青年诗人都是从这里开始进入宁夏诗坛的，其中有很多人经过《朔方》杂志的不断培养和推介，已经开始形成了自己的写作风格和有了自己的艺术追求，并在区内外产生了一定的影响。

第三，关注女诗人的创作，打造西部诗坛的靓丽风景。

新世纪以来宁夏女诗人的队伍不断壮大，《朔方》对女诗人的成长给予了极大的关注。2002 年第 3 期推出《宁夏女作家作品特辑》，刊发了唐晴、胡琴、梦西、王慧四人的诗歌作品。2004 年第 3 期推出《宁夏女作家作品特辑》，刊发了唐晴、王慧、李壮萍三人的诗歌作品。2007 年第 3 期推出《女作家作品专号》，刊发了平原、李壮萍、林一木三人的诗歌作品。2010 年第 3 期推出《宁夏女作家作品特辑》，刊发了林一木、梦西、唐晴、艾琳、胡琴等六人的诗歌作品。2011 年第 3 期推出《女作家作品专号》，刊发了唐晴、梦西、林一木、李壮萍等六人的诗歌作品。这五期女诗人的作品虽然涉及的面不是很广，但是足以代表宁夏女诗人的写作水准，其中林一木曾在《人民文学》等国内一流文学期刊上发表过作品，胡琴、唐晴、李壮萍等近些年也有不菲的表现，而且都形成了自己独特的风格。

第四，推动各市县诗人的发展，设置地方性、区域性诗歌小辑。

新世纪《朔方》除了以上三方面比较有代表性的栏目和专题之外，还推出彭阳（2001），陶乐（2011），西吉（2002、2006、2011），石嘴山（2010），泾原（2010），固原（2009），吴忠（2012）等市县作家诗人小辑，《宁夏农民作家作品专号》（2012 年第 10 期，刊发刘岳、张联等四位农民诗人[1]的作品），《宁夏回族作家作品专号》（2012 年第 3 期，刊发单永珍、查文瑾等八位回族诗人的作品）等颇具特色的专题性栏目。

[1] 其实笔者并不是特别愿意用职业身份指代一些较为特殊的写作群体，比如“农民诗人（作家）”“打工诗人（作家）”等等。而且今天传统意义上的“农民”正在消失，尤其像《朔方》本期所关注的诗人刘岳、张联等早已经离开了土地从事着别的工作。

（二）《黄河文学》《六盘山》：宁夏诗歌媒介的巩固与扩大

《黄河文学》和《六盘山》是宁夏银川市文联和固原市文联的机关刊物，一北一南，在宁夏的文学版图上形成双水分流却又同归大海的局面。这两份刊物在办刊风格上既有共同追求又有各自的特色。银川作为首府城市其现代化进程相较固原更快，经济、文化、商业较为发达，这种社会环境也影响到《黄河文学》的办刊定位和发展水平，在城市化进程中兼顾区域文学的发展则成为这十多年刊物发展的重要表现。而《六盘山》则更多地受到宁夏南部山区地域文化的影响，在立足土地、坚守文化传统的基础上求新求变。

作为银川市文联的机关刊物，《黄河文学》[1]相较于《朔方》而言虽然起步较晚，但因为独特的优势和较快的发展速度而在银川地区形成了和《朔方》平分秋色的局面。《黄河文学》的发展除了优越的地理位置之外，和刊物的主创团队有密切的关系。现任主编郭文斌是第四届鲁迅文学奖的获得者，在宁夏内外文学界有普遍的影响；执行主编闻玉霞是宁夏文学期刊编辑队伍中的佼佼者，她的见识、观念、魄力在编辑队伍中无人能及；副主编郭红是商务印书馆引进的第一位博士生，曾成功策划和编辑过一些非常有影响力的学术著作，在学术界有广泛的影响，她加盟《黄河文学》的时间虽然较晚，但在近几年刊物走向全国的途中产生过非常重要的作用。这个优秀的团队使得《黄河文学》在新世纪十多年获得了非常良好的发展机会，而且在推动宁夏诗歌的发展中也做出了

[1]《黄河文学》前身是创办于1981年8月的《新月》季刊（1981年试印行两期，包括8月发行的“试行第一期”和9月发行的“戏剧增刊”），1982年1月起公开发行至1987年停办，共公开发行21期（其中1986年2、3期为合期）。1992年11月《黄河文学》双月刊创刊发行，2007年改为月刊至今。

不俗的成绩。2005 年首开文学期刊签约青年作家先河,共签约 11 位 70 后作家,其中包括诗人阿尔、林一木、唐荣尧、王西平等,并且在 2006 年 1、5 期推出《首届黄河文学签约作家作品专辑》,刊发签约作家诗人作品。2007 年《黄河文学》由双月刊改为月刊,发稿容量大大增加,品质进一步提高。《黄河文学》主要的诗歌栏目有《诗歌》《当代诗人》《黄河诗岸》《青年诗人》等,另外还有《诗歌 80 后》《博客工厂》《校园作品联展》等不定期推出的特色诗歌栏目。

《黄河文学》以其独特的城市优势和品牌特色吸引和鼓励着银川市及周边地区诗人的创作。在它的倡导和推动下,一部分实力雄厚的青年诗人能够超越地域的局限,敏锐捕捉新世纪中国诗坛的风气,甚至从欧美诗人的作品中汲取营养,在创作中体现出明显的现代性、先锋性、探索性特质,使宁夏的诗歌生态进一步向多元化方向发展。

作为宁夏南部地区的文学重镇,《六盘山》杂志具有得天独厚的文化优势和地域优势,但是在新世纪十多年的发展中却相对比较缓慢。这一阶段《六盘山》开设的和诗歌相关的栏目主要有《新诗经》《西海固作家档案》《汉语的锋芒》《西部诗歌高地》等。诗歌栏目主要由副主编、诗人单永珍主持,他对诗歌的品质有着非常高的要求,一方面能够坚守纯粹的诗歌理想,一方面体现出了西部的地域色彩,这不但吸引了以固原地区为主的宁夏诗人,还引起了很多外地诗人的关注,同时对诗歌新人的培养也付出了很大的努力。

二、全国文学期刊与宁夏诗歌的发展

宁夏诗歌自发生直至 20 世纪末期,其影响力仅限于西北一隅,并没有引起外界关注,甚至很少有诗人能够跨越宁夏而走上更高更远的平台。可以说彼时的宁夏诗歌在一个相对比较封闭的空间苦苦寻求突围的道路。而21世纪则是宁夏诗歌发展的春天,宁夏诗人的作品开始走上国内文学大刊,并引起外界的普遍关注,产生较大的反响。宁夏诗人先后在《人民文学》《十月》《星星》《诗刊》《诗选刊》《诗歌月刊》《飞天》《诗潮》《青年文学》《扬子江》《绿风》《中国诗人》《西部》《雨花》《回族文学》等发表作品数百首(组)。

区外文学期刊对宁夏诗人的关注主要有四个方面:一是以“西海固诗人”的名义推出西海固地区诗人作品专辑,二是推出宁夏诗歌作品专辑,三是推出宁夏诗人个人小辑,四是把宁夏诗人纳入西部诗人群落整体观照。这些专辑和专栏的推出在宁夏诗人“晚期风格”的建构中不但对宁夏文学期刊起着补充的作用,而且搭建了一个更加有效的传播和交流的平台,最终将宁夏诗歌的形象和诗人的创作成就推送到一个更加广阔的诗歌领域。

(一)“西海固诗人”专辑

2001年大型文学期刊《十月》第2期以“西海固的诗”为题推出虎西山、王怀凌、单永珍、杨建虎、冯雄、唐晴共六人的诗作,这是新世纪宁夏诗人首次在区外大型文学期刊上的集体亮相,也向区外展示了新世纪宁夏诗歌的发展状况,为此后宁夏诗歌的发展奠定了良好的基础,有力推动了宁夏诗歌(西海固诗歌)的发展。2001年《诗刊》第8期《发现:报刊佳作选》从《六盘山》选载了王怀凌、单永珍和杨建虎三人的诗作,并在选刊词指出:“在中国西部,‘西海固的诗人作家群’的出现已成为文坛瞩目的现象,我们希望从这些青年诗人的力作中,感受到西海固这个贫困地区各族人民最顽强的精神和丰富的内心世界。”[1] 虽然这里主要是针对“西海固”诗人,但王怀凌、单永珍和杨建虎所代表的也是当时宁夏诗坛的主流风格,因此这种认识也可以理解为当时区外诗坛对宁夏

---

[1] 选刊词.诗刊,2001(8).

诗歌的一种普遍认知和理解。此后区外期刊专门针对西海固诗人的专辑虽然比较少，但是实际上任何一个宁夏诗人的专辑都是以出生于西海固地区的诗人为主，这和整个宁夏文学队伍的地域组成是有关系的。

（二）宁夏诗人专辑

2001 年第 6 期《诗潮》推出《宁夏诗人作品小辑》，刊发了杨梓、梦也、单永珍、冯雄、杨建虎、唐晴共六人的 21 首（组）作品，同时刊发了安奇的评论《在宁夏写作》，分别对上述六位诗人及其作品做了简单的点评，并对他们的写作状态和风格做出了中肯的评价。

2001 年第 12 期《星星》在《大西部音画》栏目推出《宁夏 11 人辑》，包括杨梓、梦也、贾羽、泾河、单永珍、杨森君、虎西山、马占祥、杨建虎、胡琴、唐晴共 11 人的 19 首（组）作品。

《绿风》曾连续推出《中国现代诗坛巡礼》栏目，以省区的方式呈现出当代中国诗坛的创作状况，2004 年 5 期推出《宁夏卷》，共刊发杨梓、单永珍、杨建虎、杨森君、王怀凌、水尘、唐晴、泾河、梦也、马占祥、周彦虎 11 位诗人的 31 首（组）作品，同时刊发倪万军的评论《在苦难的土地上高蹈的精灵——点击宁夏诗人》，对这 11 位诗人及作品做了简短评价。

《中国诗人》2010 年第 3 卷推出《宁夏诗歌小辑》，共刊发杨梓、郭文斌、王怀凌、阿尔、杨森君、梦也、王西平、红旗、谢瑞、倪万军、刘学军等 25 位诗人的 68 首（组）作品，同时刊发了王西平的评论文章《中国西部最后一群“诗歌赤子”——兼论宁夏诗歌的“整体性”》，该文认为：“一代又一代宁夏诗人在题材内容和艺术形式上不断探索，努力丰富着自身的精神素养和艺术诉求，以六盘山、贺兰山人文地理版图的原始净土为源头，积极与时代的节拍相融相合，勾勒出一幅精深广阔的诗歌谱系，繁荣并催生着当代宁夏诗歌的生态，并以其超前而活跃的观念，为诗歌的发展留下他们合唱的身影，并成为中国西部大地上最后一支‘诗歌赤子’悄然崛起。”[1]但同时也不否认宁夏诗歌自身的问题：“这一群体的整体风貌至今并未在中国诗坛得以充分显现，在外界看来，宁夏诗歌依然守旧，甚至在很长一段时期内，集体性的重复与模仿让宁夏诗歌陷入困境，他们中更多的人将‘出卖痛苦’和‘吟唱荒凉’作为了最大的精神支柱。”[2]

此外，《西部·新世纪文学》2010年第10期下半月刊推出《一首诗主义·宁夏诗群》，刊发了杨梓、杨森君、冯雄、王怀凌、单永珍、虎西山、红旗、杨建虎、雪舟、马占祥、阿尔共11人的11首作品。《扬子江》2012年第6期推出《宁夏小辑》，刊发了杨森君、王怀凌、杨梓、王西平、张联、雪舟、马占祥、石杰林、梦也、杨建虎、刘国龙、郭静共12人的作品。《诗歌月刊》2013年第10期为祝贺宁夏诗歌学会成立，以“宁夏诗人作品特辑”的形式，在《诗版图》栏目刊发了虎西山、王怀凌、杨森君、梦也、单永珍、洪立、唐晴、马占祥、泾河、潘春生、田鑫、林一木、阿尔、杨建虎、胡琴、郭静、瓦楞草、刘乐牛、刘学军、张联、牛红旗、王佐红、王西平23位学会理事的作品。

（三）个人小辑

杨梓是宁夏诗人中被区外期刊以个人小辑、专栏形式推出次数最多的诗人。2001年《诗刊》第8期头条《每月诗星》栏目发表杨梓作品专辑《杨梓诗抄》（11首）、《创作谈：触摸原型》和梦也的评论《沉郁之光》。梦也在评论中把杨梓作为宁夏诗人的特征准确地表现了出来：“天性中依然具备了诗人的浪漫气质，敏感执着，倾心于雪山、草原，缅怀大夏古国，探寻党项民族诞生、迁徙、消亡的踪迹。近年来潜心于历史长诗《西夏》的创作。苦闷之余常用烈酒

[1][2] 王西平．中国西部最后一群“诗歌赤子”——兼论宁夏诗歌的“整体性”//中国诗人：2010年第三卷．吉林：吉林大学出版社，2010：96.

排遣心中的孤独。"[1]这是杨梓作为一名成熟诗人特有的风格，这种风格经由《诗刊》而进入中国当代诗坛。另外，《绿风》2009年1期《三弦琴》栏目发表了杨梓作品小辑《西夏史诗》（二首）、《行与思》（四篇）、《诗歌创作散论》（六篇）;《诗歌月刊》2013年10期《头条》栏目发表《塞上风光》（组诗16首）。

除杨梓之外，区外期刊以个人小辑、专栏推出的诗人还有单永珍、林一木、红旗等。2002年9月号《诗刊》（下半月刊）的《新诗人聚焦》栏目刊发了单永珍《西部散章》（五首），同时刊发了李文彦、谢建平、叶延滨为其诗歌所写的推荐词。此后，在《星星》2011年第8期头条位置《首席诗人》栏目刊发了单永珍《向西的道路》（组诗）和唐晴的评论《高原上倔强的独行者》。《绿风》2009年第3期《三弦琴》栏目推出林一木作品小辑，包括《做一颗琴心》（八首）、《安静地生活》（散文）和《无声无息却如在昨日》（创作谈）。《诗刊》2011年第4期上半月刊《每月诗星》栏目推出牛红旗作品小辑，包括《大河之上》（组诗九首）、《诗歌，是一条很长的路》（创作谈）。《绿风》2013年第3期《三弦琴》栏目推出牛红旗作品小辑，包括《弯曲即福报》（组诗八首）、《好日子》（随笔）、《我的小心眼》（创作谈）等。

（四）西部诗歌群落中的宁夏诗人

从2001年起《星星》推出《大西部音画》栏目，先后出了5期。其中2001年第4期、第12期共刊发包括"宁夏11人集"在内的12位宁夏诗人的作品。2007年第2期《星星》（上半月刊）的《大西部》栏目刊发了六位诗人的作品，其中包括杨梓、王怀凌两位宁夏诗人的作品。《大西部音画》《大西部》等栏目从全国诗坛的整体情况出发把宁夏诗歌归入西部诗群当中，这实际上是给宁夏诗

[1] 梦也．沉郁之光．诗刊，2001（8）．

歌一个当代定位和诗坛坐标，包括后来很多论者在中国当代诗坛的层面上讨论宁夏诗歌时都采取了“西部”这样一个地域的认同，包括《中国西部现代文学史》（丁帆）、《从西部诗坛刮起的绿色风暴》（何休）等在谈到宁夏诗人杨梓、单永珍、梦也等时都把他们纳入西部诗歌群落来讨论。

三、民刊、网络等新媒介的贡献

从20世纪90年代开始，诗歌作为汉语写作体系中年轻而又古老的成员不断陷入尴尬境地，读者和公众的热情持续下降造成诗人比读者更多的局面，甚至诗歌的存在和发展都成了迫在眉睫的问题。虽然说还有很多文学期刊给了诗歌一定的版面，还有一些专门的诗歌刊物在苦苦坚守，但实际上诗歌已成为一种更加小众的文学形式，这是无法回避的问题。然而诗歌的发展并没有因此而衰落、低迷，恰恰相反，尤其新世纪以来诗歌几乎成了大众的狂欢，流派纷呈、山头林立，是什么造成了新世纪诗坛持久的喧哗？是什么在这喧哗中推动诗歌的发展？究其原因，除了诗人的坚守之外，他们赖以存在的平台和媒介也起着非常重要的作用。这里所指的平台和媒介主要包括民刊和网络，它们是新世纪诗人们最主要的活动阵地。

宁夏的诗歌民刊和网络阵地置于整个新世纪中国诗坛中都算是比较成熟而且具有一定的影响，在推动新世纪宁夏诗歌的发展中起着非常重要的作用。

（一）民刊是诗歌理想主义者的阵营

新世纪宁夏诗歌民刊主要包括《原音》《北方向》《现代诗报》《草根诗歌》《半个城》及各大院校的校园刊物等。

2002年阿尔创办并担任主编的民刊《原音》其前身是创办于1991年的《吉卜赛人》。《原音》虽然以诗歌为主，但并不是一份纯粹的诗歌刊物，而是带有一定的泛文化的追求，其内容除了诗歌之外还包括小说、当代艺术、摇滚乐、爵士乐等等，既有对前卫、先锋艺术的追求，也有宁夏原生态的文化特征。在第一期《原音》封面上印着“硬表现作品集”几个字，并以“硬表现主义”作为《原音》的创作概念，以此来反对当下疲软的现实主义的写作，直接进入现实，硬生生地来表现当下人的生活。因此，围绕着《原音》的一些先锋诗人和前卫艺术家包括阿尔、老蓝、文征、苏阳、李伟、刘均、君儿（女）、石子（女）、张平、金瓯、苏勇、蒋勇、孙铁（女）、苏非舒、牛学智、臧新宏等通过“硬表现主义”这一理念和《原音》来表达他们的审美追求。但是《原音》作为独立印刷发行的民刊并没有持续太长的时间，后来阿尔在《现代生活报》副刊设置《原音》栏目，意在继续《原音》最初的诗歌热情和艺术理想。

虽然《原音》后来再没有独立印行，但是它对新世纪宁夏（尤其是银川地区）诗歌观念的更新起到不可低估的作用，主编阿尔认为“《原音》是国内民刊潮流中的一员，却是银川乃至宁夏现代艺术的启蒙和继承者。她的存在和生长使得这儿的诗歌在诗学的意义上来讲，已经摒弃了我们通常所说的西部诗歌、塞上诗歌的所谓诗学概念，从而使银川乃至宁夏的诗歌向着人的存在、诗歌的真实状态行进”[1]。

新世纪宁夏诗歌民刊中有影响的除了《原音》之外当属 2009 年创办于固原的《草根诗刊》（从第四期起更名为《草根诗歌》）和《现代诗报》。《草根诗歌》是由诗人红旗独立出资并担任主编，王怀凌、单永珍、杨建虎、倪万军担任副主编的一份同人刊物，截止 2015 年共印行了 11 期，在宁夏乃至全国诗歌领域产生了较大的影

[1] 张涛，王之文 . 存在、发展和愿景之一——银川诗歌略论 . 黄河文学，2008（7）.

响。《草根诗歌》和已经不再出刊的《原音》构成历史的呼应，形成非常有趣的对应关系，就像银川平原和西海固地区的文化差异一样，《原音》和《草根诗歌》也代表着不同的诗歌理念。后者虽然没有明确的理论阐释，但是从“草根”所代表的立场来看，其中暗含着比较正统甚至相对保守的诗歌理念，在西海固地区坚守着最后一片单纯简单的诗歌领地。《草根诗歌》几乎团结了所有出生于西海固地区的诗人，影响力也波及银川及周边地区和宁夏之外很多地方。尤其 2010 年之后民刊的黄金时代已经成为过去时，而《草根诗歌》的默默坚守更容易唤醒诗人内心崇高的诗歌理想。

2004 年 8 月创办的《现代诗报》由林混担任主编，主要成员有谢瑞、王永玮、田玉铭、杨春晖等。林混一直按照较高的标准和追求主持《现代诗报》的具体工作，他希望能够办成全国有影响力的诗歌报纸，打造成一个知名品牌。而实际上，《现代诗报》可能是宁夏走得最远的诗歌民刊，它的诗歌理念介于《原音》和《草根诗歌》之间，因此也能够团结更多诗人，尤其得到了很多区外诗人的肯定。不过遗憾的是《现代诗报》没有能够坚持到最后，在这样一个不景气的时代，做一件理想的事情是不容易的。

除了上述三份诗歌民刊之外，宁夏较有影响的诗歌民刊还有《北方向》。《北方向》由盐池诗人何武东联合诗人单晓春、张联创办于 2001 年 6 月，最初刊名为《方向》，2003 年改刊名为《北方向》。此外还有诗人马占祥主持的《半个城》，一叹主持的《诗者》和王西平主持的《诗品》(原名《核诗歌》)等。这几种诗歌民刊除了《诗品》之外其他都已停刊。

(二)网络媒介表现出宁夏诗歌的青春色彩

新世纪宁夏诗歌的网络平台主要包括论坛、博客两种主要形式。宁夏的诗歌论坛主要由一些观念相近的诗人依托于此前所述诗歌民刊而创建，主要包括《原音》诗歌论坛、《北方向》诗歌论坛、《现代诗报》诗歌论坛等等。此外还有诗人独立创建的诗歌论坛，主要有倪万军、林一木创建的“宁夏高校写作特别论坛”等。论坛的创建必须依托于团队的力量和一定的网络平台和后台管理模式，甚至部分诗歌论坛的运行还需要一定的费用购买网络资源。而博客的建立相对比较简单，几乎每一位会使用电脑的诗人都创建了自己的诗歌博客，并且拥有一定的读者群体（包括粉丝、文学期刊的选稿编辑等等），比较有影响的包括杨森君的“杨森君·西域教父的BLOG”，访问量已经超过22万，发表博文700多篇；王西平的“一纸草诗”，访问量超过15万，发表博文1000多篇；王怀凌的“王怀凌的西海固”，访问量超过14万，发表博文300多篇；谢瑞的“在路上 On the road”，访问量超过11万，发表博文800多篇；阿尔的“银川史记”，访问量超过9万，发表博文800多篇；林混的“林混的BLOG”，访问量超过6万，发表博文200多篇。

不过，网络平台是一把双刃剑。优势在于发表速度快、几乎没有编辑和审查环节，很多诗人的作品几乎第一时间都能在网上发表并被阅读和转载，因此提高了诗歌作品发表和传播的效率。但是不足之处在于取消了发表的门槛，任何人的任何作品，不论质量好坏都能发表，这影响了诗歌的整体质量和水平。对于新世纪宁夏诗歌的发展而言，这样的问题同样存在。但是大量的诗歌论坛和诗人博客在客观上推动了新世纪宁夏诗歌的发展确是毋庸置疑的事实。尤其更多的年轻诗人，由于尚处在创作的探索阶段，很多作品还不成熟，很难直接在文学刊物发表，于是论坛和博客成了他们发表的最初平台，这为他们的成长提供了最佳的练习机会，因此网络媒介的突出特点就是青春色彩鲜明，大量抒情的、感伤的诗作成了宁夏诗歌在网络平台上的主要形象。

四、结语

从上述考察发现，新世纪宁夏诗歌媒介的发展较为充分，但限于篇幅，新世纪宁夏的诗歌出版、稿费、诗会、奖项、研究等侧重于文学制度的问题及报纸副刊暂且不谈，但这并不意味着这些问题在新世纪宁夏诗歌"晚期风格"的建构中并不重要。

此外，文学媒介作为联系作者和读者、沟通作者和批评家的重要的纽带，对社会环境、文学市场、话语空间的要求较高。而宁夏地处偏远，社会发展相对缓慢，现代化程度与发达地区相比较低，这在某种程度上影响了文学媒介的有效发展，不能更好地发挥媒介的作用也是值得关注的问题。比如文学期刊的制作成本会影响到刊物的页码、具体设计、发行量等等。民刊在这一点上存在的问题则更加明显，办刊经费往往由个人出资，一旦资金得不到保障，那么刊物随时都有停办的可能。还比如编辑的眼界、观念、知识、审美能力等都会影响刊物的质量水平，怎样面对纷繁复杂风云突变的诗坛和观念各异风格迥然的写作者，更是对诗歌编辑提出了很高的要求。对于网络媒介，其无限可能恰好也是它的有限性，部分写作者的诗歌素养较低，因此大量的无节制的发表，降低了诗歌的审美要求，影响了诗歌的整体形象。

媒介是流动的、发展的、活跃的，尤其对于诗歌，创作观念的更新反过来又会推动诗歌媒介的调试与发展，所以对于新世纪宁夏诗歌媒介，成长的过程必然伴随着阵痛，但同时一定会促生新的更有意义的诗歌潮流，打开更丰富的创作局面。

2015年4月初稿，2016年3月20日定稿

（未刊稿）

不一样的青春风景

——宁夏“80后”诗人的出场与在场

一、“80后”：作为一种文学文化现象

1999年开始的“新概念作文大赛”与1980年代出生的写作者之间有非常密切的联系。尤其“新概念作文大赛”提出了“新思维”“新表达”“真体验”的方针，打破了当时很多在基础教育体制镣铐之下中学生的语文规范，使他们的语文生产力获得了巨大的解放，从而出现了一批与他们的前辈风格迥异的写作者。可以说，“新概念作文大赛”成就了一个时代，尤其像韩寒、郭敬明、张悦然等则成了这个时代的弄潮儿，是这一代写作者中的佼佼者。但是事实上，“新概念”最初所倡导的革命性的目标，不论从少年写作者的角度还是从创办者的初心来说并没有完全实现。但是后来这一批（代）写作者获得的成就和他们所产生的影响是始料未及的。

尤其从2000年韩寒出版《三重门》开始，出生于1980年代的写作者陆续登场。短短几年时间，“80后写作”作为一种文学文化现象引起了广泛关注。出版界、阅读界、批评界为此兴奋了很长时间。从白烨对“80后”的大力推荐，到韩白之争，到“80后”的抄袭事件，到电影《小时代》《后会无期》，直到今天“80后”作为一个代名词，甚至成了今天中国社会文化讨论的一个深重的话题。

然而，从韩寒到郭敬明、张悦然、春树、李傻傻、颜歌、彭杨、许佳等等，直到最后一位80后写作者——出生于1989年被粉丝们捧为文艺女神的蒋方舟，他们出场时的形象几乎惊人的一致：青春、时尚、消费、市场、新人类，这些标签就像革命者的徽章金光闪闪夺人双目，让他们的存在变得非同小可，尤其在青少年读者群体中形成了追捧的狂潮。白烨曾经在《"80后"的现状与未来》一文中对"80后"写作者崛起的原因做过如下分析，他认为主要包括三个方面：一是新概念作文大赛的推动，二是市场的推动，三是学生读者的需求。[1]白烨在这里的分析是比较准确的，但是从后来的情况看，应该还有一个非常重要的推动因素就是网络媒介的进一步发展。网络媒介的发展让发表成为轻而易举的事情，这是传统纸媒不能比拟的，这时候的发表不再以文本的质量为主要标准，大多数时候只是点一下鼠标或者按一下回车键的问题。所以论坛（BBS）、博客、微博等成了包括"80后"在内的很多写作者发表作品的重要平台。另外一方面对于青少年读者而言，网络阅读与交流活动是他们接受作品的主要形式，尤其在网络上容易形成粉丝群体，造成追捧网络写手的现象。

而上述诸多因素是"80后写作"和传统文学最大的区别。对于"80后"写作者而言，正是因为咄咄逼人的气势、另类的写作风格以及太多商业元素和青春时尚的符号使他们一直被主流文学排除在外。对于主流文学而言，"80后"的作家们不够"文学"，然而有些"80后"的作家们却不屑于和主流文学合作，从而形成新世纪一道独特的文学文化风景。

但是这样的"80后"却代表着一代人对世界的理解和认识，代

[1] 白烨．"80后"的现状与未来．当代文学研究资料与信息（中国会议），2005（3）．

表着他们的文学追求与梦想。韩寒的《三重门》《长安乱》等以戏谑的风格对教育体制、伪师道尊严的调侃和批判引起中学生的追捧。这种对现行教育体制的质疑和批判非常符合中学生的心理,因而注定会在青少年阅读群体中产生广泛而又强烈的共鸣,这也是青春期叛逆性格的一种宣泄。郭敬明的《梦里花落知多少》《幻城》等以梦境般的忧伤表达并放大了青春期的感伤情绪。春树 17 岁时就因为《北京娃娃》一举成名,她以奋不顾身的勇气呈现出残酷的青春。不过相对而言,张悦然的《十爱》《水仙已乘鲤鱼去》等作品除了纯真之外还略带明显的成人视角,有一种悲悯情怀。

这一切构成了新世纪初期“80 后写作”的整体形象,成为众多批评家和研究者讨论“80 后”文学现象的主要依据。但实际上这并不是“80 后”的全部。首先从文体的角度来看,这些被认为是“80 后”代表的作家,虽然能在一定程度上代表“80 后”的整体风格和文学追求,但是他们基本上都是以小说创作为主,专门创作散文和诗歌的作家较少,尤其是诗歌,在“80 后”异军突起的那几年几乎很少有人谈及“80 后”诗人的创作。其次从作家的分布地图来看,大多数被热情追捧和讨论的“80 后”作家基本上都活动在北上广这样的一线城市,尤其北京和上海几乎成了生产“80 后”作家的基地和温床,这就必然影响了这些“80 后”作家的整体形象,他们一出场便带有天生的青春、时尚、市场、消费等因素,而这些因素也是都市文化的重要组成部分。

所以,将“80 后”作为一个整体形象考察的时候,一定要突破上述两种情况的影响,突破很多批评家对“80 后”形象的总体描述,从而发现不一样的“80 后”,发现那些在边缘的写作者,发现那些并不时尚,远离市场和消费却认真生活、认真写作的“80 后”,这样才有可能构建“80 后”的整体形象。

二、《宁夏 80 后写作宣言》：西北边地的青春呼告

当“80 后写作”在全国作为一个文学事件被人们热情讨论时，宁夏的“80 后”并没有引起人们的特别关注。除了在民刊《原音》《北方向》《核诗歌》《山城》《西北角》和网络平台“原音文化艺术论坛”“宁夏高校写作特别论坛”“北方向诗歌论坛”等有一些出生于 1980 年代的诗人比较活跃并在一定范围内产生过一点影响之外，在新世纪之初宁夏“80 后”作家的形象比较模糊，也没有得到文学期刊太多的青睐，而且很多宁夏作家和批评家对“80 后”写作者的存在保持了沉默，甚至有的批评家不愿把“80 后写作”当作独立的文学文化现象讨论，甚至否认“80 后”写作者的存在。直到 2005 年，《朔方》杂志第 5 期刊出了署名“北斗”[1]的《宁夏 80 后写作宣言》（后文简称《宣言》），才突然让人意识到“80 后写作”竟然也和宁夏文学有一些关系。这篇布告式的“宣言”表达了对宁夏“80 后”作者不成队伍的忧虑，因此提出宁夏文学的“新血”运动，“招募”宁夏的“80 后”写作者，解决宁夏文学“后继乏人”的局面。[2]

与全国“80 后”文学现象不同的是，宁夏“80 后”作家既有青春文学的很多特质，但同时也体现出本土写作者的特色和优点。首先，《宣言》将出生于 1975 年至 1980 年的作者联合起来使之成为“80 后”的组成部分，以此壮大“80 后”队伍的声势。这是由宁夏“80 后”写作队伍的特殊状况决定的。宁夏“80 后”写作者刚刚出道势单力薄，没有产生较大的影响，作品的质量和数量都无法与全国同时代的作家和宁夏出生于六七十年代的作家相提并论，所以自然无法进入大众读者和文学期刊的视野。而出生于 1975 年

[1] “北斗”是诗人王西平最初使用的笔名，但近些年很少使用。

[2] 北斗 . 宁夏 80 后写作宣言 . 朔方，2005（5）.

至 1980 年的部分写作者已经较为成熟,有的已经脱颖而出,并且在宁夏文学界产生了一定的影响,但他们很难融入早已经成熟并且形成稳定风格的“60 后”和“70 后”作家队伍之中。因此联合这一批游离于“60 后”“70 后”和“80 后”之间的写作者是宁夏“80 后”写作的推动者们最初的选择,也是一个很明智的决策。事实证明,在此后的宁夏文学阵营中,70 年代后期出生的作家和“80 后”作家走得较近,在文学态度和风格方面也有很多共同点。

其次,宁夏“80 后”作家(诗人)除了“发展 80 后独立思维,张扬 80 后自我个性,说出自己的想法,喊出自己的声音”之外,努力“坚持本土资源,走纯文学道路”,和市场保持一定的距离,除了“走出笼罩在我们这一代人身上的父兄辈话语权的阴影”之外,依然立足于“父兄辈”作家培植起来的“文学沃土”,[1] 坚守最基本、最持久的文学价值和标准。这种在继承优秀文学传统和充分发扬个性的前提下,追求自我完善和突破的发展思路与全国“80 后”作家和市场、大众文化、媒体联姻的策略有很大区别,尤其对前辈作家和文学经验的继承和发扬,表现出宁夏“80 后”作家诗人成熟、理性的思维特征。

再次,宁夏“80 后”作家的形象是通过自己的叙述呈现出来的。在《宣言》之前,虽然有个别“80 后”写作者的习作发表在《朔方》等期刊和网络媒体上,但是这时候并没有引起读者和批评界的注意。尤其本土批评家对宁夏“80 后”作家的成长基本沉默以对或者视而不见。除了《宣言》对“80 后”写作的倡导之外,在 2005 年前后几乎很难看到对宁夏“80 后”作家的叙述。可是在全国层面,当韩寒郭敬明们登场时就有很多批评家,不管是批判还是褒扬,至少是对他们的出现表现出了极大的兴趣,投入了很大的热情。所

[1] 北斗 . 宁夏 80 后写作宣言 . 朔方, 2005 (5) .

以宁夏“80后”写作者缺乏的就是白烨这样的批评家。这也是《宣言》之所以产生的重要原因,他们在某种程度上有一种文学的自觉意识,主动承担起宁夏文学“新血”的使命,且不管后来是否实现了这一理想,但是这种冲动,这种自我叙述的努力和勇气值得肯定。至少在文学活动的实践上比他们的“父兄辈”表现出更加积极的勇气,付出了更大的努力。

《宣言》的发表让人们意识到宁夏“80后”写作群体存在的可能性,而且《朔方》杂志也在本文的“编后记”中申明“将对栏目做一些适当的调整,更改‘校园80后’为‘80前后’,旨在为宁夏和全国的80后写作者提供一个冲锋陷阵的战场”[1],以此推动宁夏80后写作的发展。但实际上此举并没有引起太大的关注和重视。仅以宁夏“80后”写作的倡导者《朔方》为例来看,从2000年至2015年十六年的栏目设计中,仅在2005年1、2、3期分别刊发了题为《校园80后》的作品小辑,同年第6、8期刊发了题为《80前后》的作品小辑,2010年第11期刊发了《宁夏80后诗辑》。从这个简单的数据罗列中可以看出《朔方》杂志这两年刊发的六组作品小辑和整个“80后”作家在新世纪的崛起相比太过于微不足道了。

而当年《朔方·校园80后》中的很多写作者也几乎只在《朔方》杂志中出现过这一次,此后便销声匿迹了;“80前后”中涉及的“80后”作家诗人只有北斗、计生贤等个别诗人此后还有作品问世,但总体影响依然不大。而此后,作为最初倡议者的《朔方》杂志也基本上对“80后”诗人和作家保持了沉默,除了在《宁夏青年作家专号》等栏目将部分“80后”作家的作品与出生于六七十年代的作家作品同时刊发之外,2010年之后再没有专门针对“80后”作家编辑过专栏。

[1] 宁夏80后写作宣言·编后记.朔方,2005(5).

三、在主流和边缘：宁夏80后写作者的成长与壮大

2009年民刊《原音》复刊号推出“80后”“90后”诗歌大展，这是宁夏“80后”诗人及更年轻的写作者的一次集体亮相。本次诗歌大展共分为三个小辑刊出，包括两个独立命名的诗歌社团及其他不属于任何社团的诗人共计29人，主要有“宁夏开核诗社”北斗（王西平）、王佐红、计生贤、张伟大、引漪、杨森、两婷、十画（肖维振）、火禾（陈永强）、高海燕、张新洋、吴贵忠；“宁夏泥流诗群”刘岳、王新荣、王今龙、屈子信、麦人张涛、马晓忠、田鑫、刘汉斌；其他宁夏诗人包括春血、乱码、宁夏不良少年（李文）、王向明、蓝袖（王国强）、刘建华、江易、柳元、张伟等。但是从总体上来说，《原音》此举的意义重在“大展”，重在呈现，而且部分作者刚刚开始学习写作，所以刊发的作品质量参差不齐也属正常。

2010年《朔方》杂志第11期《宁夏80后诗辑》可以看作是宁夏“80后”诗人最壮观的一次集体亮相。发表了包括刘岳、王西平、兰喜喜、许艺、火禾、王佐红、马璟瑞、李兴民、泾芮、田鑫等在内的35位80后诗人的137首作品。随后《朔方》连续发表了瓦楞草的《初探宁夏80后诗歌，兼谈 < 朔方 > “80后诗辑”》（2011年第3期）、姬志海的《风物长宜放眼量——< 朔方 >“宁夏80后诗辑”述评》（2011年第5、6合期）两篇针对上年度《宁夏80后诗辑》的评论文章。

《朔方》这期诗歌小辑从“80后”作家本身来讲可能是一个迟到的总结。2010年中国文坛上的“80后”已经是另一副面孔了。这时候的“80后”大多已经接近30岁，而立之年的他们比拼的不仅仅是文学的影响力和粉丝团的数量，“财富”也被当成考量“80后”成功与失败的重要因素。据2011年1月6日网易新闻报道，由“胡润百富排行榜”、中央电视台《财富故事会》和财富人物杂志

社策划、制作的“2010中国80后财富榜”在河南郑州发布，郭敬明问鼎“2010中国80后作家收入排行榜”榜首，张一一位居第二，韩寒屈居第三。在此前一直是韩寒与郭敬明轮流坐庄，而此次韩寒不敌上升势头更猛的张一一，一时引起社会各界的议论和关注。[1]当全国范围内很多“80后”作家比拼财富前呼后拥呼风唤雨时，宁夏的“80后”才获得了在官方期刊上集体亮相的机会。这个出场虽然有点晚，但是他们毕竟已经成长起来了。跟五年前《宣言》的时代相比，他们的写作更加稳健，艺术嗅觉更加敏锐，思想更加成熟。尤其刘岳、王西平、陈永强(火禾)、李文、计生贤、马璟瑞等诗人不论从写作的量还是质来说都显示出宁夏“80后”诗人不同凡响的一面，甚至从有些作品看来他们已经具备了超越“父兄辈”的某些潜质。比如刘岳的悲悯情怀和对生命的省察，王西平诗歌的现代风格和实验色彩，陈永强、李文对底层民众的关注，马璟瑞的自我抒情，等等。这些诗人基本摆脱了“父兄辈”的影响而形成了自己的风格，他们勇敢的探索给宁夏诗坛注入了新鲜的血液。

2010年《朔方》杂志《宁夏80后诗辑》的推出其意义远远超过了2005年《宁夏80后写作宣言》的发表。首先，它将宁夏“80后”诗人的存在变成了可触摸可量化的事实，而不是简单的推断和猜测。其次，它将宁夏“80后”诗人们的集体形象呈现给读者。再次，它将宁夏“80后”写作者的成就贡献给读者。最后，它引起了批评家对青年诗人的关注。

另外，2009年第4期《朔方》杂志推出《宁夏青年作家专号》，刊发了刘岳、赵雅榛、王西平、王佐红、张伟等16位“80后”诗人的作品。2011年11月民刊《草根诗歌》第7期推出《70后·80后(宁夏卷)》，共收录11位宁夏“80后”诗人的作品。这个栏目设

[1] http://news.163.com/11/0106/12/6PNCG5N900014JB5.html.

置的初衷是将全国各省“70后”“80后”诗人分期按地域展示一遍，可惜后来并未如愿。这次集中展示的宁夏“80后”诗人包括刘岳、陈永强、王佐红、王西平等大都是宁夏青年诗人中的实力派。

2010年11月王西平主编的《核诗歌》第3期推出《1978—1989出生诗人编年大展》。这期杂志所选作品突破了地域和时间的限制，在全国层面收录1978—1989年出生的近90位诗人的作品数百首。王西平在本期杂志的编前语中认为之所以将1978—1989年间出生的诗人放在一起讨论主要是因为：“1978—1989年出生的诗人为改革开放后第一代诗人。商业是遮蔽在这代人身上的一块巨大的幕布，尤其在和平年代里，商业同时也扮演着历史操控者的角色。”[1] 诗人刘波对这期《核诗歌》编年大展有很高的评价，他认为：“80后诗人的成长是与改革开放的进程同步的，而这次诗歌大展，从某种程度上来看，也可以说是这三十年来第一批全国80后实力诗人的集中展示。与之前一些杂志的80后诗人大展不同的是：一方面，这次的大展既照顾到了参展诗人各个年龄段的全面性，这种全面性体现在，并没有仅仅局限于1980年之后出生的诗人，而是将一些生于1978和1979年的实力诗人，也纳入进了大展的范畴。另一方面，大展更注重的是参与诗人的写作实力，即作品的优秀与否，而非名气、关系等外部因素。这一标准限定了一些鱼龙混杂者，同时也确立了80后诗人在写作上的一个标杆。”[2] 刘波作为参与者之一，对事实的陈述和评价相对比较准确。《核诗歌》这个选题的完成和宁夏其他刊物的选择不同，它不只局限于宁夏一地的诗人，而是将眼光放在

[1][2] 王西平：《80后，从来就是“被命名”——关于“后一代”独立运动序幕的开启》，《核诗歌》，2010年总第3期。转引自http://blog.ifeng.com/article/8247928.html。

全国的层面上，它在命名“80后”的时候不只局限于1980—1989年出生的诗人。这种选编思路对“80后”诗歌的研究具有很大的启发意义。也突出了宁夏“80后”诗人开阔的胸襟和开放的勇气。

宁夏“80后”诗人从2004年前后开始至2014年大约十年的时间，终于在宁夏诗坛站稳脚跟，并成为宁夏诗坛的重要力量，影响和推动着宁夏诗歌的发展，成为西部诗坛上一道亮丽的风景。

四、现实担当与青春色彩：宁夏“80后”诗人的创作主题

如前所述，宁夏“80后”诗人的出场其实是一个非常漫长的过程，在这一过程中他们丝毫没有放松对自己的要求，努力追求诗意的创新，并取得不凡的成绩，逐渐在宁夏诗坛站稳了脚跟。其中确立了较为明显的艺术风格和个性特色的诗人主要包括刘岳、王西平、陈永强、李文、许艺、马晓雁、王国强、肖维振、马璟瑞等，此外还有计生贤、兰喜喜、李兴民、王新荣、杜玛丽、屈子信、王强、白军、张虎强、王佐红、田鑫、张伟(小调)、杨燕、乱码、高海燕、柳元等，他们都以各自的创作为宁夏80后诗人的写作增添了色彩。

从总体上看，宁夏80后诗人诗作主要涉及三个方面，其一是对故乡亲人的抒情。李兴民是其中较有代表性的诗人，他的诗集题为《放歌西海固》，故乡西海固的风物人情皆是他热切关注的对象。同时李兴民的诗歌语言常带有西北花儿的风格，比如“胡麻花儿开，胡麻花儿谢/撒一把胡麻扬上天，阿哥的心扯断”[1]。屈子信的诗歌感觉很准，语言充满了张力，把对故乡亲人的怀念通过简洁、透明、有力的语言表现出来，干净利落，从不拖泥带水。尤其是

[1] 李兴民．胡麻花儿开，胡麻花儿谢．诗歌月刊，2012(7)．

《时间的墨迹》采用日记体的方式，寄托对父亲的哀思。他在《怀念父亲》中写道，“父亲就这样睡着、坐着 / 麦地一茬绿了，一茬又黄了 / 而他的骨头 / 在一天天的等待中消瘦”[1]。一种无言的哀痛伴随着日出日落麦黄麦收。

其二是对社会现实的深切关注。宁夏很多 80 后诗人都怀着一颗悲悯之心去关注现实，体察人生。尤其是刘岳、陈永强、李文的诗歌写作，能够直面现实社会，表现出一位诗人的勇气与担当。[2]王强在《西海固的土地》中写道，“我听到了一颗麦子从生到死的过程 / 我听到一滴汗水烫伤黄土的惨叫 / 一场持久等待的雨没有来临”[3]。西海固的干旱是很多诗人作家热衷的题材，然而在这首诗中干旱却似乎发出剧烈的轰鸣，从而将西海固人生存的艰辛变得可触可观。

其三是现代化背景之下青春的迷茫。女诗人最善于写爱情，写人世间细碎的几乎要被忽略的情绪的隐现，这也是青春时代最常见的表情。尤其马晓雁、许艺、杨燕等女性诗人对青春时代的忧伤与迷茫的书写更值得称道。马晓雁的《爱的哲学》中即写到这样一种微妙的无法言说的情绪，“近在身旁时才明白什么是无法逾越的距离 / 不知如何面对只能骄傲地将头抬起 / 越想忘记越是深刻地想起 / 说自己坚不可摧时却噙满泪水”[4]。许艺的《阿玫》《唐唐》分别写两位同样在人生道路上挣扎的青年女子，让人感到那么鲜活、生动、疼痛，“想起你，就如同想起一株 / 迎春花。柔弱的嫩黄里 / 一个大大的春天 / 看着你，恰似看着一滴 / 清晨的

---

[1] 屈子信 . 怀念父亲 . 朔方，2010（11）.

[2] 对这三位诗人的写作情况，笔者另有专文述及。

[3] 王强 . 西海固的土地 . 朔方，2010（11）.

[4] 马晓雁 . 爱的哲学 . 朔方，2009（4）.

露。朝向太阳嗤嗤地笑 / 一颗青菜带着泥土走上高架桥 / 你的恐惧不说我也知道”[1]。“而更早的时候，它曾是一粒种子 / 曾默默背负了尘土的污浊 / 生命就是侥幸获得的艰难”，“秋将要降临，它正在降临 / 不要惦念我的寒暖 / 我不说。我受过的苦我都不说 / 当夜色降临 / 我的悲伤不是行走在别人的故乡”。[2] 人世的漂泊、生命的悲痛和青春时代的伤痕被许艺有力地呈现了出来。当然，对青春的书写不是女诗人的专利，男性诗人同样也能把青春的迷茫感伤以及身处其中的微妙感受表达得淋漓尽致。这其中马璟瑞是较为突出的一位，他的诗作受到中西现代诗歌影响较大，写作起点较高，初入诗坛便有不俗的表现，如《想你》一首通过唯美的语言不断渲染思念的情绪，并将其放大定格，“想你在另一个城市的天空 / 小小的一颗心 / 却装了一个寂寞的城 / 想你在这孤寂的小城……一滴泪，是一匹追梦的白驹 / 在静夜狂奔”[3]。

从以上叙述中可以看出宁夏“80 后”诗人真正的状况和他们的努力，新世纪十来年他们在逐步成熟成长，距离宁夏诗歌创作的核心队伍越来越近。然而相对于 20 世纪六七十年代出生的诗人而言，“80 后”诗人所受的教育层次不齐，其中只有一半左右诗人受过系统的大学教育；他们中相当一部分人的艺术准备不是非常充分，创作仅凭热情；他们遍布各个行业，缺乏后天系统的阅读、训练和熏陶；网络对他们的写作产生了很大的影响，因此他们的作品大多或者首先在网络媒介发表，这使得他们的作品质量不对等不

---

[1] 许艺：《阿玫》，《朔方》，2010 第 11 期。该诗原题为《漂时代的赠诗》。
[2] 许艺．唐唐．朔方，2010（11）．
[3] 马璟瑞．想你．朔方，2010（11）．

均齐;等等。很多问题困扰着宁夏80后诗人的发展,这使得他们的成长还需要一个缓慢的过程。

2015年4月初稿,2016年3月20日定稿

(未刊稿)

附录

宁静的芳香
——关于火会亮《村庄的语言》的对话

引　子

火会亮是20世纪90年代初期开始文学创作的，其作品曾被《小说选刊》《小小说选刊》等选载。小说《挂匾》《名声》《寻找砚台》等曾经多次在省、市级文学评奖中获奖。2005年11月出版的《村庄的语言》是其第一部小说集。然而火会亮一直是宁静的，宁静得似乎叫人忘记了他的存在，但是自从他的小说集出版以后，火会亮的名字便悄悄地流传开来，尤其在广大青年文学爱好者中间引起了很大的反响。

2006年4月28日，宁夏大学人文学院王岩森教授发起并主持了火会亮小说创作研讨会，与会者有作家火会亮，诗人杨建虎，宁夏大学中文系教师李生滨(副教授[1]，文学博士)、王琳琳(讲师[2])，宁夏大学人文学院中国现当代文学专业2004级硕士研究生吴晓东、杨静涛、唐英、谢平，2005级硕士研究生赵宜、王瑛、许艺、高传峰、韩煜，宁夏师范学院中文系教师倪万军，宁夏大学人文学院在校本科生张攀峰等。

[1] 时为副教授，2015年11月20日补记。

[2] 时为讲师，2015年11月20日补记。

与以往召开的类似研讨会不同，这次研讨会是一次纯粹民间性质的会议，整个研讨会是一次创作者与批评者之间自由、开放、多元、真诚、尖锐的对话与交流。

第一幕：解读

王岩森：今天我们以民间的方式开这样一个研讨会。火会亮在宁夏中青年作家中出道较早，而且也是较早地进入了宁夏小说写作中心位置的作家。但是这几年由于种种原因的影响，创作量较少，有一点淡出江湖的味道，有一种边缘化的倾向，似乎成了一位被遗忘的作家。现在我们看到的《村庄的语言》这部集子中的多数作品创作于 90 年代前中期，今天看来似乎并不能让我们感到特别新鲜、激动和兴奋。因此，我们解读时，应该把它放在当时的背景中去看。林一木曾经说火会亮这个作品集出版得太晚了，这既说明会亮的小说有较强的时代性，也表明会亮的创作距离经典还是有一定距离的。所以我们在讨论中一定要好处说好，不好的地方要尽可能地指出来，坦诚地把自己的想法、意见端出来。

许艺：火会亮的小说让我非常感动，好像一个人在安静地讲述，这样的讲述唤醒了我童年的回忆。改香、碎牛、老蔫，这些生活中熟视无睹的人物鲜活起来，是火会亮朴实的语言揭开了他们细腻的心灵内帷。相比之下我更喜欢那些农村题材的作品，这些作品更加传神生动。其中对"二两粉"等老辈农民的心理波澜和行动细节的描写尤为精彩。我想如果没有贴着土地呼吸的生活体验和对人的深切同情的话，是断然无法做到这一点的。小说没有对西海固生活做简单轻率的牧歌式吟唱，而是忠实于这片苦土上的真实生活，虔诚地讲述着生命与心灵的挣扎。读罢掩卷，震撼了我的已不仅仅是作品，还有作品背后一双悲怆而又怜悯的眼睛。源于此，面对作品时我就更加苛刻些，觉得有些篇目在情节设计方面，显得不够精致，不够完美。

王瑛：读火会亮《被遗忘过的故事》感觉好像是一曲苍凉岁月的温情之歌——当你只剩下一个馒头时，你也许会将一半分给你最爱的人。但是，如果面对的是欺骗你、伤害你的人，你会分给他吗？当你翘首以盼的幸福就在眼前，但有人要将它夺走，你会放弃自己的幸福去成全他人吗？在《被遗忘过的故事》中，就有这样一个人——瞎子王十三，从小被父母遗弃，讨饭、算命、务农，在困苦孤寂中度日。在灾难的岁月里，他收留了一个哑巴女人，生命中终于有了幸福和温暖。然而，哑巴并不是哑巴，哑巴女人还有丈夫。哑巴女人和她的丈夫攒够了粮食想要偷跑时，却被人发现。欺骗者与被欺骗者聚首，一切真相大白。但此时没有仇恨与报复，有的只是同情与温情。王十三放过了那两人，又生活在孤独寂寞之中。随着岁月的流逝，这个故事几乎被人遗忘了。但是我相信，苦难可以过去，可以被人遗忘，但是人性中最美好、最温暖的部分，却不会被抛弃和遗忘，它们愈在苦难中，愈会显出它的光芒。另外，《拍摄的花絮》也让我非常感动。

火会亮：《拍摄的花絮》是一种情绪化的产物，当时看到有一个晚会，有几个曾经在某部影片上担任过群众演员的山区农村小孩，在主持人莫名其妙而又浅薄的追问下，放声大哭，这让我心里很不宁静，因而写了这篇作品。

高传峰：我非常喜欢《村庄的语言》这篇作品，平淡的故事中包含着丰富的内容，值得让人仔细回味和思考。但是小说的结尾似乎不是特别成功。小说的结尾写周小溪一共碰到了三个人，第一个——第二个——最后一个，这种总分的叙事方式在这里毫无美感，甚至破坏了小说的格调，而且连续三个场景的并置，产生的效果也不如一个场景更加引人注目。另外，读完作品之后还有一种意犹未尽的感觉,好像还有一些话要说,却没有说出来。故事在平淡中开始在平淡中结束,这使得小说整体趋于平淡化,故事所包含的很多内容没有被很好地提起来。如果在平淡中有一点升华,或者设置一个矛盾贯穿起来,或许会更好一些,往往平淡的题材最好写但是也最难以驾驭。另外想请教一下火会亮老师,现在宁夏很多作家既有写农村题材的也有写城市题材的,不知您在创作中更加倾向于哪种题材,能否谈一下您的看法?

火会亮:其实宁夏很多作家都是来自农村,所以在创作中都受农村生活经历的影响比较大。我从小就生活在农村,农村的生活对我产生了很大影响,因此在我的创作中农村题材的作品相对较多一些。

赵宜:总觉得火会亮的大多数作品都用真实的笔触对他所生活过的乡村和都市进行了书写,对小人物的悲哀和无奈进行了细致入微的刻画。最让我感动的是《罗曼沟》,在一个浪漫的标题下展开了一个忧伤的故事。一个农村的少女改香在贫穷的环境中对幸福的向往让人落泪。改香生命的突然中止让故事充满了浓郁的悲剧氛围。当然,我是希望作者能给改香安排一个幸福的未来,但是,作品改变不了生活的残酷,所以,在作品中,改香必须死去。另外,作品中对农村老年人的刻画更为传神。看过全书后,感觉到火会亮是用心在书写自己对生活的感悟和热爱。

李生滨:其实改香的死才是悲剧的意义所在,是作者对卑贱者人生悲剧的独特观照。

许艺:改香的年龄那么小,但是表现出了和她年龄不相称的成熟,给人一种悲怆的感觉。所以改香的死亡让我的阅读期待受到很大的创伤,这个结局似乎作家是故意设置的。

倪万军:其实改香的死是对生活悲剧和不幸命运的延伸。作家这样处理故事情节完全是无意识的,并不是刻意让作品中的人物呈现出什么样的存在状态。

韩煜:火会亮的作品是解读“西海固”农村的密码。从整体上来说带有异于其他作家的明显特征,比如,1. 很多故事叙述者的设置,给人一种天然的贴近感。2. 很多作品的主人公接受了高等教育并走出农村,但并不是彻底与农村决绝,他们是和农村依然有着联系的知识分子或公务员形象。从这一类形象中我们可以看到外面世界与当今农村社会之间的反差,以及人物的行为心理,在有了农村生活和城市生活的经验后,所产生的一些矛盾复杂的情绪。3. 对农民意识中一些落后的小农经济意识的劣根性的表现,真实地刻画出了农民的深层心理,对细节的把握和表现十分出色。比如《挂匾》中的杨根缠的心理活动和行为的结合。在谢撇子说了许多赞美的话后,杨的脸上渐渐有了笑意,又是倒茶,又是捏了茶叶盒里的一撮黑糖放进去说:“他爸,这怕不合适吧?”这样的反问,将杨的心理活动很生动很自然地展现出来。又如《官司》中堂姐夫不止一次怀疑“我”两顿饭就用掉了一千多元的事实,常跟“我”“掰着手指头计算饭菜的品种和价格”的这种并无恶意的小农经济意识,带给经过了城市生活锻炼的“我”一丝无奈和闷怨。

总体感觉火会亮的创作受益于本土文化又不受限于本土文化。他用很多细节装点现实生活的门面,关注生活、关注当下农民的生存状态,这不是一种简单的生活复制,而是对农民苦难的无奈,对农民苦状的不平,对生命的悲悯情怀,是作者深层的感情体验。火会亮作品没有去拥抱主流的大时代,而是守住了自己的认知世界,把生活的碎片饱含深情地雕琢出来。火会亮和他的作品留给我们回味的东西还很多很多。

第二幕：追问

唐英:我想问一下火会亮老师,您是如何理解小说的?

火会亮:其实大家的理解应该都差不多,小说是一种叙事性文学样式,主要就是讲故事,塑造人物形象。而我觉得塑造人物形象更应该成为小说创作最重要的任务。

吴晓东:我想接着再听一下火会亮老师您是如何理解小说特点的?

火会亮:我写小说的手法还是比较传统的。当然质朴是最好的,质朴是小说的优秀品格。

唐英:火会亮老师认为“小说就是讲故事”。但我觉得“小说就是虚构”,小说能满足人们对生活的想象,能满足人听故事的欲望。而对于短篇小说而言,则更是一种技巧运动。火会亮的小说集《村庄的语言》总体来说,因为“讲故事”的原因,写得过于“实”,过于“满”,叙述语言多,试图以叙述推动叙述。这种“实”和“满”使小说显得过于实在,缺乏一种短篇的精致和灵动,没有给读者留下足够的审美空间。火会亮小说中缺乏一种应有的节制,小说技巧的运用不是很圆熟。我们这里探讨火会亮小说中的“实”与“满”,应从火会亮的文学观念以及对小说的理解入手。

火会亮:确实是这样。写得太“满”则留给读者的空间越小,我的很多作品就存在这个问题。甚至在最初写作的时候没有搞清楚要写给谁看,只是写作、发表,直到后来在逐渐成熟的过程中才意识到这个问题。

吴晓东:我想知道火会亮老师您是如何理解小说中虚构与现实的关系的?

火会亮:我觉得这个问题关系到小说里所谓细节的真实问题。有的作品中的细节放在生活中就感觉很荒诞,但是回到作品以后就感觉比较真实。作品中的真实和生活的真实是不同的。

吴晓东:想再听一下火会亮老师您对您作品集的后记中“让写作回归内心”的理解。

火会亮:这跟自己当时的状态有关,当时自己的心态比较浮躁,远远无法达到比较理想的写作境界,所以渴望回归内心。

吴晓东:但是我觉得小说要回归内心好像是很困难的。散文随笔要说回归内心应该是比较容易实现的,但这种乡土题材的写实小说要说回归内心恐怕是比较困难的。

火会亮:我所说“回归内心”其实跟写什么关系不大,主要是说自己对当时那种状态不是特别满意,另外就是自己所渴望获得的创作境界,更是一种写作的状态。

吴晓东:我们能否再了解一下另外一个问题,您觉得叙述者、作者及作品的主人公之间到底存在着什么关系呢?

倪万军:其实火会亮老师的作品大多数是以第一人称展开的,所以就存在着如何处理叙述者和作品中的“我”的关系。

吴晓东:比如《罗曼沟》,作品中好多次“我”走出来说话。

火会亮:作为“我”即作品中的主人公,整个作品是以“我”的视角来叙述的,但是有的时候我的作品却抛开了作品中的“我”,而出现了真实的我。

吴晓东:对,《罗曼沟》就是这样。所以我感觉有些作品的叙述视角有些混乱。这篇作品本来是儿童视角,以小孩的视角来看待这个世界,但是作者或者说回忆者又时不时地出现。所以这篇作品中几乎有三个声音在说话,不知道您是如何理解的?

火会亮:这对于第一人称的作品来说几乎是不可避免的。比如梁晓声的一些作品是用第一人称来写的,也存在着叙述视角交替的问题,但是在他的作品中不管是作品中的“我”,还是叙述者的出现都是比较精彩的。这其实不是一个问题,而是作者的一种策略。

王岩森:我们现在所说的是叙述人称的问题,不仅仅是一个叙述角度的问题,更是一个叙述策略的问题。一般来说,在第一人称叙述中,读者有的时候容易混淆作者和叙述者,而在用第三人称创作的作品中则一般没有这个问题。无论使用哪种人称、视角,作者都应该有意识地让自己退居幕后,隐蔽起来,让读者觉得是叙述者在讲故事,而不是作者在说话。作者应该在暗中导引着读者往既定的方向走,而不是牵着读者的鼻子走。要给读者留有想象的空间,给读者一定的自由。

火会亮:是的。这个问题其实就是写作者和接受者对作品不同的感受、评价和理解的问题。比如张贤亮的《绿化树》中大段引用《资本论》,作为接受者来说觉得不好,但是作者却认为这是对作品的提升,所以这也可以看作是一种特点。

第三幕:延伸

谢平:刚才火会亮老师说了“小说就是讲故事”,《村庄的语言》就给读者呈现了十八个精彩的故事,读来让人感动、震撼。整部小说集主要是叙写乡土,虽然对城市题材也有所涉猎,但是所占篇幅相当少。火会亮笔下的乡土是纯粹的乡土,没有城市里的浮躁与喧嚣,安详与宁静构成了作品的主色调。《村庄的语言》里反映的现实多多少少都与农村、农民相关,表现了作者对农民命运和未来深切的人文关怀,这也使这本集子显得更加厚重与深沉。《村庄的语言》的语言朴实、简单,具有浓郁的本土特色,读来亲切、逼真。火会亮的小说很注重细节描写,可读性很强。但是《村庄的语言》的叙述有过于老实之嫌,剥夺了读者的某些想象空间。

杨建虎:我作为火会亮的朋友和同事,想谈四个方面。首先,火会亮是一个踏实而诚恳的写作者,有人说他在宁夏是一个被遗忘的作家是有道理的，在日常生活中他从不张扬，淡定自如，静静地承受并体验着生活，活得真实而平和。这种日常生活中的感应、阅读中的发现和体悟、写作中心灵的闪烁是他写作之所以取得成功的主要原因。其次，他的语言已经更加趋于稳健和成熟，在朴实中透出一种质感，也显得非常简练。曾经有人说语言是诗歌存在的家园，而在小说写作中如何面对语言和世界的关系，如何处理语言也显得相当重要。火会亮使用语言像他的为人一样自然而稳重。用语言显示心灵和世界的存在状态，不粉饰不造作，舒展自如，自然天成。再次，火会亮的小说着力于抒写乡土，凸现生活。因为火会亮脚踩的是西海固厚实的乡土，在这片负重的大地上用自己的方式唱着动人的歌谣。他所构造的一系列人物有许多可以把玩的空间，蕴藏着一定的内涵，呈现出小说文本的底色，带着生活的血液，抵达人性的深处。最后，就是大家刚才已经谈到的火会亮小说的缺陷，我和大家的看法基本一致，就是希望火会亮能以这本书作为起点，在以后的作品中能有所改变，能够吸纳西方的艺术手法中一些先进的东西，同时从文化传统中汲取营养，重视人性的普遍状态和处境。写作对于一个作家本身而言就是一种挑战，希望火会亮以后的作品有更大的突破和创新，使作品有更宽广的视野，更丰富的思想，更强烈的艺术力量，以新的审美创造和人生经验表现社会生活以及人性的复杂和生动，体现深切的现实人文关怀。

王琳琳：就创作而言，从《村庄的语言》这部小说集可以看出，火会亮对生活有深刻的体悟，对现实有敏锐的感知力。《端午》揭示了城乡差别中淳朴的农村人，《挂匾》中展现了贫困乡村面对贫穷时的无奈，《村庄的语言》描画了一幅平淡而真实的婚姻生活的图景，《名声》在知识与市场的冲突中刻画了中国人人性中对“名”的追逐。这些作品篇篇有深意，所截取的都是历史进程中凸现出的人性和不可逆性，立意深刻且发人深省。

火会亮小说的语言质朴、厚重、乡土气息浓郁却又不失形象与生动的特色，小说中有“锣鼓爆豆一样在一处炸响”这样的描述性语言，也有“我——亲——你——哩”这样鲜活的言语。“言者，明象者也。”透过这样精准的语言窥见了老蔫、杨根缠、改香、周小溪、杨裕民与王小明等一系列典型形象。同时，在刻画这些形象时，作者通常采用多线并行的结构，使文章丰满充实而耐人寻味。

李生滨：《村庄的语言》总体风格是一致的，更多的是对现实的反思，写农家的苦写到了极处，也触摸到了人性的深处。刚才有同学谈到了让写作回归内心，这其实是很不容易的，需要良心和精神的坚守。《挂匾》写杨根缠为儿子贤户娶亲的宴席上来的特殊客人——村长引带而来的乡上的干部们。一方面是农村生活的艰难，杨根缠为儿子娶亲，不仅要卖猪粜粮，花掉半生积蓄，村长和村委会穷得招待不起乡上的干部，竟然借口送匾，以实诚人杨根缠为儿子娶媳妇的酒席来应付乡上干部，这些都从侧面写出了底层农民生存的窘况，以及部分干部无礼蛮横的种种做法，以权力威逼吃喝的种种嘴脸。作品内敛的批判力量真切而令人悲愤。《年的声音》从兄弟两家过年的情景，来写王宝年内心的失落和自尊，以特定的镜头写出时代带给生活的光影和色彩。《村庄的语言》这篇作品写得比较温和，不论是周小溪对繁重的乡村劳作的不耐烦，还是他媳妇的委曲和抱怨，都在乡村景物的诗意化描写里活跃而亲切地呈现出来，生活的本色和气息氤氲成作品独特的叙述情调。

高传峰：其实我觉得结尾并不是太好，为什么要写三个人呢？

李生滨：周小溪心里有一种说不出来的感受，是一种提醒，这种提醒恰恰与他的悠闲形成对照。三个老人的描写是一种暗示。《官司》能看出火会亮老辣的一面，表现中国人处世做事的方式，对现实的揭示入木三分。火会亮小说描写最成功的是父辈，男人的成长和理解生活首先是从父亲（爷爷）那儿开始。而人称叙事角度的转换也是一种叙述的策略。关于前面大家提到的“实”和“满”，其实“实”，就是有时候太忠实于生活和内心的直接感受。作者受整个西海固文学风格的影响，对传统有太多的认同，对当下的社会现象就会有太多的警惕。火会亮小说的语言是一种诗意的语言，注重心灵的感受。火会亮的写作来源于生活，但具体的“故事”叙述中应该有所拓展，并且要细致，要舒展。

结束：开始

火会亮：感谢各位对《村庄的语言》的关注，这种纯粹的、纯净的研讨氛围令人感动，也使人相信任何一位写作者置身其中都会受益多多。这次研讨会，我把它看作是宁大中文系对本地文学的关注，也可看作文学研讨的一次有益尝试。希望这种形式能延续下去。在高校开研讨会，使人有种崇高的荣誉感，我十分珍惜，也希望这种珍惜会使自己沉静下来，从而写出真正值得大家关注的作品。

王岩森：今天是我们第一次组织这样的研讨会，难免有一些不足之处。刚才大家都谈了自己的看法，从中可以看出大家对作品进行了认真的阅读和思考。在过去有关会亮创作的评论中，袁伯诚、高嵩二位先生的意见特别值得关注。袁先生侧重于讲会亮作品的人文精神，高先生侧重于讲叙述问题，一个是思想观念，一个是创作理念。从思想观念上来说，我个人认为，会亮的小说所表现出来的现实人文关怀，在宁夏作家中并不多见，而会亮一直把它坚持了下来，这是十分可贵的。但是从另外一方面来说，会亮对一些社会现象的思考、认识还有值得推敲的地方，比如不少作品中对市场化、对城市生活有意无意间流露出的批评与排斥，就有失之简单的问题，理应引起警惕。从创作理念上来讲，会亮对小说、对小说创作都有自己的理解与思考，因此不少作品写得既有思想深度，也比较精致。但就总体而言，会亮对小说、小说创作的理解与思考还是典型的中国式的，比较传统，变化不够，创新不够，个别作品的叙述、语言都还比较粗糙。希望会亮能有意识地多接触一些国外的理论与创作，在坚持自己特色的前提下，有所吸纳，丰富自己的创作。

总之，如果今天的研讨能给会亮的创作带来一点积极的影响，那将是对我们在座各位的最大安慰。今天的讨论虽然结束了，但我更希望这只是我们以民间的形式研讨宁夏文学的开始。

倪万军根据记录整理，未经本人审阅

（原刊于《朔方》2006年第10期）

贴近文本的心灵探险

——陈继明长篇小说《一人一个天堂》讨论纪实

去年，在宁大湖边现代教育中心131室和人文学院会议室分别对陈继明长篇小说《一人一个天堂》进行了讨论，讨论会由宁夏大学人文学院副教授[1]、文学博士、硕士生导师李生滨主持，林一木、倪万军、王之文、马宏福、张攀蜂、杨青萍、吴松鹤等参加，现将讨论发言摘要如下，以飨读者。

李生滨：新时期以来，宁夏文学在披荆斩棘的开拓和努力中取得了不小的收获。军队批评家周政保1985年在《醒悟了的大西北文学》中写道："大西北文学从来没有像今天这样，如此严肃、如此热忱、如此充满信心地探求真正属于自己的道路。"正是这样的历史机遇，宁夏文学开始丰沛和生发力量。在张贤亮、南台、查舜等前辈作家显示出当代宁夏文学创作实绩之后，20世纪90年代开始，更年青的一代作家先后崛起于宁夏文坛，并很快走向全国。他们是陈继明、石舒清、漠月、金瓯、郭文斌、季栋梁、张学东、了一容，还有西部诗群中的佼佼者杨森君、王怀凌、单永珍、梦也、虎西山、杨建虎等。宁夏青年作家群以坚韧的努力和各自独特的风格，成为西部文学乃至全国文坛毋庸置疑的新生力量和独特风景。在丁帆主编的《中国西部现代文学史》中谈到陈继明、石舒清、漠月、郭文

[1] 时为副教授，2015年11月20日补记。

斌等作家时说:“他们不是通常意义上的先锋小说家,但他们的部分小说拆除了过分玄虚的形式屏障,用平易的写实笔调,叙写日常生活,讲述人生苦难,在对土地、宗教的皈依中解读生命及其存在的方式和意义,使其小说呈现出不容忽视的先锋精神气度。”在宁夏这样一些颇具实力和影响的作家活跃于文坛的今天,追踪他们的最新创作,客观细致地批评分析其文本的利弊得失,是极具现实意义的工作。

从小说创作来看,陈继明、石舒清应该说是最有实力的作家,十多年来一直处于活跃的创作状态。特别是陈继明在短篇小说取得骄人的成绩后,又开始长篇小说的尝试和努力。在宁夏的长篇小说中我们已经有过《穆斯林的儿女们》《一朝县令》《马嵬驿》《花旦》《西北往事》等一些优秀的作品。今天我们就陈继明的新作《一人一个天堂》这部作品进行一次批评座谈。在宁夏文学创作的大背景下,回顾陈继明的个人创作历程,对他倾注了不少心血的长篇谈谈个人的看法。

倪万军:在宁夏作家中我还是比较偏爱陈继明的,他的文本比其他的宁夏作家更加成熟,而且所谓地域特色也更淡一些,新鲜的元素比较多,与宁夏其他年轻的本土作家相比,已经有所超越。一个作家,首先要突破地域性,才能走得远。在上本科的时候,我当时负责两份校园刊物,都得到了他的支持。当时为《南湖》题词:“文学美如斯”,是用隽秀的小楷写在宣纸上,还盖了印章。《西北角》上发表了刚完成的短篇《微澜的水》,写的是父爱,令我非常感动。

张攀峰:我也比较喜欢陈继明的作品。在读《一人一个天堂》这部长篇小说之前,我刚看完余华的长篇《兄弟》。而令我感兴趣的是,这两部小说都是以“文革”为切入点。余华的先锋,是和莫言一致的。在《兄弟》中,余华继承了莫言对疼痛的抒写和想象。这种直接的刺激就好像电影一样来得那么快,那么直接。而一部长篇小说，用电影的模式，用感官来刺激读者，本来就是一种失败。真正的小说家是不会喜欢把小说写成电影的。并且余华对酷刑题材非常在行，总是用身体的苦难来增加文本的诱惑力，从而达到一种迎合读者的猎奇心理和阅读口味的目的。在对“文革”的叙述中，余华特别喜欢暴力。比如，在描写革命造反派对孙伟父亲的折磨时，把野猫放在他的裤子里，然后扎紧裤子上下，让野猫在里面又抓又咬，然后又让他的肛门对着烟头坐下去。诸如此类的描写，余华非常在行。而陈继明，就显得特别的有节制，甚至很温和，没有过多强调那种窒息的场面。

林一木：在《一人一个天堂》的封底上，胡平的评论“智性的游戏”是比较中肯的，我不同意张贤亮所说的“将故事性降到最低点”，相反它将故事性抛到了最高点。

吴松鹤：张贤亮的话是针对陈继明以往的短篇小说而言，不是具体批评《一人一个天堂》的，而陈继明《一人一个天堂》的叙事中，正如你所说，故事性、戏剧性追求比较明显。这说明在长篇的写作中，包括《途中的爱情》，陈继明在有意突破自己以往比较宁静的叙事风格。

林一木：张贤亮这段评论放在封底不合适，对读者有诱导作用。

李生滨：印在封底的批评文字是一种“广告”，林一木关注了文学背后的一些东西。

马宏福：我认为《一人一个天堂》显示了一种小说叙事的力量，作者好像用一把幽寒的钝刀对人性进行冷峻的解剖，割裂了现实的虚妄与人性的毒瘤，流淌出温热幽深的液体。用胡平的评价说“陈继明的作品里有一种智性游戏快感”，这可以印证我的感觉。“智性”用张贤亮的话说，“陈继明的文风是冷静客观的，甚至是克制的，它常常会故意把戏剧性降到最低点”。但在这种文风中文本蕴藏的往往是一些惊心动魄的力量。“游戏快感”这个说法也是比较实在的，但是创作者是不大愿意接受的，因为作家反映的是一种生活方式和生存之道。其实，“游戏”是在调侃，为的是给读者更大的刺激。“快感”从原始的心理上看，是一种优势和唯我独醒的上层意识，从现代意义上说是恨铁不成钢的启蒙意识。

王之文：陈继明的小说充满了精神诗意，以及不可复制的独特体验。他的短篇小说我尤其喜欢。长篇小说《一人一个天堂》很见功力，手法独特，情绪不是很张扬，但也能很深入地感染影响人。

倪万军：第一次读《一人一个天堂》很激动，但沉静下来读的时候，发现了一些问题。

李生滨：初读你为什么会激动？第二次读的时候发现了什么问题？

倪万军：对于《一人一个天堂》，我刻意不看评论，一直保持着自己最初的阅读感受。从阅读文本，可以感知作家在思考，不是简单的对生活的照搬，陈继明在向当下有影响力的作家靠近。第一次我是一口气读完的，情节设置跌宕起伏，采用纪实的笔法来作虚构的故事，给人亦真亦幻的感觉。复杂而又悲情的麻风院，政治斗争的旋涡韬河县城以及作为世外桃源的蝴蝶谷，这三个地方成为故事情节展开的主要的背景。同时，吸引我的就是题材的选取，“文革”对于现代人或者现代知识分子，或者那一代人来说是一个永远的痛，而作者又在这个痛上撒了一把辣椒——麻风病，这又能在很大程度上满足读者的阅读期待。宁夏作家写“文革”的很少，陈继明赶上了“文革”的尾巴，有一定的生活经历，把创作的目光转向“文革”这一素材。

但是过了一段时间后，我第二次读的时候就遇到了障碍，有些地方几乎读不下去。

对于杜仲的梦想，杜仲钟爱的蝴蝶谷的描写，虽然也有着痛，但是我觉得更多的是给我们展现了古代才子佳人的故事，或者武侠小说里才有的孤男寡女的世外生活，这个模式在这里似乎有一些玄了。另外在作品中，采访者（或者叙述者）明确说要写“文革”，但是当我读完以后发现故事又在淡化“文革”，“文革”作为一个具体事件其实在某种程度上是被遮蔽了的，而我们可获得的阅读体验，恰恰是一种普遍的人性所展示出来的丑陋与光辉。这对作者而言是一种失，对读者而言却有可能是一种得。

张攀峰：我认为，陈继明恰恰发现了“文革”的实质，就是“麻风”。很有意思的是，小说的主人公杜仲是个尿失禁，杜仲本来就是一个医生，而医生却治不了自己的病。“文革”发生，杜仲选择了逃避。尿失禁是个心理问题，在逃避归来之后，麻风病被政府攻克了，而杜仲的尿失禁却一直伴随着他，无疑指向一个核心问题：外在的疾病麻风可以治疗，但内在心理的或精神的“尿失禁”，却无法治疗，无法随着“文革”的结束而结束。

李生滨：中外文学史上有很多写精神病的，有写麻风病的。有一个时期欧洲还流行写麻风病。这里我想提醒一下，中国的现代作家不善于“神话故事”的写作，《一人一个天堂》实质是在小说叙事的想象中包含一定的寓言色彩。

马宏福：麻风病与尿失禁形成鲜明的对比，作品特别强调这两种疾病和患者的诸般症状。

倪万军：麻风病是让人厌恶的一种病。麻风病是表面上被人疏离、遗弃，而尿失禁是在心理上被人疏离。

马宏福：我们再回到作者创作这部小说所带给我们的叙事模式的感觉来说吧。我们都比较熟悉美国小说家威廉·福克纳的《喧哗与骚动》，这部小说采用的是多角度的叙述、意识流的手法和“神话模式”。在《喧哗与骚动》中，福克纳让三兄弟班吉、昆丁与杰生各自讲一遍自己的故事，随后自己又用“全能视角”，以迪尔西为主线，讲剩下的故事。不可否认的是我们可以看到陈继明《一人一个天堂》的叙述也有类似的特征。《一人一个天堂》的叙述是在故事的开始突出“我”的作用，这个故事的来源和叙述就是在“我”的引导下，由第一人称的小天鹅和杜仲亲自叙述，而故事的作者“我”不时地补充、说明和扭转话题，这也丰富了文本的意义。这种叙述的策略，在石舒清的短篇小说《逝水》中也有：“我不知我这样写是否还算一篇小说，但我早已不把它当一篇小说写了。我虽然不知道什么是小说，却听说小说可以虚构，而这里从人到事，哪里有半丝虚构呢？”在马原的中篇小说《虚构》中也有这样的叙述，作者的亲自参与，这种亮明身份的叙述不同于其他视角，也不同于第一人称的叙述，因为这种叙述既有故事客观的发展，也有作者视线和叙述结构上的更为开阔的把握，是一种客观的主观。有了这种叙述，我们不难看出人物叙述时不再是人物意识纯粹自然的流淌，而是有着某种潜在的意义和暗示，既有提问者的，也有回答者无意识存在的。如果再与福克纳的《喧哗与骚动》相比较，它们都与《圣经》有关，不论是复活日，还是麻风病，甚至小天鹅与凯蒂一样始终没有抛开性的罪恶感和内心的负罪感。

李生滨：文本具有复杂性，多重叙述表现了复杂的东西，性行为的描写有很多暗示。

吴松鹤：作者冷静的笔触呈现了人性的复杂，从麻风病院侧面描写“文革”的狂欢或者荒诞。作家的文风内敛冷静，出乎其外又入乎其内，似乎不是小说，而更像一篇报告文学。作者试图写“文革”，但又在回避正面的描写，这种低调的处理却又折射了难以抑止的作者内心的情感。陈继明的语言一向朴实、简洁、冷峻，而这又与小说先锋实验的不断突破相矛盾，陈继明是具有现代意识和整体视野的作家，只是表现得不够娴熟。同时这也是中国当代小说自身先锋性实验不可避免的问题。

倪万军：说到文本的多重意义和多角度叙述，叙述者应该是隐含的，但让读者感觉到叙述者不时跳出来，有点突兀，视角太多，读起来感觉结构稍显混乱。

李生滨：多角度叙述，这种叙述方式在 80 年代先锋小说中比较普遍。文学是一种设置，为了与读者拉近关系，所以作者在倾向现实主义描写的叙述中参照了一些后现代的东西，这是一种尝试。叙述者企图将读者带进小说，中国的读者有种拒绝心理，对一个文本，读者应淡化这种拒绝。陈继明的叙述细节有时让人触目惊心，如谭志押送小天鹅回县城，途中性残暴的那一段描写，人性残忍的东西就赤裸裸地表现了出来。陈继明追求的是一种真实的虚构，借鉴的是西方现代小说的某些叙事方法，有时候出现文本叙述和内在思考不一致的情况。

倪万军：如果这个小说用传统的叙述方式会怎么样？

林一木：叙述方式是一个失败的东西，对于作家来说，一种叙述方式的借鉴尝试，是优点，是突破，但对于读者来说，也许是一种疏远。

吴松鹤：说到文本的叙事结构，在结尾的处理上，显示了作者诗意的徘徊。杜仲最后落水，但是最终没有死，又回到蝴蝶谷。杜仲没有绝望，叙述者也并不绝望。但是这种诗意徘徊的背后是作者无法超越的审美趣味。这种诗意徘徊显示了宗教理想情怀，理性的救赎往往会破坏诗意的完整。

天堂的意义就在于对人的终极归宿的关怀。人性越是处于迷乱和狂欢，对自身价值的拷问和思索越是显得缺乏。正是在这样的意义上，难能可贵的是，陈继明试图在小说中思考什么，或要追求什么。

倪万军：那么，蝴蝶谷是一种希望？

吴松鹤：文学深层把握的往往是非理性的东西。人性最可怕的就是非理性的东西，杜仲和小天鹅是非理性的，伏朝阳的舌头、刘贞贞的死、吴鹤声的死，都是非理性的结果。蝴蝶是一个象征，形象不太清晰却富有诗意。蝴蝶谷不是一个世外桃源，它更像是一个精神家园。杜仲在蝴蝶谷的十年经历，属于他原欲的生命力的爆发，却又陷入另一种癫狂和迷乱。麻风病院是狂欢世界中的一方清净之地，在外界充满暴力和非理性的情况下，麻风病院就是一个天堂。陈继明似乎是在麻风病院中寻找什么，他不是在审美，而是在审丑中寻找价值。与以往“文革”反思小说不同的是，作者并没有从“黑暗使人堕落毁灭，光明使人得到拯救”的角度加以表达，他更加注重描写和关怀的是时代与个体之间发生的冲突，对个体造成的伤害，以及被伤害的个体怎样寻求自己的出路和超脱。这也许是作品追问的部分意义。

李生滨：小天鹅是一个美的象征，然而想象和憧憬的美被玷污被抛弃被残害。这可能是作者对这个世界的怀疑与审视。杜仲是作品叙述的核心，但他在人群的日常生活中无法承受许多外在压力，最后竟然出现了尿失禁的生理疾病。杜仲好像成了一个在人性丑恶的泥沼中挣扎的人，作者在他的身上赋予了太多的承担、体验和自觉的反省。由于人对人的恐惧和无法战胜自我的原因，使得他对美好的向往只能成为一种英雄般的冲动，而这种冲动往往是没有结果和不堪一击的。其实荒唐的应该是现实生活，何况是十年“文革”的背景，那是理性迷失、人性疯狂的荒诞岁月。人类为了生存得更好而形成了社会，然而社会为了自身的秩序和盲目的热情毁坏一切，掩盖了人的精神对于美好事物的追求，把美好的事物毁坏给我们看，把人性撕裂给我们看，这样就出现各种人与社会悖反荒谬的情景。所以，《一人一个天堂》在逃避现实和社会。

杨青萍：我认为《一人一个天堂》有一种否定的涵义：对于杜仲而言，蝴蝶谷就是他的天堂，可他身在蝴蝶谷，心却不在。他处在一种逃离现实和回归现实的矛盾中。蝴蝶谷每月一次的飞机和小四的出现，彻底打破了杜仲隐身于蝴蝶谷的梦想，使他不得不重新寻找属于自己的天堂。杜仲的所作所为都是为了寻找他灵魂的天堂，那是属于他一个人的。可他最终也没有找到属于他的天堂。

张攀峰:外峻内温，这是陈继明的风格。《一人一个天堂》融入了作者许多理性的思考，这种思考，是冷静客观的。但为了使作品能够具有生命的活力，作者的叙述语言很鲜活，很有跳跃性，正如书中的那句歌词“天空在下雪，我们在赶路”一样，具有浪漫的气质，提供着无限的广阔性和丰富性，始终在营构着一个充满博爱色彩的温馨世界。天堂，是一个纯粹属于心灵的境地，这个词语本身来自宗教。而且作者对死亡也有着宗教解释。从中我们可以看出，死亡并没有什么可恐惧的，杜仲、小天鹅，包括伏朝阳，都想到了死，并且渴望死。悲悯、不安、恐慌、绝望，也有宁静，以及道德和宗教的探索一起融入了这个复杂的文本中。

李生滨:在《一人一个天堂》中作者可能有意设置了蝴蝶谷这样一个独特的“天堂”，但也好像破坏了整个叙述的和谐和流畅，作品既有现实主义描写的真实情景和细节处理，同时也有先锋叙述的借鉴带给作品的陌生化和浪漫特色，人性复杂的描写背后，又有葱茏的诗意情怀。当然，人称转换或者说先锋叙述的艺术粗糙，以及作者突然跳到前台的不和谐，使作品还不够圆润、精致，这也是需要作家努力的。

从我们大家的讨论中可以肯定，陈继明是一个有自己的想法的作家，多年的文学创作磨炼和读书思考，尤其是这个最新的长篇，其题材内容的淘洗和文本叙事技巧的实验，都显示了作者扎实的艺术修养和文字功夫，可以说，在揭示“文革”和人性复杂方面，给当代文坛贡献了一个有自身价值的小说文本，且具有现实主义追求和先锋叙事的双重特色。文学批评在于对作家的体贴，对作品的理解，并以此完成自己的阅读探险，同时也是对自己阅读能力和内在心性的琢磨。借用著名批评家刘西渭的见解体验来说，批评肯定一个文本的意义价值和不足，不是空洞的议论和评说，而是贴近文本和作家创作心理的心灵探险。

前后两次大家的批评讨论认真而热烈，我们从不同方面批评肯定了《一人一个天堂》的实践努力，也指出了不足和问题所在。当然，我们还期待陈继明先生和宁夏其他作家在当代文学的创作中有更精彩的展示和贡献。

张攀峰整理，未经本人审阅

（原刊于《朔方》2007 年第 7 期）

2015 年 11 月 20 日补记：我记得是某一个下午在宁大湖畔的阶梯教室，我们就那样随意地坐在各处，高高低低，就那样随意地漫谈交流，不似严肃刻板的官方的研讨会，大家完任务一般交代问题之后各自走散。

坚持和超越

——改版后《黄河文学》杂志研讨会纪实

不长的引子

2007年,《黄河文学》完成了一次巨大的跳跃,由原来的双月刊改为月刊,年发稿量增加了一倍多,从稿件编排到版式设计再到印刷装帧,《黄河文学》所呈现给读者的完全是一种文学大刊的风貌和气派!

缘于此,2007年3月30日下午,在宁夏大学人文学院李生滨博士的号召和邀请下,宁夏大学人文学院王岩森教授,银川市文联主席、《黄河文学》杂志主编郭文斌,《黄河文学》副主编闻玉霞,《黄河文学》编辑苏炳鹏、计虹,《新消息报》闵良,《银川晚报》丛慧,宁夏师范学院中文系教师倪万军,宁夏大学人文学院研究生杨宏、和侃、田燕、杨青萍,宁夏大学人文学院本科学生王佐红、张攀峰、吴松鹤、张仁和、张伟、王弘翔、高峰等在宁夏大学人文学院会议室相聚,召开了宁夏文学研究历史上一次别开生面的研讨会——改版后的《黄河文学》杂志研讨会。这次研讨会由李生滨博士主持。

一、缜密的叙述

李生滨博士在开场白中谈到自己与《黄河文学》结识的缘起

和文学刊物对社会文化建设的重要作用，他希望大家针对《黄河文学》多年来的发展和今天的改版谈谈自己的看法和意见。同时他还宣布了宁夏大学“黄河文学”读书会的成立。

在这次研讨会上做专题发言的是宁夏师范学院教师倪万军和宁夏大学人文学院研究生杨宏。

倪万军在题为《开创宁夏文学批评的新空间》的发言中指出，在宁夏这样一个相对偏远的省区，针对一份文学刊物召开研讨会实属首次，但是在全国范围内，对文学刊物的研究早都已经取得了重大的成果。我们早就应该把大众媒介对当下宁夏文学的渗透和影响当作文学研究和批评的一个重要内容。倪万军的发言分别从四个方面谈了他对于文学刊物研究的观点和意见，同时也对目前宁夏几份重要的文学刊物做了简要的评价。

首先，倪万军在发言中指出，对文学刊物的批评和研究已经成为文学研究的重要方向。他认为文学活动至少应该由创作、传播、阅读和批评四部分构成，而且这四者缺一不可，但是在很长时间内人们把文学讨论和研究的重点始终放在创作和批评上，忽略了传播和阅读。阅读是接受的过程，是批评的前提。而传播和阅读应成为大众文化研究的一个重要内容，应该成为文学研究的新的突破口和增长点。

宁夏文学的发展，其本身就是与《朔方》《黄河文学》《六盘山》的发展渐进紧密联系在一起的。现在展开对宁夏文学刊物的批评和研究，对于宁夏文学的发展来说显得尤为重要和急迫。好在这几年来我们已经认识到这个问题的重要性，比如宁夏大学人文学院王岩森教授在 2005 年底就已经把对宁夏文学刊物的研究纳入到近几年科研的内容当中，对宁夏几份重要的文学刊物进行细致深入的梳理和研究，探讨它们与宁夏文学甚至西部文学生成发展之间的关联，探讨编辑与作家、文本的关系，刊物与作者、读者的关系等。这种在地域文学研究领域具有开创意义的学术研究工作一定会得到人们的认可，引起人们的重视，尤其对于文学刊物持续有效发展来说，无疑具有更加重大的意义。

其次，倪万军在发言中对宁夏三份重要的文学刊物和几份报纸副刊进行了简要的评价。他认为，新时期以来宁夏文学的生成发展，与三份文学刊物和几份报纸的副刊有着重要的关系。这三份文学刊物分别是宁夏文联主办并长期在宁夏文学的风口浪尖弄潮领航的《朔方》（月刊）、银川市文联主办的大有后来者居上之势的《黄河文学》、固原市文联主办的在六盘山脚下静静开放的《六盘山》（双月刊）。几份报纸副刊分别是《宁夏日报》《固原日报》《新消息报》《银川晚报》和《现代生活报》等报纸的副刊。

再次，倪万军在发言中就目前文学刊物的生存和发展所面临的几个重要问题提出了自己的观点。其一是刊物的归属问题。刊物的归属问题直接关系到刊物的办刊思想和刊物的发展方向。我们现在相当一部分文学刊物都由各级党委宣传部门主管，因而不可避免地成为宣传工具或者宣传机器的一个重要组成部分，所以其局限是显而易见的。发生在20世纪初期的文学革命之所以呈现出汹涌澎湃之势，之所以取得那么大的成就，这与那些雨后春笋般成长起来的自由的文学刊物有着必然的联系。如果没有一个形体和灵魂都自由的刊物，那么文学的生成和发展都会受到很大的影响和制约，有的时候甚至会呈现出畸形的发展和退步。一份没有自由的刊物，就如一个没有灵魂的人。其二是刊物编辑的水平及其编辑理念。新时期以来社会政治经济进入了一个相对稳定的发展阶段，主流意识形态对文学发展的影响相对减弱，文学因此得到了一个相对稳定宽松的发展环境。因此这一时期文学刊物对文学创作和评论的发展起到了正确引导和推波助澜的作用。同时刊物的编辑处理稿件的权利也在一定程度上得到了保证。但是,刊物编辑的水平和理念值得注意,刊物的主编就是刊物的灵魂,所以主编的文学素养、文学观念,甚至是做人的品性和态度直接影响着刊物的运转和发展,所以考察一份刊物首先要看这份刊物的主编。而编辑则是主编灵魂的延伸,编辑的文学思想必须和主编的文学思想保持高度的一致,以此保证刊物充分的个性。其三是拥挤的文学市场和挑剔的受众。近些年来,由于市场经济的不断变化和发展,人们文化消费的需求也越来越多地呈现出复杂化和多样化。因此面对人们的这种消费需求和消费心理,很多刊物开始转向,主动迎合大众的阅读期待和需求,同时又有很多新创刊的文学刊物和杂志,纯粹是以商业利益为目的。这对于真正坚持高尚纯洁文学阵地的纯文学刊物来说无疑是一个巨大的影响和挑战,在这种挑战和影响之下,纯文学刊物要坚守住自己的阵地和操守并不是一件很容易的事情。

最后,倪万军在发言中肯定了《黄河文学》在过去的发展当中所取得的成就,为今天《黄河文学》的大发展奠定了坚实的基础,而今天《黄河文学》的大转折有一个重要的因素就是拥有一支优秀的编辑队伍。

杨宏在发言中说自己以前对《黄河文学》接触甚少,但是拿到刊物后却十分吃惊,没有想到在宁夏这样地处偏远的地方能够看见这样好的刊物。他在发言中采用微观描述的方式对改版后的《黄河文学》进行了详细的描述和评价。

首先,杨宏认为《黄河文学》的文化根基与土壤是一个首当其冲的问题。《黄河文学》诞生在经济文化相对落后的边远民族省区,然而,也正是因为西北古老的民族宗教文化和塞外广袤的山川风物滋养了它独特的乡土情味和浓厚的地域风格。《黄河文学》刊发的作品大都保持着浓厚的乡土情怀和地域特色,满含着对乡土边地的深情眷顾、对民族文化的崇敬挚爱。在宁夏文学顽强生长、涓滴日涌的过程中，恰恰是《朔方》《黄河文学》《六盘山》这样的刊物园地，多年来默默培养着人数众多的“本土”文学群体，鼎力支持着那些寂寞孤独的写作者们。在办刊宗旨和刊物编辑理念的探索中，《黄河文学》曾提出过“都市性、现代性、文学性”的设想。而事实证明，对宁夏乃至整个西部而言，都市性、现代性的土壤还是显得太稀薄了，过于“先锋”和“时髦”的话语，必不宜于这片一向以“苦土”著称的土地。比如以近几期《黄河文学》来看，我们不难感受到，在这些关于乡村世态、边关风物的书写中，是有着乡土中国的“精气神”流贯其间的。近年来，《黄河文学》首发的文学作品中，频频有佳作被《小说选刊》《散文(海外版)》等刊物转载，说明《黄河文学》已成为支撑和展示宁夏文学乃至西部文学、回族文学创作实绩的一个重要“窗口”。根深才能叶茂，《黄河文学》的根扎在这片古老的西北土地中，厚重的乡土和在乡土上生息的人们，仍将是文学得以持久滋养的源泉。

其次，杨宏谈到《黄河文学》所蕴涵的思想视野和文化姿态问题。杨宏说以“本土”或“乡土”为自己的文化根基，绝不意味着它就是一份局限于地域或内容单一的刊物。相反，《黄河文学》在立足本土的基础上，呈现给我们的却是一种更加开放的办刊姿态和丰富开阔的文化眼光。比如在刊物的栏目设置上，除原创文学作品(小说、散文、诗歌)外，《黄河文学》的栏目设置呈现出一种多元和开放的品格，如《黄河论坛》《开言》《访谈》《记忆》，乃至《地理》和《黄河艺廊》等等。这些栏目的设置，从编辑工作者的角度看比较有挑战性，因为这些栏目的策划、选题及组稿，都要比纯文学作品的选稿难度更大、要求更高。但是这几年《黄河文学》的文化评论类栏目，充分显示出了开放的文化气度和宽广的思想视野。另外访谈对话栏目的设置、书话随笔文体的增多，也使刊物内容愈显灵活丰富。

再次，杨宏谈到《黄河文学》作者群的构成情况，虽然宁夏中青年作家仍是创作主体，但国内知名作家及评论家的作品在刊物中占据的分量也在逐步增加。《一频道》与《黄河论坛》两个栏目就是各路名家的汇聚之地，这使得整个刊物站在了能够与全国文学界、理论界交流对话的平台上。从今年的几期杂志中可以明显看到，《黄河文学》对文艺理论的诸多热点或前沿话题都有积极的关注和引导，所刊发的很多作品敏锐地抓住了文坛及时代的前沿话题，有着不可低估的思想冲击力。时代和社会存在的诸多深刻矛盾，因之制约着人类的心灵，也必然给文学带来巨大影响，一个文学刊物如果办得过分“主流”与“和谐”，难免会失去对时代现状的回应能力，也会远离对“人”的真正关注。

最后，杨宏还谈到作为平面纸介媒体，《黄河文学》近年来装帧设计水平的大幅提升，也是刊物整体形象提升中一个不可忽视的亮点，他拿出一些当下比较有影响的文学类刊物与《黄河文学》进行了对比，认为改版后的《黄河文学》，无论开本形式、美术设计还是印装质量都显得卓然不俗，与国内文学、文化刊物相比有过之而无不及。所以，现在的《黄河文学》，已不仅是一份区域性的简单的文学刊物了。面对地理环境、文化资源乃至经济条件的诸多规限，编辑同人们立足宁夏文坛，努力以开放包容的姿态、全国性的刊物定位、敏锐开阔的文化眼光办刊，使《黄河文学》初具了一份“大文学刊物”的气象，所谓“大”，正是它那种由文学延伸开来的文化关怀和超越区域之上的全国水准。今年的改版，更是良好基础上的一次成功选择，做到了《黄河文学》编辑部自己提出的“形式养眼，内容养心”的目标。

二、有趣的交锋

在倪万军和杨宏做了重点发言之后，主持人李生滨博士要求大家开始自由讨论，针对改版后的《黄河文学》开诚布公地谈谈自己的意见和见解。

宁夏大学旷野文学社张伟首先代表参加座谈会的学生发言，他认为《黄河文学》上面所刊登的作品大多数是“西海固”作家的作品，乡土味太浓厚，呈现出一种黑白色调，反映城市生活的作品太少。

对此问题，《新消息报》闵良提出了自己的看法。他认为城市文学和乡土文学都要有其存在的氛围，城市文化的气息在银川表现得不够强烈，而且现在的宁夏作家大都在三十多岁到五十岁之间，青少年时期缺乏城市生活的经历，对城市生活的感悟不深，留在他们记忆当中的依然是乡村生活浓重的背影，所以，在这种情况下，《黄河文学》所呈现出来的只能是一种乡土的特色。

同时闵良还对宁夏文学创作及发表状况做了一个有趣的描述。他觉得宁夏文学刊物的发展和现状呈现出一种金字塔式的结构。金字塔的第一层就是以《朔方》《黄河文学》和《六盘山》为代表的纯文学刊物；第二层就是以《宁夏日报》《银川晚报》《固原日报》《新消息报》《现代生活报》和《宁夏广播电视报》副刊为代表的大众文化传媒；第三层就是高校学生自己创办的文学刊物和社会各个阶层的各种形式的创作，这占了目前最大的比重。同时闵良特别强调大众传媒在文学发展中不可忽视的作用，文学“副刊”也是值得注意和研究的。

在新华学院就读的一年级学生高峰说，文学刊物的发展应该随着读者的发展而发展，要不断地给刊物注入年轻的思想，要使刊物面向大众，让刊物在众多的大学生当中推广开来，这对于刊物的发展和培养青年文学爱好者来说都是有意义的。新华学院的另外一名同学说,《黄河文学》的传播面太窄,它应该面向大众,让更多的人尤其是青年学生接受,并以此来提升广大青年的文学修养和人生感悟能力。而对此,闵良则认为,这两位同学把文学的功能抬得太高,文学只是一种个人的爱好,它只是人们普通生活的一部分。

随着会议气氛的进一步活跃,很多与会者都积极地参与到发言和讨论当中,针对《黄河文学》的改版以及当前的文学现象积极发表了自己的看法和见解。比如,中文系高年级学生吴松鹤说,纯文学和非纯文学之间并没有明确的界限,文学刊物只有水平高低之别而没有好坏之分,同时文学刊物是一个窗口,我们可以通过这个窗口瞭望外面的世界,窥探人生的秘密。杨宏说,我们可以离文学刊物、文学界很远,但是我们不可能离文学很远,因为文学永远和人的心灵紧密相连。还有一名女同学在发言当中指出,乡土气息是《黄河文学》的一个特点,是刊物的独特品位和特色,应该沿着这条路坚持走下去。张攀峰在发言中说到,每种刊物都有自己的品格,比如《小说选刊》改版了,办刊思路有所转变,同时刊物的品位和特色也得到了提升。《黄河文学》的改版也不是简单的变脸,而是朝一个更高的目标前进,从这几年的发展和变化来看,证明《黄河文学》一直走在文学的前沿,呈现出一种积极开放的办刊态度。

王岩森教授在发言中针对《黄河文学》这几年的办刊情况充分肯定了这几年的办刊思路,同时也指出了一些不足之处。首先,他认为《黄河文学》办刊的成功之处在于具有开放的办刊思路。宁夏偏远落后,而《黄河文学》将文学创作和理论研究者都能够团结在刊物周围,能够立足宁夏放眼全国,以开阔的胸襟办刊。其次,具有兼容并包的办刊态度。《黄河文学》能够容纳包括“博客工场”等这样的网络文学的因素，能够把扶植青年作家这样的任务做成一个长远的计划，真正体现出一种兼容并包的办刊思路和风格。再次，《黄河文学》在栏目设置上具有品牌意识。创办了几个颇有特色能够吸引人的品牌栏目，如《胡风左右》《开言》等是一种民族记忆和历史记忆，能够较好地抢救和挖掘即将随着岁月的推移而渐渐消失的人和事，而像这样的栏目就应该作为品牌栏目保存和坚持下来。另外，王岩森教授还就一些具体问题提出了自己的看法，他谈到在左岸网上看到《黄河文学》办刊的特色是“都市性、现代性、先锋性”，他认为这并不是《黄河文学》的办刊特色，不应成为其办刊的风格，所谓“都市性、现代性、先锋性”放在全国也并不是完全成立，这只是一种浮华、喧闹的调子，而我们要立足于本土，写自己熟悉的有感情的生活，这样才能有感而发，才能真实动人。还有一些话题可以继续深入地探讨，如对底层意识的讨论，前几年几乎忽略了底层，因此人们积极地呼吁关注底层，但同时我们也要注意到底层藏污纳垢的性质，不能一味关怀关爱，也要批判；还比如关于启蒙的话题，去年在讨论中重新挑起争端，这些话题别人说了我们还要说，而且还要说出新意；还比如可以就世界文学、汉语写作的危机等等做一些讨论。同时，王岩森教授在谈话中还指出，像《黄河文学》这样的刊物，正处在上升的发展趋势当中，所以面对激烈的竞争，可以在不降低刊物品位的前提下采取一些方法吸引读者，但是千万要注意一个刊物的特色是安身立命之所在，如果过分大众化就没有了特色，也就失去了读者群。王岩森教授的发言既对《黄河文学》的办刊思路给予了充分的肯定，同时又针对具体问题提出了一些希望。

三、短小的回应

精彩的发言和讨论使得研讨会的气氛热烈而轻松，到下午六点的时候，谈论接近了尾声，这时主持人李生滨博士做了总结发言，他充分肯定了大家的讨论。他说，听了大家的发言，让我们知道了《黄河文学》在坚守什么，它的特色表现在哪里，同时也让在场的每一位文学爱好者进一步接近了文学，这是这个研讨会的重大收获之一。同时，李生滨博士认为《黄河文学》从作者的力量、作者的构成来看，《黄河文学》所承载的不单是宁夏文学，而是西部文学、全国文学。《黄河文学》的改版让我们看到西部文学特别是宁夏文学繁荣的态势，在这种前提下，我们要进一步强调其历史文化的意义和价值。

最后，银川市文联主席、《黄河文学》主编郭文斌代表《黄河文学》编辑部向所有到场的人员表示了敬意和谢意。郭文斌在发言中说，听到王岩森教授和弟子在做宁夏刊物研究，他的心情很复杂，在鲁院的时候他曾经听陈平原先生说到研究报纸副刊的经历，因而对教授有了由衷的敬佩。郭文斌特地代表宁夏的三份文学刊物再次向王岩森教授表示敬意。之后，郭文斌主要向大家介绍了一下《黄河文学》的办刊状况。他说办刊的空间和自由度还是比较大的，在办刊思想和思路上基本能够坚持自己的立场和原则。现在衡量很多刊物质量的一个重要指标就是上选刊的次数，而《黄河文学》被选载的次数很多，这和闻玉霞副主编以及各位编辑的辛勤努力是分不开的，尤其在今年的改版工作上闻玉霞付出了辛勤的劳动。同时，在办刊的过程中得到了很多老师和朋友的鼓励，如贺绍俊、李敬泽、陈思和等。《黄河文学》现在的宗旨是"关注心灵秘密，提升人的品格"，而且一定会按照这一宗旨做下去。同时郭文斌还特别强调对肯定性价值观的坚持，比如和谐、尊严、慈悲等，注重对传统的传承，对美好事物的记录传播。郭文斌认为在“乡土与都市”的选择上，人的心灵是一致的，不管是“乡土”还是“都市”，只是形式不同、载体不同而已，但是对美好事物的追求在本质上是相同的。因此在保持乡土的纯洁性的同时也一定要积极吸取其他的养分。最后，郭文斌说“一切在开始中，我们期待着”！

或许正如郭文斌所说，一切在开始中，这次研讨会的结束或许并不是真正的结束，而是一个开始，一个开创宁夏文学研究新领域的开始！

倪万军根据发言记录整理，未经发言者本人审阅

（未刊稿）

后　记

1

这是我的第一本“书”，所以原想在扉页上印上：“第一份礼物：献给我的老师王岩森先生！”以此作为师生情谊的纪念，但我最终还是犹豫了，这本集子虽然代表着自己对宁夏文学的一点想法和学术训练的尝试，但是相较于老师最初对我的期待，还有很大的距离，所以它最多只是我交给老师的一份不太合格的作业。因此，这本集子的“轻”与“浅”恐怕无法承载我对老师深重的谢意。1998年夏末我从西海固的一个小村庄到省城银川，开始了艰难但美好的求学之路，也因此与老师相遇，至今已近20载，我无时无刻不在受着老师的关怀、鼓励和教诲，从生活到做人，从读书到做学问，虽然我已近不惑（其实是愈加“惑”了），但是在老师面前总觉得自己是孩子，是学生，甚至“学生”的身份几乎成了我人生意义得以呈现的一种方式，成了精神和情感的寄托，一生做一名学生未尝不是幸福的。所以，即使我最终没有勇气将这本习作作为成绩献给老师，但是在心里还是要把最大的谢意给老师。

2

这本集子有两个题目，其一是“叙述的困境”，在此我想表达两层意思，一是我学识浅陋，因此所谓“叙述”（抑或是研究）恐怕还处在探索之中，甚至终将陷于困境难以“叙述”；二是宁夏文学发展至今，也还在成长之中，能否经得起“叙述”或者“解构”也还有待于时间的检验。其二是“宁夏文学观察”，这是王老师给的题目，恰好也正是我内心所想。说是“观察”，一方面是对我“困境”之二的补充，另一方面想要表达我的有限，只是“观察”不是“研究”，既然是“观察”，就难免主观、片面甚至偏狭、浅陋。总以为相对于数千年的中国文学史而言，所谓当代文学也还是一个正在进行的过程，在浩如烟海的研究成果当中恐怕也没有几个人能对其做出自信且准确的价值估定，更何况这其中之西北一隅，真正发展了不过30多年的文学呢？所以，我这所谓“观察”也只是通过自己有限的知识做一有限的判断，或许我所见不过是冰山一角也不得而知。

3

收在本集子中的习作共分为三部分，第一部分主要是作家（诗人）和文本的“观察”，其中有三篇是在宁夏社科院牛学智先生的督促和鼓励之下写出来的，也要向牛老师表达我的谢意，因为我生性懒惰，如果没有他的督促可能也写不出这些习作。第二部分为《现象·媒介》，这是我“观察”宁夏文学的一个视角，当然这一视角不是我自己的发现。2005年王岩森老师的宁夏文学期刊研究项目立项，2006年我协助老师整理宁夏文学期刊资料，在这一学术训练的过程中我有幸对宁夏的文学刊物有了大致的了解，手头也掌握了部分资料，再加上原本有一点小小的办刊的经历，所以对宁夏文学期刊的发展产生了兴趣。为了进一步了解文学期刊和文学发展的关系，我查阅了一些研究成果，尤其南京大学黄发有先生的诸多研究成果让我受益匪浅。后来因为牛学智先生的引见，我专门到南京大学跟随黄发有先生访问学习，在南京大学一年的时间里黄老师对我的关怀鼓励让我终生难忘，著名学者黄发有先生顺理成章地成了“我的老师黄发有先生”，这也让我有了那么一点小小的自豪。2014年诗人杨梓先生发起写作《宁夏诗歌史》，邀我加盟，主要写作宁夏80后诗人和宁夏诗歌生态部分，在写作《宁夏诗歌史》相关内容时又促使我最终完成了本辑中所收录的三篇文章，这是特地要向杨梓先生表示谢意的。第三部分是附录，收录了三篇研讨会综述稿，其中关于陈继明先生的长篇小说《一人一个天堂》的综述稿是小我几级的师弟张攀峰整理的，另两篇是我根据会议记录整理而成。在编订这本集子的时候我犹豫再三，要不要将这部分内容收进去，因为说实在的，这三篇会议综述性的文章是大家的学术成果和思想碰撞的结果，我只是一个参与者见证者。但后来还是收了进来，一是因为关于《黄河文学》杂志改版研讨会的综述稿没有公开发表过，这让我感到遗憾，因为在这个会上杨宏兄曾做了重要的发言，能让他的发言有传播和交流的机会，作为综述稿的整理者我有一定的责任。二是这三次研讨会除了火会亮小说研讨会是王岩森老师发起主持之外，其他两次都是宁夏大学李生滨先生发起并主持的，李老师对文学的挚爱、他的勤奋常常令我感动。我觉得一个人不可能自己孤零零地长大，老师和同学是成长路上最美的风景。三是因为我觉得所谓文学研究不一定非要正襟危坐地组词造句做文章，闲谈说话或许是更好的研究方式，然而不被人们看重，以至于很多原本应该很轻松的研讨，最后都是各自打着官腔拿了写好的文章来每人念一段,的确很无趣,好在这三次研讨都是老师们发起组织的民间行为,更近似于沙龙,所以大家都是很轻松地说几句想要说的话,谈谈自己的感受,这是应该推崇的。

4

当然,作为宁夏师范学院的老师,我在教课之余能写出几篇近似于学术的习作,也要感谢同事们的鼓励。尤其是钟正平教授,自我 2002 年参加工作,他就对我照顾有加,十多年如一日,对我的生活、工作和学习无微不至的关怀时常令我感动,后来他又将西海固文学研究室的工作交给我做,在更名为研究所后更是指派我来负责,虽然我个人在此期间没有做过多少值得一提的工作,但是这份信任却给了我进一步了解宁夏文学的机会和勇气,所以我之能够关注宁夏文学最初的直接引导者应该是钟正平教授,他于我,是领导,也是老师。所以,这份谢意也要给他。同时我还要感谢我的学生,每次走上三尺讲台,我便感觉做老师的一份责任,这责任也是我读书和思考的理由与动力。不仅如此,他们偶尔的嘘寒问暖也让我感到为师的自豪和安慰。在书稿整理完毕之后,马煜、苏米爱和董艳博三位同学帮我校对了书稿,特别是马煜同学,通校了所有稿件,指出了很多笔误和错讹之处,她们是我要特别感谢的。另外,这本集子之所以能够纳入"文学固原丛书"出版,也要感谢固原市委宣传部、固原市文联,正因为他们对我之所谓"研究"或者"批评"的包容和鼓励让我有勇气参与这样的工作,并有更多的机会以自己的浅陋求教于方家。同时我也要感谢我的父母妻女,是他们给了我安宁幸福,给了我简简单单心满意足的平凡的生活,这是我能够安静读书的最大保障。

5

到此，这本习作集基本完成了。但是总觉得还有一些什么意思要讲却没有想得很清楚。后来突然想起，知堂先生在《中国新文学源流》的序言中曾说过："我本不是研究中国文学史的，这只是临时随便说的闲话，意见的谬误不必说了，就是叙述上不完不备草率笼统的地方也到处皆是，当作谈天的资料对朋友们谈谈也还不妨，若是算它是学术论文那样去办，那实在是不敢当的。万一有学者看重我，定要那样地鞭策我，我自然也要硬着头皮忍受，不敢求饶。"以知堂先生之博学与深刻，这些话当然只是一种态度，也无人敢去"鞭策"，所以我不敢以自己的浅薄无知去高攀先生，但是我觉得这几句话就其字面意思"正合我意"，尤其知堂先生在这里所讲的第一层："这只是临时随便说的闲话……叙述上不完不备草率笼统的地方也到处皆是。"读到这几句话我都要脸红心跳了，这明明就是我之所谓习作的短处，但已经写成这个样子，我也只好任其自然。至于第二层意思："万一有学者看重我，定要那样地鞭策我，我自然也要硬着头皮忍受，不敢求饶。"我想我大可以放心，我还没有达到被学者看重的层次，有一二师友同好"当作谈天的资料"就已经算是达到目的了。至于最终，我想速朽也是一种价值，甚至对于当事者而言也几乎是一件庄重的事情。

2016年3月11日—13日于学校图书馆